향기로운 우물 이야기

박범신 중단편 전집 5

향기로운 우물 이야기

박범신 소설

문학동네

차례

一

소음

1. 스파이더맨

스파이더맨이라니 말도 안 돼. 좀도둑이지 제까짓 게 무슨 스파이더맨. 아 참, 것도 모른단 말야? 하긴 뭐 당신은 도통 텔레비전을 안 보고 사는 위인이니까. 뭐하러 그렇게 밤낮없이 신문만 들고 사는지 모르겠어. 그렇게 신문 들고 앉아 있지만 신경써서 읽지도 않는다는 것, 나도 알아. 옆집 영아 엄마가 우리 부부 참 웃긴대. 남자는 맨날 신문 펴들고 앉아 있고 여자는 맨날 텔레비전 켜놓고 앉아 있고. 그렇지만 영아 엄마도 미처 눈치채지 못한 게 있어. 당신이라는 사람 신문에 눈은 박고 있지만 읽지도 않는다는 그 사실 말야. 난 텔레비전 그냥 켜놓고 앉아 있는 게 아냐.

열심히 본다구. 웃을 데가 나오면 웃고 울 데가 나오면 울고 새겨들을 데가 나오면 새겨듣거든.

그게 당신과 나의 차이점이야.

그러니까 당신은 스파이더맨이 뭔지 모르고 나는 척 알아듣는단 말야. 그러니까 당신의 피부는 날로 뻣뻣해지고 나의 피부는 날로 부드러워져. 봐, 파운데이션 쏘옥 빨아들이는 거. 사람들이 감탄을 해. 내 피부, 나이를 거꾸로 먹는다는 거야. 목소리로만 노래하는 게 아니래. 눈으로도 노래하고 볼로도 노래하고 입술로도 노래한대. 이 루주 색깔 어때? 밝고 따뜻하지? 난 있지, 거무튀튀한 루주 색깔 딱 질색이야. 그게 왜 섹시하다고 생각하는지 알다가도 모르겠어. 스파이더맨이 입은 검은 타이츠, 그거 섹시해? 아 참, 당신은 스파이더맨이 뭔지도 모른댔지. 텔레비전 안 보니까. 텔레비전 프로에 있었어. 검은 두건에다 몸에 차악 달라붙는 검은 타이츠를 신었는데, 거미줄을 갖고 있어 빌딩이고 뭐고 자유롭게 오르내려. 말하자면 거미줄 인간이야.

거기, 서랍장 위의 머리빗 좀 집어줘.

내 머리, 정말 부드럽다. 샴푸나 린스 시에프 찍으라고 왜 안 하는지 모르겠어. 벌써 다섯 집이나 다녀가셨대, 우리 아파트 단지 안에서만. 스파이더맨 얘기야. 스파이더맨이라고 불리는 좀도둑 얘기라구. 이 머릿결, 냄새 좀 맡아봐. 맡아보라구. 당신이 그리도 굳세게 들고 있는 신문 냄새하고 비교해보란 말야. 죽은 활자들을 왜 그렇게 허구한 날 안고 있어? 현관문은 잠긴 그대로 있대. 또 무슨 말이냐고? 스파이더맨 얘기야. 동네 예펜네들이 스파이더맨이라고 부르는 좀도둑 얘기라니까. 어젯밤 우리 동 1605호에 다녀가셨대. 왜 있잖아, 하마같이 생겨가지고 조깅한답시고, 아침마다 반바지 입고 단지 안을 도는 그 여자가 1605호 여자야. 정말 꼴불견이지. 반바지 밑으로, 위로, 살 비어져나오는 거 봤지, 당신도. 구토가 나. 그런 여자는 반바지 입으면 징역 몇 년, 이런 법이라도 만들어야 해. 근데 암튼 그 여자가 신랑하고 큰집에 제사지내러 갔다 왔더니 그사이 다녀갔더래, 스파이더맨이. 거실 창문을 안 잠갔었나봐. 그야 십육층이니 어떤 도둑놈이 십육층 창을 열고 들어오겠어? 그런데 들어왔더라는 거야. 잠긴 현관문은 손도 안 대고 베란다를 통해 들어왔다 갔으니 귀신 곡할 노릇이지. 도시가스 관을 타고 오르내리는 도둑놈 얘긴 종종 듣지만 그것도 잘해야 겨우 삼사층이지 십육층까지 어떻게 도시가스 관을 타고 오르겠어? 더구나 그렇게 들어와서 겨우 가져간 것이 화장품 몇 가지하고, 가짜 진주목걸이하고, 그리고 라면을 끓여먹었다면 당신 이해가 돼? 상비약 상자도 들고 나가 화단에 팽개쳐놨더래. 다른 보석들이 보석함에 있었는데, 그건 놔두고 약상자를 들고 나갔더래. 웃기지? 하긴 뭐 그 예펜네 보석함에 있는 패물이야 보나마나 다 가짜겠지만.

머리에 한 이 리본, 어때 보여?

색깔 말야, 색깔. 멋지지? 노랑나비 같지? 그러고 보니 당신 눈빛, 모처럼 반짝반짝하는 거 같네. 알아, 이 리본 때문이 아냐. 스파이더맨 때문이지. 동네 예펜네들도 스파이더맨 얘기만 나오면 귀가 번쩍 뜨여가지고 그런 눈빛들 하고 앉아 있으니까. 웃겨, 정말 웃긴다니까. 집집마다 잃어버린 게 별로 없다고 해도 그렇지, 도둑놈은 도둑놈인데 스파이더맨이라니, 사람들 모두 어떻게 된 거 아냐? 그리고 그 도둑놈도 그렇지. 십육층까지 올라와서 겨우 라면 하나 끓여먹고 나가? 약상자를 안고 나가? 미친놈, 좀팽이.

저쪽 침대 위에 내놓은 코트 좀 갖다줘.

이왕지사 들어왔겠다, 나 같으면 싹 털어갔을 텐데. 간 작은 도둑놈이야. 당신 간만한가봐. 아, 가져왔으면 좀 입혀줘. 언제까지나 그렇게 들고 서 있을 거야? 옳지, 그렇게. 나, 오늘 한국일보 문화센터하고 현대백화점 문화센터 두 군데 나가는 날이야. 수강생이 두 군데만 이백 명이 넘어. 저녁엔 강서구청 주부노래모임도 있으니까 일찍 못 들어와. 나만큼 잘나가는 노래 부르기 강사 있으면 나와보라고 해. 다른 강사들은 예펜네들이 못할 거라고 지레 겁먹고 뽕짝이나, 뭐 쉬운 발라드 가르치고 앉왔지만, 나는 에쵸티 노래나 조성모도 가르쳐. 당신은 조성모가 누군지도 모르겠지만. 내가 통기타 메고 자, 다 함께, 하나 둘 셋 넷, 했다 하면 돌부처라도 따라 부르지 않고 못 배겨. 행복의 전도사래. 구청장이 나보고 한 소리야. 나만 만나면 근심 걱정이 사라진다는 거야. 스파이더맨이라니 말도 안 돼. 그런 왕쪼다는 잡아 없애야 된다구. 당신 나갈 때 베란다 쪽 창문 잘 잠그고 가.

어머, 내 정신 좀 봐.

침대 위에서 악보 좀 가져다줘. 수강생들한테 나눠줄 유인물이야. 아무래도 복사기를 하나 살까봐. 나는 행복을 복사해서 사람들에게 나눠줘. 행복의 전도사고, 노래의 전도사라구. 말하자면 스파이더맨은 오히려 나야. 내가 스파이더맨이라구. 그러니까 사람들이 나를 기다리는 거지. 나는 행복해지는 길을 환히 꿰고 있어. 행복한 노래를 행복하게 부르면 행복해져. 당신도 십팔번을 좀 바꾸는 게 좋아. 우리 처음 만났을 때, 마장동 어느 노래방에서 말야, 당신이 불렀던 노래가 뭐였는지 생각나? 〈불 꺼진 창〉이었어. 〈불 꺼진 창〉이라니, 젊으나 젊은 사람이. 내가 당신 주머니에 쪽지를 살짝 넣어주었는데. 이제 생각나나보네. 그래, 맞아. 슬픈 노래 버리라고 썼었지, 내가. 슬픈 노래 좋아하면 일찍 죽는다고, 슬픈 노래엔 슬픈, 한 많은 귀신이 붙어 있다고 말야. 당신은 다음날 곧바로 내게 전화해주었고…… 그렇게 만났지. 당신 친구였던 그 양반, 이름이 뭐였더라. 옳지, 김인곤 대리님은 싹 따돌리고 우리끼리 만나서 노래방으로 직행했었잖아. 슬픈 노래를 버리려고 말야. 그날 당신에게 가르쳐준 노래는 박인희의 〈그리운 사람끼리〉였어. 그리운 사람끼리 두 손을 잡고 마주보고 웃음 지으며 함께 가는 길……

어머어머, 벌써 시간이 이렇게 됐네.

이리 가까이 와, 뽀뽀해줄게. 심심하면 설거지 끝내고 주방 유리창 좀 닦아놔. 당신 출근 시간은 두 시간이나 남았는걸. 당신은 정말 좋은 남자야. 나 화장할 때마다 내 뒤에 쭈그려앉아서, 비록 신문은 들고 있다지만, 화장하는 나를 목마른 듯한 표정으로 지켜보고 있으면, 애가 따로 없어. 어린아이 같은 당신, 되게 귀엽다. 지금 나보다 앞서 쪼르르 현관으로 나와, 내가 신고 나갈 신발, 이렇게 가지런히 돌려놓아주는 당신, 허니, 내 사랑, 사랑스러워 죽겠어.

정말야. 딸랑딸랑, 나는 당신의 종이야.

커피숍, 손님 없으면 있지, 열시까지 기다리지 말고 아홉시든지 여덟시든지 문 닫아버려. 이따 포도주 사 올게, 당신 좋아하는 걸로. 돈 걱정은 하지 마. 수강생들 머릿수에 따라 강사료 받으니까 돈은 아무 문제 없어. 지난봄 내가 사둔 덕소 땅 말야, 벌써 두 배나 올랐다. 아파트가 들어선대, 그쪽으로. 당신은 꽃 같은 신랑이야. 당신, 하도 심심해해서 커피숍 한다는 걸 오케이한 거지, 돈 벌어 오라고 오케이한 게 아니라구. 더구나 그 집, 당신 아버지가 살던 집이니 뭐 월세 나갈 것도 없겠다, 뭐가 걱정이야? 그리고 자기, 어제 입었던 재킷, 그거 내가 버렸어. 자기가 좋아하는 옷이라도 그렇지, 난 내 신랑이 꾀죄죄하게 옷 입고 다니는 거, 정말 참을 수 없어. 새로 옷 한 벌 사다가 옷장에 걸어뒀어. 가죽 코트야. 그거 입고 나가. 넥타이는 붉은색이 좋겠어. 오늘은 흐린 날씨잖아. 밝게 입어. 그리고 자기, 그 머리 좀 손질해. 옆을 쳐올려봐. 십 년은 젊어 뵐 거야. 내 단골 미장원에 말해두었어. 아파트 어귀의 이층 머리방 말야. 그 주인 남자, 말은 여자처럼 하지만 예술가야. 얼마 전 텔레비전에서 봤잖아, 헤어쇼. 대강대강 어떻게 어떻게 잘라달라고 어제 얘기해뒀어. 팁 주는 거 잊지 말고. 참, 자라 엑기스, 하나 내놨어. 렌지에 데워 꼭 먹고 나가. 태국 사는 친구한테 코브라 엑기스도 보내라고 말해두었어. 코브라가 있지, 그거, 끝내준대. 비아그라를 왜 먹느냐고 그러더라구. 뭐든지 내가 구해 오는 거 꼭꼭 챙겨 먹어. 난 행복해지는 길을 알고 있다니까. 날 믿어. 커피숍 냉장고에도 자라 엑기스 갖다 넣어두었어. 아르바이트하는 그 계집애, 이름이 뭐랬더라. 암튼 노란색으로 머리에 브리지 넣은 애, 걔한테 데워달라고 해.

그나저나 고년도 물건이더라.

이제 대학 2학년 애가, 엊그제 잠깐 들렀다가 주방에서 봤는데 있지, 주둥이 열린 핸드백 속을 슬쩍 넘겨다봤더니, 임신 테스트 하는 거 있잖아, 왜. 그걸 가지고 있더라구. 요즘 애들, 정말 앙큼해. 걔한테 계산 맡기지 마. 주방용품들이랑 커피 재료랑 늘 챙기고. 그런 애들 애 떼는 것만 해도 돈 꽤 들걸. 원두커피 한두 통씩만 날마다 집어가도 그게 돈이 얼마야.

어머, 정말 못살아.

나간다 나간다 하면서 수다떨고 앉아 있는 나 좀 봐. 내가 이런다니까. 한 가지만 더 부탁할게. 세탁기 안에 빨래 들어 있을 거야. 내 것하고 지은이 것, 속옷이야. 부라자하고 팬티하고 거들하고. 어젯밤 넣어놓고 깜박 잊었네. 그것 좀 꺼내서 베란다에 널고 나가. 자, 이리 와. 뽀뽀. 이마에도. 옳지 옳지, 귀여운 내 강아지. 참, 지은이 과외, 오늘은 한 시간 늦게 끝난댔어. 여섯시에 학원 앞으로 가면 돼. 뭐든 먹고 싶다는 거 좀 먹이고 집에 데려다줘. 쪽, 쪽, 쪽. 이제 정말 나, 나간다. 마이 달링.

2. 펜잘

아저씨 혹시 펜잘 있어요?

아이 참, 골 아픈 데 먹는 약요. 열 내리는 데 먹는 약 말이에요. 펜잘 좀 있으면 주세요. 없으면 게보린도 좋아요. 골 아프고 열 내리는 데 먹는 약이라구요. 하다못해 타이레놀도 없나요? 아저씨가 어디 사는지 다 알아요. 저 아파트 팔층 두번째 집에 살죠. 그쵸? 아저씨가 이 놀이터에 앉아서 담배 한 대 피우고 아파트로 들어가면 팔층 저기, 현관에 불이 켜지거든요. 아저씨 딸도 많이 봤어요. 매일 아저씨가 차로 데려오잖아요.

어떻게 아냐구요?

미끄럼대 밑이 제 집이니깐요. 모래를 덮고 자면 따뜻해요. 열도 내리는걸요. 밤 깊어지면 그래요. 아저씨는 왜 맨날 집으로 들어가기 전에 여기서 담배를 피우세요? 아줌마가 담배 못 피우게 하나보죠? 펜잘 없으면 저도 담배 한 대 주세요. 담배 피우면 열이 내리나요? 제 이마 좀 만져보세요. 가슴이랑 겨드랑이도요. 열이 끓고 있는걸요. 자, 여기도 만져봐요. 참 내, 손 이리 주세요. 봐요, 여기요. 제 가슴은 이제 겨우 이만큼 나왔어요. 열 때문에 커질 수가 없나봐요. 애를 낳고 싶은데, 애를 낳아도 젖을 먹일 수 없을까봐 무서워요. 어떡하든지 저는 열을 내려야 해요.

이상한 사람이네요, 아저씬. 어른이면서 어떻게 머리도 안 아프고 열도 안 오르죠?

전요, 열네 살이에요.

키가 쪼그맣다고 아홉 살이나 여덟 살이 아니라구요. 열 살 때는 펜잘을 하나만 먹었어요. 열두 살 때는 두 알을 먹었고요. 지금은 적어도 세 알은 먹어야 돼요. 열 살 때보다 열두 살 때 열이 더 올랐고, 열두 살 때보다 열세 살, 열네 살 때 열이 더 올랐어요. 아저씨 나이가 되면 아마 펜잘을 열 개나 스무 개쯤 먹어야 될 거예요. 어른들은 모두 멍청해요. 제가 펜잘 좀 달라고 하면 밥은 먹었냐, 어디서 자냐, 엄마 아빠는 없냐, 그런 걸 묻는 거예요. 제가 원하는 건 펜잘인데 어른들은 딴소리만 하는 거예요. 엄마 아빠가 어디 있는지 제가 어떻게 알아요. 오래오래 잠자다가 깼는데 저쪽 아파트 먼 뒤쪽 산에 누워 있었어요. 머리가 너무 아파서 죽을 뻔했어요. 엄마 아빠 생각 안 나고요, 감나무가 하나 떠올랐어요. 감이 아주 많이 달려 있는.

아저씨는 이것저것, 시시콜콜 묻지 않으니까 좋아요.

감나무가 어떻게 생겼는지도 묻지 않네요. 아저씨도 감나무를 좋아한다구요? 아저씨가 아는 감나무는 얼마큼 큰데요? 제 감나무는요, 키가 저 아파트만큼 커요. 잎은 커다란 배 같구요. 감나무는 오래 살고 좋은 그늘을 만들어요. 어른들은 제가 감나무 얘기를 하고 있으면 모두 껄껄 웃고 가버려요. 펜잘은 밥 먹고 먹어야 된다, 라고 어른들은 말해요. 왜 그래야 되는지 전 몰라요. 제가 먹고 싶은 건 밥도 아니고 감도 아니고 펜잘이라구요. 열을 내려야 하니깐요. 게보린도 좋아요. 어젯밤엔 저쪽에 있는 어떤 아파트에 들어가서 펜잘을 찾았어요. 전 줄타기를 아주 잘하니까요. 옥상에 줄만 매면 어떤 집이라도 다 들어갈 수 있어요. 며칠 전에 들어간 집엔 게보린이 열 개나 있었어요. 다섯 개를 한꺼번에 먹고 모래 속에 들어가 잤어요. 꿈에 제 감나무를 보았어요. 사과보다 붉은 감들이 하늘 가득 떠 있는 거예요. 전 노래를 불렀다구요. 가자가자 감나무 오자오자 옻나무, 가자가자 감나무 오자오자 옻나무…… 재밌죠? 언젠가, 그 감나무를 진짜로 찾아내고 말 거예요.

그런데, 아저씬 누구세요?

펜잘이 뭔지 알기나 하세요? 게보린은요? 타이레놀도 아시나요? 전요, 펜잘을 입안에 넣고 쪽쪽 빨아먹어요, 사탕처럼요. 이 손 놓으세요. 여기도 춥지 않아요. 모래 속에 누우면 감나무가 더 잘 뵈는걸요. 절 어디로 데려가시려는 건가요? 제 감나무는요, 언제나 감이 달려 있어요. 가자가자 감나무, 오자오자 옻나무. 하늘 끝에 달린 감은 새들이 먹고요, 중간에 달린 감은 다람쥐가 먹고요, 밑에 달린 감은 애들이 먹는대요. 누군가 그렇게 말해줘요. 엄마가 말하는지, 아빠가 말하는지 몰라요. 할머니일까요. 가끔 어떤 할머니가 떠올라요. 감나무 밑에 서서 저한테 손짓을 하는 얼굴이 캄캄한 할머니예요.

좀 천천히 가요, 아저씨.

빨리 걷는 거 질색이에요. 숨이 차고 열이 오르거든요. 전 줄을 타고 오르내릴 때에도 천천히 한다구요. 아파트 옥상에선 아주 먼 데까지 보여서 좋아요. 이리 내려가면 지하실인걸요. 너무 캄캄해서 싫어요, 아저씨. 절 여기에 가두실 건가요? 가두실 거면 꼭 펜잘을 사다주세요. 펜잘만 넣어주면 가두어도 상관없어요. 불 켜지 않아도 좋아요. 캄캄해서 싫다는 건 거짓말예요. 전 캄캄한 게 좋아요. 어두우면 감나무에 달린 감들이 더 붉게 뵈는걸요. 아파트 지하실에도 이렇게 방들이 많은 줄 몰랐어요. 만약에요 아저씨, 만약에 그 감나무를 찾아내면 펜잘을 안 먹고도 열이 내릴 수 있을까요? 제 몸의 어디에서 날마다 불이 나는지 모르겠어요. 저기, 저 전구처럼요. 사람이 살지 않는 방이네요. 어머, 이 장난감들 좀 봐. 뭐가 이렇게 많아요? 아저씨 딸이 갖고 놀던 장난감이죠? 기차도 있네. 권총도. 손들엇. 피, 총알도 없는 가짜 총. 토끼랑 곰이랑 인형이랑 다 죽은 것뿐인걸. 아저씬 바보야. 전 다마고치를 갖고 싶어요. 다마고치는 살아 있으니까요. 다마고치는 열도 오르지 않아요. 제 감나무를 찾아주세요. 제 감나무를 찾으면 열이 식을 것 같아서 그래요.

그런데, 그런데 아저씨는…… 누구세요?

3. 비올라

아빠 미워, 미워 죽겠어. 말 시키지도 마. 비올라까지 안고 반 시간이나 길에 서 있었단 말야. 여섯시에 학원 끝난다고 미리 말했잖아. 어떤 아빠나 어떤 엄마는 학원 정문 앞에 다섯시도 안 돼 차를 대기하고 기다려. 늦게 오면 정문에서 떨어진 곳에 차를 대기해야 하거든. 엄마한테 다 일러바칠 거야. 아빠가 늦게 오니까 비올라 켜고 싶지 않다고 말할 거야. 깡패 같은 아저씨들이 내 어깨랑 비올라랑 툭툭 치고 갔단 말야. 무서워서 죽는 줄 알았어. 아빠는 내가 유괴당하면 좋겠어? 비올라만 해도 그래. 이 비올라, 얼마나 비싼 건지 아빠가 알아? 말해봐, 아빠. 비올라 현이 몇 개야? 바이올린은? 첼로는? 아빠는 암것도 몰라. 내 비올라가 얼마나 비싼 건지도. 비올라는 바이올린보다도 오 도가 낮아. 알토야. 바이올린과 첼로 중간. 난 중간이 싫어. 비올라 그만둔다고 할 거야. 아빠 때문이야. 삼십 분이나 길에서 혼자 서 있으니까 비올라를 정말 그만두고 싶어졌어. 다 아빠 때문이라구.

엄마한테 그렇게 말할 거야. 아빠 때문에, 아빠 때문에, 비올라 그만둔다고 할 거란 말야.

엄마는 노래 선생으로 최고랬어.

우리 학원 원장님이 그래. 엄마의 목소리는 꾀꼬리 같대. 아빠의 쉰 목소리를 들었으면 우리 원장님 귀를 막았을지도 몰라. 나는 바이올린을 하고 싶어. 아빠 때문이야. 그러니까 엄마한테 말해줘. 그리고 그게 뭐야. 넥타이, 빨간색, 난 싫어. 애들이 봤으면 웃었을 거야. 느네 아빠 서커스 단원이니, 하고 놀리면 나 어떡해? 안경도 촌스럽고. 싫어. 밥 안 먹을래. 아빠 책임이야. 먹고 싶은 맘이 싹 없어졌다구. 아빠 땜에 나 저녁 굶는 거야. 왜 이 길로 왔어, 아빠. 아빠 땜에 정말 속상하네. 엊그제도 내가 말해줬잖아. 이 길은 맨날 이렇게 차가 밀린단 말야. 저쪽 우리 학교 옆 샛길로 가라니까, 또 잊어먹었어? 그 샛길은 차 안 밀려.

비올라 현은 네 개야.

바이올린, 첼로도 그렇고. 내일 또 아빠한테 물어볼 거다. 말해봐, 아빠. 비올라 현이 몇 개? ……맞았어, 네 개. 나, 비올라 하기 싫어. 엄마처럼 노래를 할까. 성악 말야. 관둬. 아빠한테 물어보나마나야. 아빤 음치잖아. 아빠는 뭐 연분홍 치마가 봄바람에…… 그거밖에 모르는걸. 또 담배. 차 타면 담배 안 피우기로 엄마와 나한테 약속한 거 잊어버렸지? 아빠 담배 연기 때문에 내 목소리 나빠지면 아빠가 책임져. 여기 차 좀 세워봐.

저기…… 잉어빵 먹고 싶어.

사다줘. 두 개만 사 와. 두 개만 먹을 거야. 아빠가 나 삼십 분이나 기다리게 했으니까 저녁 안 먹을 거래도. 잉어빵 두 개만 먹을 테야. 엄마한테 그렇게 말하겠어. 대체 내가 왜 비올라를 켜야 돼? 나는 있지, 아빠, 춤을 추고 싶어. 바이올린을 들고 내가 연주하는 가락에 맞춰 객석과 무대의 경계도 없이 춤추며 살고 싶단 말야. 이건 숫제 고문이야. 어떻게 좀 해봐. 아빤 나의 아버지야. 나를 구해야 할 책임이 있는. 엄마와 있음 숨이 막히고 아빠와 있음 화가 나. 아빠는 늦은 게 오늘뿐이라고 말하고 싶지? 아빠보다 내가 늦게 나오는 날이 많아서 어떤 땐 삼십 분, 또 어떤 땐 한 시간, 아빠가 날 기다린 적이 많다는 거 알아. 알고말고. 그렇지만 아빠는 아빠야, 아빠가 기다리는 건 당연해. 구두 좀 봐. 먼지가 뿌옇게 앉아 있어. 빨간 넥타이하고 초록색 줄무늬 셔츠하고, 도무지 안 어울려. 오늘이라도 당장 구두 좀 새로 사. 반짝반짝 빛나는 구두를 신어봐. 반짝반짝 빛나게 해보라구. 그리고 빨간 넥타이는 버려. 엄마가 그 색깔 넥타이 매라고 했지? 엄마도 정말이지 못 말려. 나 같으면 엄마한테 대들었을 거야. 아빠 넥타이를 왜 엄마가 골라야 돼. 이제부턴 내가 골라줄 테야. 빨간색은 싫어. 두고봐, 아빠. 아빠가 만약 계속 빨간 넥타이를 매면, 아빠가 만약 한 번만 더 늦게 데리러 오면, 이 비올라, 부숴버릴지 몰라. 책임은 아빠가 져. 그리고 그 구두도 그래. 엄마는 아빠의 구두에 신경 안 써. 엄마는 넥타이만 봐. 구두도 내가 골라서 내가 닦아 올게. 아파트 상가 뒤편에 구두 닦는 아저씨가 있거든. 안경도 바꿔주고 싶어. 머플러도. 아빠의 구두 때문에, 안경 때문에, 아빠 때문에 나는 하기 싫은 비올라를 켜는 거야.

비올라는 현이 네 개야, 아빠.

4. 감나무

난, 저, 감나무를, 잘라야 한다고 생각해요. 저거 잘라내도 반대편에 또 한 그루 있는걸요. 물론 사장님 자유니까 사장님 자신이 자유의지로 선택하실 일이지만요. 문제는 저 아래 시가지 쪽에서 보면, 감나무 때문에 현관 앞에 달아놓은 커피숍 간판이 전혀 보이지 않는다는 거예요. 감나무를 잘라내든지 간판을 옮겨 달든지 해야 하는데, 간판을 어디 옮겨 달 데가 있어야 말이지요. 다른 방법이 있다면 커피숍을 카페로 바꾸는 방법이 있어요. 중심가에서 가깝다고 해도 그렇지요. 누가 커피 한 잔 먹겠다고 여기까지 다리품 팔아 올라오겠느냐고요. 사장님은 산허리 쪽 맨 꼭대기 집인 여기가 전망도 좋고, 숲을 백그라운드 삼아 분위기도 좋으니 연인들이 많이 찾을 거라고 하셨지만, 요즘 젊은 연인들, 누가 차도 안 닿는 예까지 올라오겠느냐, 제 말은 그 말이에요. 주차장에서 불과 백 미터도 안 된다, 그 말 하고 싶으시죠? 저 아래 주차장, 유료잖아요. 유료 주차장에 차 세우고 경사진 비탈길을 칠팔십 미터나 올라온다? 단지 차 한 잔 마시러? 어림도 없는 환상이에요. 차라리 카페로 하면 혹 모르겠어요. 영업시간도 새벽까지 늘리구요. 네온사인 간판을 만들어서 저쪽 창 위로 달아 올리는 거예요. 화려하고 섹시하게요.

왜 눈살 찌푸리고 그러세요.

섹시하다는 말 싫으신 거죠? 주차장 주인 몰래 주차장 관리인 아저씨하고 짜고 우리가 손님 주차비 좀 싸게 내주면 더욱 좋을 거예요. 그럼 아마 저녁 손님이 좀 있을 거라고 봐요. 감각을 좀 샤프하게 가져봐요. 주방은 사람 제때 못 구하면 제가 볼게요, 당분간. 전에 아르바이트하던 카페에서 술안주 정도는 많이 만들어봤거든요. 실내장식도 일부 바꾸면 좋겠지요. 특히 저 붓글씨 액자요. 정말 튀어도 너무 튄다구요. 붓글씨 액자라니요, 커피숍에. 사장님 아버님이 저 감나무를 심고 나서 직접 쓰신 거라는 얘긴 이미 들었어요. 아무리 그래도 어떻게 저걸, 몇십 년 된 저걸 저대로 붙여놓고 커피숍 문을 열 생각을 해요? 글씨도 어디 쉽기나 해야 말이죠. 어제 온 어떤 아저씨 손님이 저를 부르더니 한번 읽어보래요. 겨우 생각난 건 오상五常이라는 글자뿐이었어요. 감나무의 오상 말예요. 손님이 액자를 걸어놓고 무슨 말인지도 모르냐고 괜히 역정을 부리길래 사장님이 전번에 적어준 뜻풀이, 이거요 이거, 이게 생각났어요. 주방에서 찾아와 뜻풀이를 적어준 그대로 읽었죠 뭐. 감나무 잎이 종이가 되니 문文이 있고, 나무 단단해 화살촉이 되니 무武가 있으며, 열매의 겉과 속이 똑같이 붉어 표리부동 않으니 충忠이 있고, 노인이 치아가 없어도 먹을 수 있으니 효孝가 있을 뿐 아니라, 늦가을까지 남아 붉은 열매가 달려 있으니 절節이 있다, 이렇게요. 그 아저씨도 뭐, 되게 무식하게 생겨가지고 내가 뜻풀이를 읽어주자, 옳거니, 함서 고개를 끄덕거리는 꼴이라니. 인테리어를 바꿀 땐 그런 꼰대 아저씨들, 들어설 생각도 못하게 바꿔야 돼요. 저 붓글씨 액자는 물론 천 번 만 번 떼내야 하구요. 어차피 낡은 집이니까 모던한 것보다 약간 클래식하게 하는 건 찬성이에요. 조명은 좀 어둡게 하고, 저녁엔 형형색색 촛불을 켜고요. 그 대신 창틀을 따라 네온을 켜야 돼요. 반짝반짝. 섹시하게요.

제 머리의 브리지, 어때 보이세요?

사람들은 겉으론 안 그런 척하지만 어쨌든 섹시한 느낌에 끌리게 마련이에요. 나를 첨 봤을 때 굉장히 섹시하다고 말한 것은 사장님이었어요. 아르바이트생 구한다고 해서 여기 처음 찾아왔던 날이 생각나네요. 감나무 잎이 떨어지지 않았을 때라서, 요 아래까지 왔는데도 간판이 제대로 뵈지 않더라구요. 내가 이쪽저쪽 골목을 서성이는 걸 사장님은 저기 창가에 서서 내려다보고 있었던 거지요. 그러다 층계참을 잘못 디뎌 넘어질 뻔하면서 저기, 저 아랫집 블록 담장을 간신히 붙잡았는데요, 사장님은 그 순간 내 모습이 섹시해 보였다고 말했어요. 정말 웃겨요. 나는요, 사장님이 인상과 달리 굉장히 터프한 분인 줄 알았다구요. 이렇게 샌님 같은 분이라곤 상상도 안 했는걸요. 누구인들 안 그랬을까요. 대학 2학년짜리 여학생이 아르바이트를 구하러 왔는데, 커피숍 사장님이 갑자기 한다는 소리가, 여대생들은 원조 교제 안 합니까…… 터프한 건지 뭔지, 그 순간은 너무 놀랍고 재미있어서 따져보지도 못했지만요, 암튼 그랬다구요. 그날 여기를 나가 저 아래 주차장까지 내려가서 뒤돌아보니까 사장님이 현관 앞에 나와서 있다가 두 손을 번쩍 들어 보였어요. 저 사람, 되게 터프하네. 난 혼잣말을 하고 말았어요.

벌써 두 달이 다 돼가네요.

왜 아르바이트를 구하느냐고 사장님은 묻고, 등록금 마련하려고요, 내가 대답하고, 근데 여기선 시간당 얼마 주실 겁니까, 한

참 있다가 이번엔 내가 물으니까, 사장님이 밑도 끝도 없이 툭 내뱉은 말이 그거였다구요. 여대생들은 원조 교제 안 합니까. 꼭 화난 사람처럼 소리쳐 묻던 사장님 어조까지 아직 생생해요. 어찌나 웃음이 나오던지요. 내가 계속 쿡쿡거리고 웃으니까 사장님이 탁자를 탁 쳤지요. 웃지 말아요, 학생. 요즘도 그때만 생각하면 웃음이 나와요. 웃지 말아요, 학생. 그게 뭐예요, 도대체. 지금도 웃긴다고요. 여대생들은 원조 교제 안 합니까. 웃지 말아요, 학생. 여대생들은 원조 교제 안 합니까. 웃지 말아요, 학생.

귀여운 우리 사장님, 그게 우리들의 시작이었어요.

작은 업소들에서 아르바이트하고 있으면 뻔한 스토리가 뻔한 스텝으로 벌어지곤 해요. 얼마 지나지 않아 어깨에 손 짚고, 허리에 팔 두르고, 가게 문 닫고 드라이브나 하자며 교외로 나갔다가 슬그머니 여관 주차장으로 차 몰고 들어가고, 원하지 않는다면 잡아먹지 않을게, 피곤해서 샤워라도 좀 하고 가려는 거야, 따라오라구, 이러거든요. 그런 사장님들 만나면 전요, 글쎄, 하품이 나와요. 심심해서요. 사람들은 왜 그렇게 연출력이 없을까요. 차라리 야, 여자야, 한번 하고 싶다, 얼마 주면 되겠냐, 그런 게 나아요. 그럼 차라리 말해버릴 거예요. 이 집 시세대로 주시와요, 하구요. 그러니, 사장님이 다짜고짜 여대생들은 원조 교제 안 합니까, 했을 때 사장님이 얼마나 순진하고 솔직해 보였겠어요? 지금도 그 생각만 나면 자다 말고 웃을 정도예요.

저기…… 손님 오네요, 사장님.

틀림없어요. 주차장 앞을 지나 이쪽 편 골목으로 들어서는 사람들, 척 보면 알아요. 여기 오는 손님인가 다른 집 손님인가, 그거 말예요. 둘이 손잡고 있는 저 포즈를 좀 보세요. 저 두 사람, 아직 정사를 나누는 사이는 아닐 거예요. 서로 원하는데도 피차 민망해서 아직 내숭을 떠는 단계라고 봐요. 사장님 눈엔 고전적인 타입이라 할 수 있겠고 제 눈엔 촌티를 못 벗은 타입이지요. 보세요, 이쪽으로 오잖아요. 메뉴 여기 있어요. 사장님이 주문을 받아보세요.

왜요?

주문을 나보고 받으라구요? 왜 나만 주문을 받아야 해요? 어차피 물장사를 시작했으면 뭐든지 해봐야 돼요. 저런 부류의 연인들은요, 나처럼 노란색 브리지를 넣은 여자, 싫어한다구요. 사장님이 활달하고 터프한 사람인 줄 알았던 거, 정말 오해였지요. 그렇지만 뭐, 커피숍 주인이 터프할 필요는 없는 거지요. 그냥 얼굴 좀 두껍게 가지면 돼요. 자꾸 해보면 솜씨가 늘게 돼 있어요. 제가 시키는 대로 자꾸 연습을 좀 하세요. 자, 그들이 감나무 밑에까지 왔어요. 문을 여는 순간, 어서 오세요, 잊지 마시구요. 어서 오세요, 아셨죠.

커피 한 잔 시켜놓고 한 시간도 넘게 앉아 있으니 이게 문제예요.

그나저나 골목길을 내려가는 저 사람들, 오늘밤 첫 정사를 나누게 될 것 같아요? 아까 둘이 마주앉아 있을 때 봤죠? 남자는 별로 여자 경험이 없고, 여자는 순 내숭이에요. 저런 여자는 카멜레온 같아서 파트너에 따라 놀랍게 자신을 바꿀 수 있어요. 남자 쪽이 잘못 걸려든 거지요. 아이, 왜 이러세요. 유리잔 씻는데…… 깨지겠어요.

우선 간판 불부터 끄세요.

아홉시 반인데, 더이상 손님 없어요. 문 닫고 불 끄시라구요. 매상도 계산해보시고. 이 커피잔만 해도 그래요. 바꿔야 해요. 요즘은 얼마나 멋진 커피잔이 많이 나와 있는데요. 이 커피잔, 꽃무늬까지 있고, 70년대 같아요. 사모님이 골라주셨다고 했죠? 좀 넓고 능동적으로 세상을 보세요. 사장님은 주체적 인간이라구요. 커피만 팔아라, 해서 커피만 팔고 빨간 넥타이를 매라, 해서 빨간 넥타이를 매고 절대로 술 파는 카페를 해선 안 된다, 해서 절대로 술은 안 팔고, 도대체 언제까지 사모님 슬하에서 어린애같이 사실 거예요? 답답해서 그래요, 사장님. 봐요, 매상이 십만 원도 안 되잖아요. 이래가지고 나한테 원조할 돈이나 어디 나오겠느냐 그 말이에요.

저도 물론 알아요.

사모님, 이 지역에선 유명 인사시더라구요. 구청장님이라든가, 함께 차를 타고 가는 걸 본 일도 있어요. 노래의 전도사, 행복의 전도사라는 말도 들었어요. 제 남자친구는 여기가 고향이니깐요. 구청장 얼굴도 알거든요. 제 남자친구 어머니도 사모님을 잘 안다고 하더래요. 전 도무지 이해 안 되는 게 있어요. 뭐냐 하면요, 사장님은 일류대학 출신이잖아요. 공부도 잘해서 학창 시절에 수재 소리를 듣고 살았다고 그러데요. 제 남자친구는 뭐든 잘 알아요. 우리가 원조 교제로 맺어져 있다는 것도 이미 알고 있을지 몰라요. 예컨대 우리가 정사를 나누는 저쪽 여덟번째 테이블의 긴 소파, 그 앞의 벽에 걸린 고색창연한 서예 액자 속에 내 남자친구가 진즉에 소형 몰래카메라를 숨겨놓았을지도.

소용없어요. 그렇다고 액자를 떼어보다니.

사장님은 확실히 그 소심증이 문제예요. 나는 걔가 우리 관계를 알아차리는 거, 조금도 두렵지 않아요. 암튼 사모님의 최종 학력이 여상 졸업이라는 것도, 사모님이 여기저기 특수대학원을 여러 군데 연구생으로 다녔다는 것도 제 남자친구가 준 정보예요. 사모님이 여상을 나와 은행원으로 취직했을 때, 그 은행 대리가 사장님 친구였지요. 두 분은 만나서 석 달 만에 결혼했고,

이 년 만에 딸을 낳았어요. 사장님 딸도 참 맹랑해요. 지난번 여기 왔을 때 말인데요, 주방까지 나를 따라 들어오더니 귀엣말로 내게 묻는 것이었어요. 우리 아빠하고 무슨 관계세요, 애인 아니세요, 하고 말예요. 초등학교 5학년짜리가…… 끔찍해요. 난 초등학교 5학년 때, 어떻게 해야 아이가 만들어지는지도 몰랐는데요. 느네 아빠 보고 있지, 저 감나무 자르라고 해. 그래야 장사가 잘돼. 그애한테 제가 대답한 말은 그거였어요. 그애가 뭐라고 대꾸한 줄 아세요? 엄마가 허락하지 않을걸요, 그러는 거예요. 엄마가 허락하지 않는 한 제 아버지가 아무것도 할 수 없다는 걸 알고 있더라구요. 일류대학 나와서 최고의 재벌 회사 기획실에 근무하고 승진도 척척, 고속 출세가 보장된 분이 불현듯 사표를 내고 나와, 이런 식으로, 장사도 전혀 안 되는 커피숍이나 하고…… 사장님을 잘 이해할 수가 없어요. 더구나 요즘, 걸핏하면 찾아와서 마치 사장님 마누라같이 구는 그 꼬마 계집애…… 어떻게 된 거예요? 사장님 아파트의 지하 창고 방에서 잔다던걸요.

걘 또라이예요. 미쳤다구요.

무조건 감나무를 자르면 안 된대요. 지난 월요일인가 그랬잖아요. 내가 사장님한테 감나무를 자르는 게 좋겠다니까 그 계집애가 나서서 얼마나 날뛰는지 원. 걔 좀 여기 못 오게 하세요. 걘 정상이 아니에요. 아마 교통사고를 당했는지 어쨌는지, 기억상

실증에 걸려 있어요. 제 성도 모른다잖아요. 파출소에서도 잡아다가 고아원인가 어딘가 넘겼었다는데 소용없었던가봐요. 금방 도망쳐 나온다니까요. 제 남자친구한테 좀 알아봐달랬거든요. 또라이 원숭이 새끼가 틀림없어요. 지난번에 감나무 타고 오르는 거 사장님도 보셨잖아요. 무슨 애가 그래요? 눈 깜짝할 새에 나무 꼭대기에 올라가 있더라구요. 네 아빠가 등산가였나보다, 라고 내가 말하니까, 내가 등산가였을걸요, 암벽타기도 끝내주게 할 수 있걸랑요, 그렇게 대답하는 것이었어요.

서둘지 말아요, 사장님.

천천히 하세요, 천천히. 그러다가 브래지어 끈 끊어지겠어요. 후크를 벗기면 되는 거예요. 한두 번도 아닌데 어째서 매번 그렇게 더듬어요? 사모님하고도 이런 식으로 서두르나요? 자요, 이제 됐어요. 깨물진 말아요. 애무 자국 땜에 목욕탕에 가기도 창피하고요. 남자친구한테도 주의를 해야 되니까 짜증난다구요. 그 넥타이도 그래요. 재킷하고 어울리질 않아요. 정장 차림도 그렇고요. 커피숍 주인은요, 젊은 애들처럼 캐주얼하게 입어야 한단 말예요. 머리에 물도 좀 살짝 들이세요. 내가 바라는 건요, 장사 잘되고, 사장님 씩씩하게 사시는 거예요. 가만히 들여다보면 사장님 아주 잘생긴 얼굴이라구요. 잘해야 삼십대 중반으로밖에 안 뵌다 그 말이에요. 패션을 좀 바꾸고, 가끔 젊은 애들처럼 모자 같은 것도 쓰고, 연출을 하세요, 연출을. 마음 같아선 사장님 데리고 나가 옷이랑 내가 골라 입히고, 그 머플러까지도요, 코디를 제대로 한번 해드리고 싶어요. 답답해서 그런다니깐요.

아아, 살살요.

그냥…… 핥기만 해주세요. 정사할 땐 사장님…… 너무 터프해요. 전 터프한 애무 싫어요. 사장님은 변신할 수 있어요. 문제는 감나무라구요. 사장님 아버지 되시는 분이 사장님 출생을 기념해서 심었다는 건, 얘기 들어서 알고 있어요. 감나무를 심고 저 액자의 붓글씨를 쓰셨다지요? 어린 시절을 돌이켜보면, 적어도 초등학교 입학할 무렵까지, 사장님은 마치 양수에 둘러싸인 듯, 따뜻하고 행복했다고 말했었지요. 새들에게 먹이려고 감을 다 따지 않았다는 사장님 아버지, 어떤 분인지 알 것 같아요. 그렇지만 그게 무슨 소용이에요? 제 말대로 하세요. 사모님께 상의하실 필요도 없어요. 그냥…… 자르기만 하면 돼요. 저 감나무가 사장님과 세상 사이를 가로막고 있어요.

부, 부드럽게요.

사랑은 부드럽고, 아, 달콤, 아, 달콤한 거예요. 아아, 아, 부드럽고, 아, 아, 달콤하고. 그리고 네온 간판을 달자구요. 반짝반짝 빛나야만 사람들이 몰려들어요. 섹시하게요. 아, 아, 어차피, 아, 어차피 아, 좀더…… 깊이…… 터프……하……게…… 아, 아,

극적인 스토리는 현대사회엔 존재하지 않아요. 반짝반짝 빛나고, 섹시하게요, 달콤하고 부드러운, 아아, 바로, 바로 그거요. 귀여운 우리…… 사장님. 이 땀 좀…… 봐. ……먼바다가…… 한꺼번에, 부드럽게, 내 몸을 감싼다는 느낌이 들어요. ……사장님은 좌우간 터프한…… 아직 젊다구요.

휴지 좀 주세요.

감나무를 자르고 실내장식을 바꾸시라구요. 암튼, 사장님…… 알아줘야 해. 젊은 애들보다 더 양이 많다니까. 휴지 좀 더요. 그러니까요…… 주차장이 요 아래 있으니까, 차가 안 닿더라도 손님들을 유혹할 수 있어요. 중심가도 가까운 곳인걸요. 휴지 좀 더 달라니깐요. 전요, 대학 졸업하면 멋진 카페를 차릴 거예요. 창이 넓고 천장이 높은 라이브 카페요. 연인들의 성소로 만들 자신이 있어요. 그곳에서 마주앉으면 사랑하지 않고선 견딜 수 없는. 사람들을 행복하게 만들 거예요. 길은 사방으로 열려 있어요. 지금은 새 천년인걸요.

어머, 내 정신 좀 봐.

가스대에 물 올려놨는데 가스불을 안 껐지 뭐예요. 불 좀 꺼주세요. 사장님은 참 착한 분이세요. 사장님에게 문제가 있다면 어떤 본능 혹은 본질, 그런 것들이 사랑보다 더 무거운 것이라고 믿는 거예요. 섹스는 샤워와 같은 거예요. 그 점은 사장님도 동의하시지 않나요? 볼펜으로 쓰면 가볍고 붓으로 쓰면 무거운가요? 감나무가 왜 사랑보다 무겁다고 생각하는지 모르겠어요. 감나무의 오상이라니. 문무가 있고, 뭐, 충, 충효가 있고, 또 뭐, 절, 늦가을까지 붉은 열매가 남아 있으니 절이 있다…… 얼마나 웃기냐고요, 이런 게. 무거워서…… 눌려 죽겠어요.

지금은 새 천년이에요, 사장님.

이제야 얘기하는 거지만, 사모님이 구청장님과 함께 여관에서 나오는 걸 봤어요. 지난주 엠티 갔던 교외에서 말예요. 사모님이 감나무 자르는 걸 반대하는 건 감나무가 좋아서 그러는 게 아니라구요. 이 집에 가두려고 그래요. 이 낡고 무거운 집에요. 사장님이 사모님에게, 사모님이 사장님에게 서로 물어야 할 거예요. 이봐요, 유부녀는 원조 교제 안 하나요, 이렇게요. 그게 평등이죠. 낡고 무거운 것에 가두려는 사모님의 계략을 생각해보세요. 거래가 끼어들지 않는 사랑이 세상에 어디 있겠어요? 부부관계까지도요. 그리고 거래 얘기가 나왔으니까 말인데요, 원두커피랑 재료 대주는 그 머리 까진 아저씨요, 사장님은 왜 그렇게 그 사람한테까지 머리 숙여 인사하고 그러시냐구요. 아쉬운 건 그 사람이에요. 그 사람 들어와도 사장님 앉은 자리에서 일어서지 말아요. 그냥 무심한 척하란 말예요. 응대를 제가 할게요. 재료값만 해도 그래요. 누가 재료값을 그날그날 현금으로 지불해요?

계속 외상을 일정량 미뤄놓는 게 좋아요. 제가 전에 아르바이트 하던 집 사장은요, 몇백만 원씩 꼭 대금을 미뤄놓았어요. 얼른얼른 지불한다고 더 잘해주는 게 아니라는 걸 아셔야지요. 대금 지불을 많이 미뤄놓을수록 그 사람들 더 저자세가 돼서 굽신거릴 거예요. 재료도 더 좋은 걸로 주고 말예요.

사장님 순진한 거, 제겐 좋아요.

그렇지만 어떤 땐 화가 나요. 사장님 생각 안 할 수가 없으니까요. 사장님은 꿈이 뭐예요? 커피숍 주인으로 평생 살 건가요? 커피숍도 커피숍 나름이죠. 저는요, 카페 해서 돈 좀 벌면 교외로 나갈 거예요. 아름다운 강변에 땅을 한 만 평쯤 사가지고요, 최고의 레스토랑도 하고, 화랑도 하고, 도자기 가마도 만들고, 꿈같이 이쁜 러브호텔도 짓고…… 말하자면 아주 예술적인, 아주 아름다운 종합 문화예술 타운을 만들고 싶어요. 꿈이 있고, 자나 깨나 꿈을 그리면 반드시 이루어질 거래요. 지금은 등록금도 제때 못 내고 쩔쩔매지만 난 자신 있어요. 그때 사장님 지배인 시킬까봐.

내게도 담배 한 대 주세요.

또, 또, 담배 그렇게 잡으신다. 검지하고 가운뎃손가락에 이렇게, 보세요, 이러엏게 끼워 들라고 말씀드렸잖아요? 엄지손가락하고 집게손가락으로, 사장님 지금처럼요, 그렇게 들고 담배 피

우는 사람 보면 리어카꾼들 모여 앉아 손님 기다릴 때 그 리어카꾼들 생각나요. 양지쪽에 앉아서 해바라기하고 있는 리어카꾼들요. 그 사람들은 자주 꽁초를 피운다구요. 짧은 꽁초를 피우니까 그렇게 엄지손가락을 써서 잡는 거예요. 궁상맞고 처량해요. 난 인생의 낙오자다 하고 광고하는 셈이지요. 멋진 화이트칼라는 그렇게 담배를 잡지 않아요. 사장님은 일류대학 나오셨는걸요.

잠깐만요, 사장님. 문 두드리는 소리 나지 않았나요?

제 남자친구가 올지도 몰라요. 성능 좋은 톱 하나 사다달라고 했거든요. 자르고 안 자르고, 선택은 사장님이 하세요. 감나무 말예요. 아예 이 건물 팔고 시내로 진출하시든지요. 바람 소리였나봐요.

감나무 흔들리는 것 좀 보세요.

겨울이 지나면 저 감나무, 잔뜩 우거지겠지요. 커피숍 간판은 아예 뵈지도 않을 거예요. 물론 사장님 유년과 청년 시절의 추억이 깃든 건 알아요. 사장님 아버지가 손수 지은 집이라는 것도. 처음 지었을 땐, 시내가 쫙 내려다뵈는 위치이고, 더구나 석조 건물에, 보나마나 이 근처에서 제일 멋진 집이었을 거예요. 저 올라오는 길 좌우에 넝쿨장미가 흐드러지게 피어 있었다지요? 톱은 내일 사다놓을게요. 남자친구한테 부탁했으니까 이미 사다 놨을 수도 있어요. 만약 자르고 싶으시면 제 남자친구 불러서 사장님 돕게 할게요. 감나무를 자르면 저 액자도 무조건 떼시구요.

아 참, 제가 안경테 하나 골라놨어요.

사장님 안경 바꾸시라구요. 그런 굵은 안경테를 요즘 세상에 누가 써요? 안경만으로는 칠순 노인네 같으세요. 깨물지 마시라니까, 여기 좀 봐요, 제 가슴에 또 자국이 난걸요. 제 남자친구가 보면 엄청 열받을 텐데. 거기, 재킷 좀 주세요.

전 그만 가볼래요.

현관 열쇠, 두 개 다 잠그세요. 가스도 제대로 잠겼는지 다시 보시구요. 키스 자국 때문에 남자친구한테 신경이 쓰여요. 다음엔 부드럽게 하세요. 부, 드, 럽, 게, 요. 난 사장님이 지금처럼 창에 붙어 서서 밖을 내다보는 그 프로필이 참 좋더라. 부조 같거든요. 뭘 보세요, 그럴 땐. 눈빛이 휑하니 열린 동굴 같아 봬요. 무심하면서도 어딘지 모르게 슬픈. 추억을 보시나요? 아니면 텅 빈 꿈 주머니? 밤에 남자친구하고 미사리 쪽으로 드라이브 갈 거예요. 강변에 차 세워놓고 함박눈에 젖어가는 침침한 강물 보는 거, 얼마나 근사하다구요. 사장님은 슬프고, 귀엽고, 그리고 멀어요. 그 어둠 속 강처럼요. 때때로 먼 데서 온 미지의 손님 같은, 지금 그런 표정요, 사랑하고 싶어져요. 만약 사랑이 있다면 말예요.

먼저 나갈 테니까요.

내가 저 골목길을 다 빠져나가 보이지 않게 될 때까지 그대로 서서, 나, 사장님 거래처, 보고 계세요. 그리고 내가 사장님의 시야에서 딱 사라진 순간 결정하는 거예요. 감나무를 자르든지 말든지. 선택은 전적으로 사장님 자유예요. 그럼요. 자유고말고요. 저하고의 거래는 곧 끝날 텐데요. 감나무가 나하고 무슨 상관이 있겠어요.

참 잊을 뻔했네요.

엊그제…… 나…… 임신 중절 수술 받았었어요. 그것 땜에 그날 출근이 늦었던 거라구요. 임신 오 개월밖에 안 됐는데 초음파로 보니까 발가락이 모두 생겨나 붙어 있지 뭐예요. 발가락은 발가락대로, 손은 손대로, 조각조각 잘라서 꺼내는 거라고 그러더라구요. 간호사 언니가요. 사장님이 가책을 느낄 필요는 없어요. 토막 쳐서 세상에 끌어내진 그 아이, 누구인지 저도 모르겠어요. 남자친구 애인지, 사장님 애인지. 남자친구가 날 데리러 왔네요. 저기 지금 막 주차장으로 들어오는 흰 차 보이죠? 그 차예요. 키스 자국 보면 길길이 날뛸 텐데…… 제 남자친구는 펀드매니저가 될 거래요. 계산속이 밝은 애니까 잘할 거예요. 내일 봬요, 사장님. 바람이 아직도 많이 부네요.

5. 소음 냅둬

열이 나서 죽겠어. 입술은 마르고 머릿속엔 섬유질 같은 것이 꽉 절어 있고 숨은 가빠. 열 때문이야. 요즘엔 펜잘을 세 개씩 먹는다구, 스파이더맨처럼. 믿어지지 않겠지만 난 스파이더맨을 알고 있었어. 나의 어린 새댁이니까. 당신이 이 편지를 읽을 때쯤 나는 이미 이 도시에서 먼 곳으로 떠나 있을 거야. 스파이더맨하고 함께 떠나. 스파이더맨의 감나무를 찾아줄 사람은 나밖에 없어. 아버지의 감나무가 아니라 스파이더맨의 감나무 말야.

운명이라곤 말하지 않을게.

삶이 너무 무거워서 아무리 신열이 위로, 위로 올라와도 내 몸은 떠오를 생각을 안 해. 스파이더맨하고 내 차이가 바로 그거야. 스파이더맨의 감나무와 아버지의 감나무 차이가 그거라구. 스파이더맨은 실낱같은 거미줄에 의지해서도 붕, 붕, 붕 뜨거든. 놀라운 부력이야. 스파이더맨은 요즘 펜잘을 네 개씩 먹어. 날 처음 만났을 때보다 한 알이 늘어난 거지. 나도 조만간 복용량을 늘려야 할지 몰라. 이 도시에선 도저히 신열을 식힐 수 없어. 맨날 몸이 불덩어리라구. 타 죽을 것 같단 말야.

당신의 노래는 언제 들어도 아름다워.

행복해지는 길을 알고 있는 당신의 노래. 그러나 나는 행복해지고 싶지 않아. 나는 다만 해열을 해야 돼. 펜잘을 끝없이 늘릴 수는 없다구. 날 찾지도 말고 기다리지도 마. 커피숍은 아르바이트하던, 머리에 노란 브리지 올린, 그애 앞으로 명의 변경을 해두었어. 우린 거래를 했었거든. 그애한테 외상진 게 많아서 커피숍을 넘긴 거니까 그애한테 어쩌고저쩌고 따지지 마. 그애는 아마 현관 앞의 감나무를 먼저 잘라 넘어뜨릴 거야. 쿵 하고 아버지의 감나무가 쓰러지는 걸 상상하면 가슴이 확 트여. 감나무에 문이 있고 무가 있고 충효에 절까지 있다니, 아, 나는 너무 오래 소음 속에 있었어.

소음 말야, 여보. 소음.

딸애는 비올라가 아니라 춤을 추고 싶어해. 비올라가 딸애한텐 소음이라는 걸 당신이 이해할 수 있을까 몰라. 감나무는 잎이 큼직하여 글씨를 쓸 수 있대. 옛말에 있는 얘기야. 지금에야 고백하지만 내가 회사를 그만둔 것 또한 소음 때문이었어. 소음 때문에 귀가 먹먹해서 암것도 할 수 없었다구. 특히 업무 평가의 갖은 말들이라니. 그러나 어찌 회사뿐이랴. 안방에도 거실에도 차 안에도 소음이 꽉 차 있어. 그래, 소음 때문에 머리가 돌 지경이야. 펜잘이 없으면 신열로 눈알이 튕겨져나갈 거라고 봐.

열에 타서 죽지 않으려고 가는 거야.

당신이 원한다면 커피숍 하는 옛집에 걸린 아버지의 편액은 당신이 이고 다녀도 좋아. 노래하는 당신에겐 그런 인문학적 문장이 사뭇 훈수가 될 거라고 봐. 너무나 많은 소음들이, 너희들의 신新, 신문명, 또 신腎, 신문명주의, 인, 문, 인문주의가, 내 삶, 내 영혼, 내 자유, 내 몸뚱어리, 구석구석, 맹장과 십이지장과 실핏줄 하나하나까지 상관하는 데 질렸어. 끔찍해. 보라구, 여보. 내 몸은 불덩어리인걸. 제발 날 좀 내버려둬, 냅두란 말야. 펜잘이 진통제니까 밥을 먹고 나서 먹으라고 말하지 마. 왜 밥을 먹고 펜잘을 먹어야 해? 왜 흐린 날씨에는 밝은 넥타이를 매야 해? 왜 노래할 때에도 자, 다 같이, 하나 둘 셋 넷, 따라 불러야 하느냐구. 감나무는 문도 아니고 무도 아니고 좆도, 절도 없다구. 나는 다만 당신에게, 말 많은 너희들에게 소리치고 싶을 뿐야.

날 좀 냅둬, 씨발!

—

향기로운 우물 이야기

모두들…… 나를 보고 계시군요.

재판이 진행되는 사이사이, 다른 사람이 심문받고 있는 동안에도 무심한 척, 안 보는 척, 힐끗힐끗, 나를 쳐다보는 여러분의 시선을 충분히 느꼈는데요, 이제 맘놓고 쳐다봐도 되니까 편하시겠어요들.

나의 어디를 보시나요?

눈을 영혼의 창이라고 하던데요. 설마 진실을 알고자 내 영혼의 창을 수시로 훔쳐보는 건 아니실 테구요. 시골 여자치고 반반하네, 뭐. 아까 재판정에 들어설 때 어떤 분이 이렇게 속삭이는 걸 들었어요. 아따, 반반하니까 그 짓 하다가 감옥 가지. 다른 분의 대꾸가 그쯤 됐으리라고 상상하는 건 어려운 일이 아니에요.

그러믄요. 여러분이 어떤 상상을 하면서, 나를, 내 몸을 보고 있는지 압니다.

알구말구요. 나도 그랬거든요.

학교 때 친구가 남몰래 남편 아닌 어떤 남자와 여관방에 드나드는 것을 알았을 때, 내 눈도 부지불식간에 그 친구 몸의 구석구석을 훑고 있었으니깐요. 간통이란 말만 들어도 진저리가 쳐졌어요. 공연히 침을 뱉고 싶은, 그러면서도 은밀하게 이끌리는 추악한 호기심이 깃들여 있어요, 간통이란 말엔. 세상이 달라져서 사람들이 밥먹듯 간통을 해도 그 말에 깃들인 관습은 달라지지 않아요. 들키면 간통이고 안 들키면 사랑이죠. 재판장님 눈에도 내가 특별히 화냥기 많은 여자로 보이나요?

죄송해요, 재판장님.

알겠습니다. 방청하는 분들께 일부러 불쾌감을 드릴 생각은 추호도 없어요. 사실은 암 말도 안 하고 싶었답니다. 심문 받을 때에도 제일 괴로웠던 건 질문 내용이 아니라 말을 해야 한다는 것이었어요. 예, 아니오, 라고만 대답하시오, 라고 말씀하셨지요? 나는 차라리 계속 입을 다문 채 있고 싶었어요. 예, 아니오, 그게 얼마나 긴 문장이라구요. 공주교도소 앞에 있었던 게 사실입니까. 예. 그와 파라다이스 여관에 들어간 게 사실입니까. 예. 스스로 먼저 옷을 벗은 게 사실입니까. 예. 재판장님께서도 이런 심문이 경제적이고 기능적이라고 믿으시죠? 예, 라는 짧은 한 음절의 말. 하지만 교도소 앞에 갔었느냐고 물을 때, 내 머릿속엔 온갖, 길고 긴, 어렸을 때의 친정집 뒤란에 있던 우물 두레박줄 같은, 만연체의 문장이 떠올라요. 가령, 우물 곁엔 나이 많은 사철나무 한 그루가 있었는데, 그 그늘이 얼마나 깊은지, 낮에도 침침한 것이 해가 지고 천지 사방에 먹물이 스미듯 어둠이 스며들 때면, 그 어둠의 먹물이, 우물 속이나 사철나무 그늘에서 실꾸리의 실이 풀어져나오는 것처럼 풀어져나온다고 생각하곤 했어요, 라는 식으로요. 교도소 앞으로 쭈뼛쭈뼛 다가가 섰을 때, 닫힌 철문에 부딪쳤다가 씽씽 튕겨져나오는 여름의 아침 볕, 그 불화살, 두 눈에 탁탁탁 박혀올 때, 참을 수 없는 통증으로 질끈 눈을 감고 말았을 때, 바로 그것이 떠올랐거든요.

우물하고 사철나무 말예요.

내가 아마 아홉 살이나 여덟 살, 혹은 일곱 살쯤 됐었던가봐요. 저기 앉은, 내 간통의, 교도소 앞으로 만나러 간 서, 서, 경, 훈 이장님, 이장님이 소년이었을 때, 경훈 오빠는 내게 말했어요. 사철나무 그늘의 가장자리에 선 채로요. 있잖아, 밤이 어디에서 오나 하면 말야, 우물에 축축한 검은 옷을 입고 숨어 있다가 말야, 해가 지면 말야, 슬그머니 나와 사철나무 밑에다가 커다란 검은 물레 같은 걸 떠억 갖다놓고 말야, 이렇게 장대보다

긴 팔로 이렇게, 물레를 돌려서, 연기 피우듯이, 온 세상으로 어둠을 피워놓걸랑. 그 말을 할 때 그 사람 얼굴의 반은 사철나무 그늘에, 나머지 반은 햇빛 속에 있었어요.

지금도 세심히 기억해요.

밤이 우물 밑에 엎드려 잠자다가 가끔, 눈비 오거나 뇌성벽력이 치거나 해가 달그림자에 가려 숨죽이고 숨을 때, 한낮에도 바람 쐬러, 아주 가끔, 사철나무 그늘까지 마실도 나온다고, 그는 아주 진정 어린 표정으로 내게 설명해주었어요. 밤이 축축한 검은 옷을 늘 입고 있는 것은 햇빛과 만나면 죽기 때문이라는 말도 그는 덧붙였지요. 공주교도소 앞에 있었던 게 사실입니까, 라고 저쪽 변호사님이 내게 물어온 순간, 교도소 앞의 햇빛과, 시멘트 담장과, 철문과, 내 옆의 노파가 들고 있던 두부와, 어떤 젊은 엄마의 등에 업혀 있던 어린것의 자지러지는 울음과, 아카시아나무들. 그리고 그런 것 말고 내 머릿속에 끝없이, 두레박처럼 올라오는 기억들, 예컨대 그가 소년이었을 때 말해준, 검고 축축한 옷을 입은 밤과 사철나무 그늘 따위, 모든 것이 뒤죽박죽, 맞물리고 끈에 꿰인 채 솟아올라오는데, 그 모든 것을 나는 한 음절로 대답하는 거예요. 예, 라고요. 그와 파라다이스 여관에 들어간 게 사실입니까. 예, 라고 말예요.

고맙습니다, 재판장님.

마지막 기회라고 하시더니, 나의 긴 만연체를 정말 아무도 막지 않는군요. 말씀드리지요, 예, 아니오라는 짧은 문장으로는 모두 말할 수 없는 내 넋두리. 이렇게 기회를 주시니 뭐라고 감사의 말씀을 드려야 할는지 모르겠습니다. 이래 봬도 내 고장에선 여류 시인이란 말도 가끔 듣는답니다. 읍에서 문학 동인들이 만드는 동인지의 신인 추천작으로 내가 쓴 시가 당선된 게 삼 년 전이에요. 고료는 없었지만 문학소녀였던 내겐 부끄럽고도 큰 기쁨이었어요. 남편은 축하한다며 내게 정장 투피스를 한 벌 사주었고요, 서이장님은 체리토마토를 한 바구니나 우리집 거실 마루에 놓고 갔습니다. 시인이라 불리며 살고 싶었던 난데 이런 덫이 발목을 잡으리라곤 상상도 못했어요.

골프장 공사가 한창 진행되던 때였습니다.

그땐 남편이 이장 일을 맡고 있었지요. 거짓말이라고 할는지 모르겠지만, 어느새 두 아이의 엄마가 된 삼십대 중반인 그때까지, 나는 밤이 축축한 검은 옷을 입고 한낮엔 깊은 우물 밑에 숨어 지낸다는 걸 믿고 살았답니다. 적어도 감성적으론 그랬지요. 남편이 함부로 두레박을 우물에 던져넣으면 내가 곧잘 말하곤 했어요. 그러지 마요. 우물 속에 엎드려 있는 그 양반, 두레박에 맞아 잘못하면 허리 다치겠수.

그날이 오기 전까지 나는 어둠이 특별히 무섭거나 혐오스럽다고 여긴 적이 한 번도 없었습니다. 밤이 온다고 완전히 캄캄한 건 아니에요. 순결한, 이런 표현이 가능한지 모르겠지만요, 암튼 이것저것 불순한 빛이 끼어들지 않은 순정의 어둠 속에서 보면, 모든 것들이 제 몫몫, 어떤 빛을 내뿜고 있다고 난 생각해요. 골프장에서 골목 어귀마다 가로등을 설치해주기 전까지, 밤이면 우박처럼 쏟아져, 머리 위로 쏟아져내리던 별빛이 지금 떠오르네요.

참, 대단한 별빛이었지요.

어디 별빛뿐인가요. 달빛도 우리 동네에서 보면 다르다구요. 뒤란의 장독대를 둘러싸고 치자나무 몇 그루 키 대기를 하고 있는데요, 그 흰 꽃, 술잔 같은, 여름 깊어가면서 꽃대도 이파리도 다 덮고 마는 흰 꽃 위로 달빛이, 쏟아져봐요. 뒤란 쪽 문을 가만히 밀어놓고, 집안의 불이란 불은 모조리 끄고, 치자꽃 위로 쏟아지는 달빛을 내다보고 있으면 흡, 숨을 막게 된답니다. 어쩌다 마당으로 나설 때면 달빛에 실린 치자꽃 향기가 막무가내 온 실핏줄, 온몸의 모공을 있는 대로 다 열어젖히고 말아요. 내게 화냥기가 있긴 있나봐요. 왜 치자꽃 향기나 달빛에 매번 모공까지 모두 열리는지 모르겠어요. 별빛도 달빛도 없는 날도 그렇습니다. 치자나무도 그렇고, 옥잠화 너른 잎도 그렇고, 옥잠화 너른 잎이 감싸고 있는 자연석 한 개도 그렇고, 하다못해 추녀 밑에 달아둔 값싼 풍경도 그래요. 빛이 있다구요. 어둠의 온정이라고 할까요, 순결한, 순정의 어둠 속에선 그 빛이 보인다구요. 골프장에서 큰 생색을 내며 가로등을 여기저기 달아주기 전엔 그랬어요. 밤이 돼도 빛이 가득찬 그런 동네였답니다.

예, 재판장님.

이 재판과 전혀 관계없는 말로 들리신다면 줄이겠습니다. 어둠 속에서도 모든 살아 있는 것이, 사물들이 제 몫몫의 빛을 갖고 있다는 사실이 이 재판과 별 관계가 없다는 재판장님의 지적에 동의할 수는 없지만요.

이야기 전개에 속도를 좀 붙여보도록 할게요.

그날이, 그러니까 어느 날이냐 하면, 초복을 하루 앞둔, 저기 서경훈 이장님, 애들은 삼촌이라고 부르고 나는 오빠라고 불렀던, 저분이 교도소에서 출감한다고 알려진 그 전날 말인데요, 달은 만월에 가까웠으나 가로등마다 환해서 달빛이고 뭐고 흐리멍덩한데, 몇몇 마을 사람들이 잔뜩 긴장한 표정으로 대청마루에 모여 앉아 있다가 뿔뿔이 흩어져 돌아간 뒤, 홀로 남은 남편이 반병쯤 남은 마지막 소주병의 소주를 단숨에 들이켜고 나더니, 마당에 불 켜라, 구태여 나에게 하는 말이라곤 느껴지지 않는 한마디 낮은 말, 마당에 불 켜라, 그러고는 마당 가운데 앉아 숫돌에다 낫을 갈기 시작했습니다. 남편은 생각을 깊이 하거나 화가 났을 때, 고통스럽게 참고 견뎌야 할 일이 생겼을 때, 양미간에서 머리까지, 이마를 양분하면서 수직으로 두 줄, 핏줄이 툭 불거져 솟아올라오곤 하는데요, 그날 밤에도 그랬지요. 가끔 바람이 불면요, 빨랫줄에 매단 갓 씌운 백열등이 흠칫흠칫 몸을 떨고, 갈리는 낫날이 백열등 불빛과 만나며, 뭐라고 할까요, 쓰윽, 어둠까지 베고 말, 흰 광채, 쓰윽, 할 때마다 소리 없이 뒤란에서 치자꽃 지고, 엄마 무서워, 큰애 작은애가 내 품안에 머리를 죽으라고 처박는 것이었어요.

남편은 오래오래 낫을 갈았지요.

애들을 다독거려 잠재우고 난 후에까지 나는 불 꺼진 거실에 있고, 그이는 백열등 아래 숫돌 앞에 단아하게 앉아 있었어요. 이따금 갈린 낫날을 백열등에 비춰볼 때 남편의 핏줄은 더욱 불거져 솟아올라왔습니다. 그이는 무엇을 상상하며 그 낫날을 보았을까요. 단도직입적으로 말해 나는 다음날 교도소에서 출감해 귀가하기로 돼 있는 서경훈 이장님이 무섭진 않았어요. 물론 그보다 훨씬 전부터 마을 안팎으로 떠돌던 모질고 흉흉한 소문은 나도 듣곤 했지요. 여러 갈래 소문은 하나로 요약됐어요. 요컨대, 서경훈 이장이 출감하여 마을로 돌아오는 날엔 남편이든, 서경훈 이장이든, 둘 중의 한 사람은 살이 찢어지거나 머리가 터져 죽을 수밖에 없다는 것이었지요. 아니, 한 명이 죽으면 그나마 다행이라고 말하는 사람도 있었어요. 남편과 서경훈 이장을 필두로 해서 마을은 진즉부터 양분돼 있었으니까요. 서경훈 이장의 출감을 앞둔 얼마 전부터 남편을 지지하는 쪽의 몇몇 사람들과, 서경훈 이장 쪽 몇몇 사람들이 읍내로 나가 각각 따로따로, 은밀히 떼로 만나고 있다는 사실 또한 나는 알고 있었어요. 양쪽 편 사람들 어쩌다 골목 어귀나 읍내로 나가는 버스에서 부딪힐 때조차 인사를 나누기는커녕 원한에 찬 헛기침을 날리곤 고개를 모로 돌리는 게 보통이었지요.

서이장 동생이 엽총을 사왔다는 게야.

어떤 이는 말했습니다.

엽총은 무슨. 도끼날을 갈아놓으랬대, 서이장이.

또 어떤 이는 말했고요. 양쪽 모두 원한이 깊을 대로 깊어, 법이고 뭐고, 서이장만 출감하면 떼로 죽고 죽일 것이 분명하니, 차라리 서부영화의 흔한 라스트 신처럼, 단호하고 간결하게, 둘만의 결투로 끝장내는 게 그나마 희생을 최소화하는 유일한 방책이 될 거라고 단언하는 사람도 있었어요. 그가 출감하는 날 전후 며칠이라도 아예 마을을 떠나 피신해 있는 게 좋지 않겠느냐는 충고를 듣기도 했지요. 서이장을 교도소로 찾아가 만나고 돌아온 사람의 충고였으니 믿을 수밖에요. 하지만 내가 무서웠던 건 내일이면 돌아올 서이장님이 아니라, 그 당장, 침묵 속에서, 땀이 밴 이마를 붙박은 듯 정지해놓고, 마치 뼈를 깎는 고행을 통해 열반에 이르려는 힌두교도처럼, 낫을 갈고 있는 남편이었어요. 남편의 이마를 수직으로 가른 핏줄 두 개는 부풀어오를 대로 부풀어올라 터지기 직전으로 보였습니다.

너무 긴장해 있었기 때문일까요.

남편이 낫날을 번쩍 들어올려 백열등 불빛에 정면으로 비춰보려는 순간, 나는 그만 비명을 지르고 말았지요. 여보, 라구요. 내 비명 소리는 그랬습니다. 대청마루에서 발작적으로 내려서며 여보, 하고 불렀을 때, 비명처럼요, 낫날로 향하던 남편의 눈빛이 단번에 내게로 날아와 꽂혔어요.

그 자식, 아직도 좋아하지?

남편의 화살에 찔려 질끈 눈을 감았는데, 그 자식이 말하더라는 거야, 남편은 이어서 날카롭게 갈린 낫날을 내 정수리에 오지게 박아넣는 것이었어요. 너 때문에 그 자식, 여태껏 장가를 들지 않은 거래. 하얀 치자꽃들이 후드드득, 한순간, 목이 잘려 넘어지는 걸 나는 본 듯했어요. 잔인한 낙화였지요. 가로등이, 골프장에서 세워준 가로등이 마을 어귀를 환하게 비추던 한밤에 있었던 일입니다. 모든 게, 마침내, 끝장나는구나. 절망보다 공포감이 내 등덜미를 후려쳤어요. 여기로 이사 오자고 할 때부터,

뭔가, 꿍꿍이속이 있어서……라고 덧붙이다 말고, 남편이 휑하니 대문 밖으로 나갔어요.

사람의 마음이란, 정말, 모를 일이에요.

정말 모르겠어요, 재판장님. 친정집이 있던 고향 마을이라고 하지만요. 이미 양친께서 작고하셨고 동생들마저 집 팔고 논 팔아 대처로 떠났으니, 마을에, 특별히 의지하고 살 사람이 따로 있었던 건 아니에요. 오촌 고모가 한 분 계시지만 치매로 날 알아보지도 못하시구요, 어릴 적 친구들도 오래전 모두 떠나갔구요, 마을 어귀의 느티나무들도 일부는 베어져 그루터기만 남았습니다.

벌써 육 년 전의 일이네요.

남편은 본래 중견 건설회사에서 경리 담당으로 일하는 사람이었어요. 아주 꼼꼼하고 성실하고 과묵한 타입이었지요. 우리가 처음 만났을 때, 나는 여상을 졸업하고 은행 창구에서 일한 지 삼 년을 막 넘기고 있었습니다. 남편은 중요한 고객 중 한 분이었어요. 어느 날 지점장이 나를 지목해 남편의 회사로 심부름을 보낸 게 구체적 인연의 시작이 되었지요. 서류 가방을 들고 합정동 로터리 근처의 남편 회사를 찾아가면서, 왜 하필 창구에서 일하는 내게 심부름을 시키나 하고 잠시 생각했어요. 그것도 퇴근 시간이 다 돼서요. 창구 일을 하면 퇴근 시간에 온갖 것을 확인하고 대조해보라, 더 바쁘거든요. 뒷일 걱정 말고 거기 들렀다가 그냥 퇴근해도 좋아, 라고 지점장님은 말했습니다. 과묵한데다가 곧잘 내 앞에서 얼굴을 붉히기도 했던 남편이, 사랑의 속병을 앓다못해 지점장에게 부탁해 일부러 꾸민 일이라곤 전혀 상상도 못했지요. 그도 그럴 것이, 나는 꽃다운 스물두 살이었거든요.

합정동 근처의 어느 일식집이 떠오르네요.

내가 젓가락질을 하기 기다렸다가 한 점 한 점, 생선회를 나의 앞접시에 놓아주던 그날의 남편 말이에요. 정작 자신은 별로 먹지도 않으면서, 요것은 광어, 요것은 우럭, 일일이 설명해주면서 내가 입에 넣기도 전에 벌써 다른 생선회를 들고 기다리던 남편의 모습은 참 순수하고 다정해 보였습니다. 남편은 그때 스물아홉 살이었지요. 나이 차이가 많은 게 좀 걸리기도 했지만, 그날부터 일 년 후 우린 결혼했습니다. 이태가 지나서 첫애를 얻었고, 첫애 얻고 삼 년 만에 둘째 애를 얻었어요. 아파트를 장만하려고 청약적금도 부지런히 부었고요, 콩나물값까지 아껴 정기적금도 꼬박꼬박 넣었습니다. 남편이 혈혈단신이나 다름없어 좀 외롭고 좀 가난했지만요. 남들이 다 사는 순차대로, 또박또박, 도란도란, 알콩달콩, 우린 살았는데요, 어떤 날, 불현듯 남편의 회사가 부도를 내면서부터 모든 게 뒤죽박죽되기 시작했어요. 경리 책임자였던 남편도 책임져야 할 일이 있었지요. 몇 달간 지방으로 어디로 숨어 지내다가 자수하여, 비록 두 달도 채 안 된 기간이었지만, 옥살이도 했습니다. 회귀본능이라고들 말하는데, 실패하지 않으면 사람들은 뒤돌아설 줄 몰라요. 앞으로, 앞으로 죽을 둥 살 둥 꿈같이 나아가는 거지요. 남편의 회사가 망한 것만 해도 그래요. 그냥 건설회사만 성실히 꾸려갔더라면 아무 문제도 없을 거라고들 말하데요. 아파트 좀 짓고 해서 큰돈 만지게 되니까 옳거니, 나도 잘하면 정주영이 될 수 있겠구나, 그만 이것저것, 왕창왕창, 사업을 벌이다가 망한 경우지요.

다들 그렇지 않나요?

아이엠에프가 오기 전까지 우리가 배운 거라곤 그저 가야 한다, 뜀박질로 가야 한다, 이것저것, 이놈 저놈, 밀어내고, 밟고, 죽이고라도 가야 한다, 그뿐이었는걸요. 큰아이가 학교 갈 때쯤 애들이 잘 부르던 노래가 있어요. 앞으로, 앞으로, 앞으로 앞으로, 하던 씩씩하고 우렁찬 노래요. 그 노래만 들으면 진저리가 쳐지는데 남편은 틈만 나면, 더욱 우렁차게 해야지, 격려, 고무, 질책하면서, 그 노래만 애한테 시키는 거예요. 그러고 보면 고향동네로 이사 간 것이 내게는 일종의 회귀였는데, 남편에게는 잠시 엎드려 찬스를 보자는, 일종의 전략이었는지도 모르겠어요.

그게 아마 7월 하순쯤 됐었나봐요.

밤낮없이 무더위가 기승을 부렸으니깐요. 옥살이하는 남편을 면회하고 돌아오는데 불현듯, 정말 뜬금없이, 타는 듯한 갈증이 나면서요, 뭔가, 쑤욱, 땅 밑 지구 중심으로부터요, 쑤우욱, 눈앞으로 솟아올라오는데요, 그게 글쎄, 우물이었어요. 친정집 뒤란에 있던 우물 말예요. 축축한 검은 옷을 입고 밤이 엎드려 숨어 산다고 해서 행여 부정적으로 상상하진 마세요.

향기가 난다면 믿으시겠어요들?

정말이에요. 특히 신새벽 우물가로 가보면요, 모락모락 김이 나는데요, 그 김에 아주 부드러운 향기가 깃들여 있어요. 친정집 우물만 그런 게 아니에요. 우리 동네는 예로부터 워낙 물이 좋은 걸로 호가 나서 동네 이름도 아예 정수리지요. 누구네 집이랄 것 없이 우물이 있는 집에선 다 향기가 났습니다. 물 향기가요. 나는 비틀거리면서, 잰걸음으로, 남편이 갇힌 감옥을 등지고 걸었습니다. 버스 정류장까지 끈질기게 친정집 우물이 날 따라오데요. 음료수를 사서 마셨으나 아무 소용 없었어요. 갈증은 점점 심해져서 나중엔 입안이 온통 갈라지는 것 같았지요.

또 모를 일입니다.

그 우물에의 기억과 함께, 그 순간, 서이장님, 오빠라고 불렀던 저분이 생각났었는지도. 남편은 내가 첨부터 계획적으로 우리 동네에 이사 갈 집을 구했다고 하는데요. 세상에, 마치 그때부터 이미 서이장님하고 내가 눈 맞추고 배 맞추었다고 주장하고 싶은 눈치지만요, 세상에, 그것이 말도 되지 않는다는 건 남편이 더 잘 알고 있을 거라고 봐요. 내가 확신할 수 없는 것은 그날 고향으로 찾아가며 서이장님 생각을 했었던가, 하는 거예요. 친정집을 싸리문 밖에서 돌아보곤 곧 서이장님, 그러니까 경훈 오빠 집으로 갔으니까요.

글쎄요. 이런 생각도 해봅니다.

불현듯 고향집을 찾아가본 것이야, 인지상정, 삶이 고단하고 세상 얼음처럼 차가우니 어쩌다 그럴 수 있다고 치고, 그러나 만약 그곳에서 경훈 오빠를 안 만났더라면, 순박하고 따뜻한 눈빛과 진정 어린 말씨로 나를 맞아주었던 저분이 없었더라면, 그곳으로 돌아가 터 잡고 살 생각을 했을까 하구요. 고향집 우물은 그대로 있었으나 집은 새로 지어 딴 집 같았고 사람들도 모두 낯설었어요. 서울에서 한 시간 반이면 가닿는 풍광 좋은 곳이라서 그런지, 그동안 이사 들어온 낯선 사람이 생각보다 많았거든요. 솔직히 말씀드리자면, 고향집을 둘러볼 때보다도 친정 오라버니 같은 서이장님을 만났을 때, 비로소 고향에 돌아왔다는 걸 실감할 수 있었어요.

돌아보면 그래요.

내 어린 시절의 따뜻한 삽화들 중 반쯤엔 경훈 오빠가 들어 있어요. 옆집에 사는데다가 우리집 우물을 같이 썼으므로, 학교

갈 때도 그렇고, 집에서도 그렇고, 노상 함께 노는 시간이 많았으니깐요. 성격이 다감한데다가, 오빠는 특히 손재주가 많아서, 개울가로 산으로 날 데리고 다니며 온갖 것을 만들어주곤 했어요. 호드기도 만들어주었고요, 인형을 나무로 깎아준 적도 있었고요, 눈썰매도 짜주었지요. 내 공작 숙제는 매번 오빠 차지였습니다. 고등학교에 들어가기 위해 오빠가 먼저 동네를 떠났고, 내가 여상에 합격한 이태 뒤엔 나도 떠났지요. 사실은 떠나기 전부터, 그러니까 오빠의 턱에 거뭇거뭇 수염이 돋아나고부터, 왠지 어색해졌다고 할까요, 우리 관계가 전과 같지 않았지만요. 오빠가 떠나기 전날 밤이던가, 두 뼘은 됨직한 참나무로 깎은 장승 한 쌍을 내게 준 일이 지금 생각나네요. 너 잠잘 때 무섭다고 해서 말야, 방문 앞에 이걸 두고 자면 안 무서울 거야. 서울로 떠나면서 장승은 갖고 가지 않았어요. 괜히 유치한 장난 같았거든요. 참, 여고 다닐 때 한 번, 오빠가 학교로 찾아온 일이 있어요. 눈이 퀭하고 예전보다 훨씬 깡마른 모습이었는데요, 집안 형편 때문에 학교를 그만두고 공군에 자원입대할 예정이다, 뭐 그런 말 했던 게 기억나요. 나는 좀 짜증을 부렸었지요. 학교로 찾아오니까 친구들 보기에도 창피하고 해서요. 다시는 안 올 테니까 걱정 마라, 라고 그가 말했던 것 같아요, 지금 생각해보니까.

왜 그렇게 눈물이 나왔던지요.

옛집은 흔적 없이 사라지고 낯선 벽돌집이 버티고 선 우리집 대문간을 서성이다가 행여 그가 있을까, 서이장님 싸리문 앞으로 다가갔을 때요. 누가 문을 쓱 열고 나오는데, 바로 경훈 오빠였어요. 거기…… 미현이 아녀, 라고 저쪽에서 먼저 말했지요. 그 순간, 갑자기, 눈물샘이 터진 것처럼, 막 눈물이 나는 거예요. 어린 시절, 너무 억울하고 분한 꼴을 당하고 집으로 돌아오다가, 어머니나 아버지를 만나면 말보다 앞서 눈물이 앞을 가리듯이요. 오빠가 자신의 집 마루로 데려다가 앉혀놓고 서늘한 물수건을 손에 들려줄 때까지도 눈물이 그치질 않았어요. 나는 물을 마셨지요. 너 예전에 살던 집, 그 뒤란의 우물물이야, 라고 그가 말했고요. 그 말을 듣자마자 눈물 뚝 그치면서, 내가 대꾸를 했습니다.

오빠, 나 예 와서 살까봐.

나 자신에게도 참으로 뜻밖의 말이었어요.

정말야, 오빠. 빈집 같은 거, 없을까.

한번 떠난 말은, 말馬처럼, 앞으로 내달리기 마련인가봐요. 말만 앞으로 내달리는 게 아니라 마음도 내달려가는 걸 느꼈습니다. 한번 오빠라고 부르고 나니까, 신기할 정도로 단번에 곡절 많은 시간들 싹 지워 없어지고, 오빠와 나 사이, 스스럼없이 어린 시절로 돌아가버리는 것이었어요. 오빠, 나무 인형 하나 깎아줘, 라고까지 말할 수 있을 것 같았습니다.

그렇게 된 것입니다, 재판장님.

옥살이를 마치고 나온 남편은, 내가 고향 동네에 빈집 하나를 구해놨다고 하자 군말 없이 이삿짐을 쌌습니다. 치자꽃이 다 지기도 전이었어요. 남편은 지쳐 있었고, 나는 새 꿈을 꾸었습니다. 집을 고치는 일부터 비닐하우스를 할 농토를 싼값에 빌려 얻는 것까지, 서이장님이 다 앞장섰지요. 남편과 경훈 오빠는 정말 죽이 잘 맞았다고 나는 지금도 생각해요. 친처남 매부보다 더 가까웠지요. 남편이 불과 이 년 만에 동네 이장을 맡을 정도로 빨리 적응할 수 있었던 것도 그렇습니다. 원래 인심 좋은 동네이기도 했지만요, 남편과 경훈 오빠의 두터운 우정이 없었다면 그렇게 빨리 터를 잡지는 못했을 거라고 봐요. 가난했지만 우린 행복했습니다. 비닐하우스에 선인장을 재배해서, 이 년 만에, 밭도 팔백 평이나 장만할 수 있었고, 치자나무 밑에 우물도 팠지요. 어렸을 땐 그리도 깊어 뵈는 우물이었는데요. 열 자도 파지 않아 향기로운 물이 콸콸 쏟아져나왔어요.

작두샘은 싫어, 여보.

내 고집을 남편은 기꺼이 들어주었어요.

황등 쑥돌을 괴어 우물을 만들고 예전처럼 두레박을 매달 철제 구조물도 만들었습니다. 두레박은 경훈 오빠가 만들어주었지요. 우물이 완성된 날 풍물패, 마당 가득, 날라리젓대 앞세워 돌아가고, 뒤뜰에선 똑, 똑 치자꽃 지고, 노세 노세 젊어서 노세, 마을 사람들이 막걸리에 취해 어깨동무하고 노래하던 모습이 눈에 선합니다. 정수리는 물만 맑은 동네가 아닙니다. 우물에서만 향기가 나는 곳이 또 아니구요. 향기 나는 우물을 마음에 하나씩 품고 사는 사람들의 동네예요. 개발이다 뭐다 험한 세월 살았다지만 우리 정수리는 달랐습니다. 뒤떨어지지 않았으면서도 고요했지요. 남쪽 산 너머에 수백 대씩 트럭들이 드나들고 밤낮없이 중장비가 산을 깎아 골프장 공사가 시작되기 전까지 그랬다구요. 해마다 한 번씩 동제가 열리는 동네도 근동에선 우리 정수리밖에 없었습니다. 젊은 사람들이 다투어 도시로 나가고 나이든 어른들이나 고향을 지키고 사는 세태야 다른 동네와 다를 것 없었으나, 다른 동네와 달리, 우리 정수리는 일손이 턱없이 모자라지도 않았습니다. 농번기 때는 주말마다, 도시로 나가 사는 젊은 자식들, 일손 돕겠다고 열 일 다 제치고 돌아오기 때문이었지요. 효자가 많은 동네였는데요. 사람들은 너나없이 물이 좋아서 그렇다고 했습니다. 주민들이 모두 유순하고 후덕한 것도 물이 좋아서라는 것입니다. 물론 국도에서 산굽잇길로 십 리나, 외통수 길을 들어가서 자리잡고 있다는 지리적 환경 때문에 개발의 모진 바람을 덜 탔다고 할 수도 있지만, 나는 지금도 믿고 있어요.

물이 좋아서 효자가 많이 나고, 물이 좋아서 인심이 후했다는 어르신네들 말씀을요. 사람 몸의 대부분이 물로 되어 있다잖아요. 맑고 향기 나는 물이 언제나 몸속에 꽉 차 있어봐요. 영혼도 절로 정화되지 않을까요.

그날 얘기로 돌아가야 되겠군요.

예, 교도소 앞으로 찾아갔던 날의 자초지종을 말씀드려야겠지요. 서이장님은 출감한다는 날 돌아오지 않았습니다. 서이장님을 마중 갔던 동생이 혼자 돌아와 사무 착오로 날짜가 잘못 전해졌다고 하더랍니다. 서이장님이 출감한 날은 통고 받은 날보다 하루 뒤였던 것이지요. 종일 뭔가, 가파르게 다가올 운명적 파멸을 기다리듯 말없이 집을 지키고 있던 남편은, 다 저물녘, 어디에선가 걸려온 전화를 받더니 외출복을 찾아 입는 것이었습니다.

어디 좀 다녀와야겠어.

남편은 혼잣말하듯 말했습니다.

내일 밤에야 올 것 같다고, 기다리지 말고 자라는 말을 덧붙일 때에도 남편은 내게 시선을 주지 않았어요. 푹 꺼진 눈자위가 어둡고 섬찟해 보이더라구요. 눈에 핏발이 잔뜩 서 있구요. 눈동자는 불안하게 뭔가를 찾는 듯했습니다. 전날 밤부터 우린 한마디도 대화를 나누지 않은 상태였어요. 어디를 가시느냐 물어야 할 일인데, 말은 입 밖으로 나가지 않고요, 귓속에 둥둥둥, 전날 밤 남편이 마지막으로 내뱉은 말, 여기로 이사 오자고 할 때부터 뭔가……라던 말이 이명으로 울고 있었습니다. 남편은 신발끈을 오래오래 조여 묶었고, 나는 벙어리처럼 그걸 보고 있을 뿐이었지요. 밤이 왔는데도 기온은 전혀 떨어지지 않아, 찌는 듯 더웠습니다.

대문 앞까지 갔던 남편이 뒤돌아서 헛간 앞으로 걸어가데요.

그때 나는 보았지요. 헛간 안에서 남편이 들고 나온 것은 전날 밤 마당 가운데 앉아 숫돌에 갈았던 낫날이었습니다. 낫이 아니라 낫날요. 언제 그렇게 해두었는지, 낫은 손잡이에서 빠져나와 맨몸뚱어리더라구요. 손잡이에 찔려져 있던 곳은 테이프로 친친 감겨 손으로 잡을 수 있게 만들어져 있었어요. 남편은 그것을 수건으로 둘둘 감아 뒷주머니에 쑤셔넣고 나갔습니다. 내가 보란 듯이요.

물론 잠을 잘 수 없었지요.

길고, 무덥고, 무서운 하룻밤이었지요.

새벽 첫차를 타고서 읍내로 나왔고요, 공주교도소 정문 앞에 도착한 것은 아홉시 사십분쯤 됐습니다. 수위 아저씨가 출옥자는 열시가 조금 넘으면 나올 거라고 하데요. 나는 당연히 서이장님의 동생이 마중을 오리라고 생각했었지요. 그러나 열시가 돼도 교도소 앞엔 낯익은 얼굴이 전혀 없었습니다. 열시에서 십 분쯤이나 넘겼을까요. 철문이 열렸구요. 두부에 쪽박까지 든 사람들이 우르르 철문 앞으로 몰려갔구요, 그리고 그가 나왔습니다. 골프장 마크가 선명하게 찍힌 셔츠를 입고 말이에요.

세상에, 거기서 또 골프장을 보다니요.

그가 입고 있는 것은 재작년이던가, 골프장 직원용으로 만들었다가 특별히 마을 사람들에게까지 나누어준 셔츠였습니다. 그 셔츠가 나올 때만 해도 남편이 이장이었지요. 재판장님도 이미 들어서 알고 계시지만, 우리 동네는 이 년마다 한 번씩, 민주적 방식으로 이장 선거를 하고, 연임은 얼마든지 할 수 있어요. 서이장님이 딱 한 표가 많아 남편을 이기고 이장이 되기 전까지, 남편은 이 년 임기의 이장을 두 번 연임했습니다. 경리 업무를 한데다가 워낙 꼼꼼하고 공평했으므로, 타고난 이장이라고들 했습지요. 골프장이 들어서지 않았으면 남편은 아마 지금도 이장 일을 보고 있을 것입니다.

다 아시는 얘기라도 들어주세요, 재판장님.

골프장이 들어선다 했을 때 흔히 그렇듯이, 마을 사람 의견은 제각각이었습니다. 마을 기금으로, 골프 사업자는 공사가 시작되기도 전에 삼천만 원을 내놨는데요, 시골 사람들에겐 적은 돈이 아니었지요. 가가호호 나누자는 의견도 있었고 마을 공공기

금으로 놔두자는 말도 있었습니다. 애당초 골프장 건설을 반대해야 한다고 주장하는 사람도 있었지만요, 삼천이라는 거금이 들어오자 반대 의견은 흐지부지되고, 그 대신 돈을 어떻게 쓸지로 의견이 양분되었는데요. 골프장측에선 공사가 끝나고 돈을 더 내놓겠다고 했어요. 마을은 그야말로 호떡집에 불난 것처럼 떠들썩해졌습니다. 캐디로 나서겠다는 젊은 아낙도 있었습니다. 공사가 시작되고 나선 논밭에서 일하던 사람들이 너나없이 골프장 공사 현장으로 나갔습니다. 농사짓는 것보다 그쪽 임금이 훨씬 나았으니깐요.

모든 것이 마치 바람 좋은 봄날의 산불처럼 삽시간에 번졌어요.

공사가 본격적으로 시작되자 수없이 드나드는 트럭들과 현장의 산을 깎아내는 흙먼지 때문에 빨래조차 널 수 없는 지경이 됐습니다. 그래도 마을 사람들은 별 불평이 없었어요. 가가호호 하루 몇만 원씩 빳빳한 현찰이 들어왔거든요. 도시에 사는 어떤 분들에겐 푼돈이겠지만요, 대대로 고추 농사나 담배 농사 주로 하며 살아온 외진 정수리에서, 한 가구 두 사람이 일 나가면 매일 십만 원씩 현찰이 들어오는데, 반대고 자시고, 눈 돌아가지 않을 사람이 어디 있겠습니까. 더구나 우리 동네만은 특별 배려를 해서 예순을 넘긴 지 한참 된 노인까지도 일당 오만 원씩으로 일감을 주었습니다. 그런 노인들이 무슨 일을 하겠어요. 그저 일하는

흉내를 내다가 일당 받아오면 그뿐이고, 골프장 쪽에선 유일한 동네, 정수리 사람들 다독거리면 그뿐이고, 누이 좋고 매부 좋고 하는 거지요. 남편은 노인들까지도 일당을 받고 일하게 된 건 전적으로 이장인 자신의 공이라고 큰소리를 떵떵 쳤습니다.

참 이상해요.

사람 변하기로 치면, 순식간이데요.

남편은 평생 누구 앞에서 흰소리를 하거나, 거짓말을 하거나, 공치사를 하는 사람이 아니었습니다. 그렇지만 독사 아가리보다 무서운 게 그놈의 돈바람이더라구요. 골프장 직원들 승용차에 실려 수시로 읍내를 들락거리면서, 남편은 하루가 다르게 달라졌습니다. 술에 취해, 여자들 향수 냄새를 잔뜩 묻혀 오는 날도 하루이틀이 아니었지요. 골프장 직원이 오면, 무슨 비밀 이야기가 그리도 많은지, 대청마루 놔두고 직원이 타고 온 차에 들어가 밀담을 나누곤 했어요.

안 좋은 소문이 많아, 신랑 단속 잘해.

경훈 오빠가 짐짓 내게 말한 적도 여러 번 있었습니다.

어느 편이냐 하면, 대세를 돌이킬 수 없다고 생각하긴 했으나 경훈 오빠는 골프장 건설을 애초 반대한 사람 중 한 명이었어요. 우리 동네가 마지막 마을인데, 안쪽 지대 높은 곳에 골프장이 생기면 마을 앞을 흘러가는 계곡물도 시궁창 물이 될 것이고, 골프장 잔디밭에 뿌릴 독한 농약을 핥고 내려온 물로 논밭 망치기 쉬우며, 무엇보다 커가는 아이들은 물론 여자들 버리기 십상이라는 것이었어요. 캐디인가 뭔가, 그 여자들 행실이 영 글렀다는 게야. 경훈 오빠는 그런 말도 했습니다. 당연지사, 남편과 그 사람 사이는 급격히 멀어지기 시작했지요. 자네가 뭘 안다고, 라고 남편은 말했습니다. 우리집 마당의 평상에 몇몇 사람이 앉아 술 한잔 나누고 있던 저녁이었어요. 거나하게 취한 남편이 얼마 전 골프장 직원이 놓고 간 양주를 꺼내 와서 한바탕 자랑을 늘어놓은 게 화근이었습니다. 시바스 리갈이라죠. 예전 박대통령이 시해될 때 마시던 술 말예요. 비윗장이 상한 경훈 오빠가, 요즘 서울 사람들은 시바스 리갈, 그런 거, 싸구려라고 안 마신답디다, 어깃장을 놓았습니다. 양주 몇 병에 돈 많은 놈들 밑씻개를 자원할 거냐고 한, 경훈 오빠의 말은 내가 듣기에도 좀 심했지요. 감히 이놈이 얻다 대고. 남편이 술상을 마당으로 홱 팽개친 건 순식간의 일이었어요. 상을 마당으로 팽개치다니요. 재판장님, 단언하지만 남편은 본래 그런 사람이 아니었습니다. 회사가 부도나서 쫓겨다닐 때에도, 더 높은 사람은 이리저리 다 빠져나가고 남편이 애꿎게 옥살이를 할 때에도, 누구 한번 대놓고 욕하는 소리조차 내지 않던, 내 남편 홍이섭씨는 본래 그런 사람입니다.

여보, 숙이 아빠.

고개 들고 나 좀 봐요. 법정에서, 법 없이 열 번 생을 다시 살아도 살 당신, 당신과 내가, 이 치욕적인, 더러운 심문을 박치기로 주고받으며, 마주보고 서서, 이게 뭐예요, 대체. 어쩌다 이 지경이 된 거냐구요. 내가 공주교도소로 갈 거, 당신은 뻔히 알고 있었어요. 그래서 날 뒤따라왔겠지만요. 함정을 파놓고, 그게 당신 머리에서만 나왔다곤 믿지 않지만, 어떻게 나를, 우리 모든 것까지 엮어서. 세상에, 어떻게 어떻게 그런, 날 좀 봐요, 여보, 나를, 더러운, 우리를 좀 보라구요, 제발.

죄송합니다.

예, 주의하겠습니다, 재판장님.

갑자기 복받쳐서요. 그, 그러지요. 재판장님만을 바라보고 말하겠습니다. 그동안의 일들은 재판장님도 대강 파악하셨으리라 믿고 긴말하지 않을게요. 남편과 서이장님 사이엔 이번 일 말고도 여러 건의 고소 고발 사건이 아직 미결인 채 남아 있습니다. 남편을 폭행해서 서이장님이 옥살이하고 나온 건 모두 아는 일이지요. 하지만 그것도 따져보면 그렇습니다. 현장엔 골프장 총무부장하고 직원하고 당사자들밖에 없었어요. 보지 않았으나 손바닥처럼 그림이 눈에 뵙니다. 벌써 삼 년 이상 겪어왔는데 골프장측 노는 방법, 내가 왜 모르겠습니까. 간단히 말해서 골프장측이 우리 동네를 다루는 방법은 두 가지뿐이라구요. 상상력이 젬병이에요. 삼 년 전 써먹은 수법을, 이십 년 전 삼십 년 전 기업들이 써먹은 수법을 아직도 고스란히 전수받아 써먹고들 있다구요.

세상 달라졌다는 말 나는 믿지 못합니다.

민주화, 새 천년, 인터넷, 모두 웃기는 얘기예요. 달라진 건 겉옷뿐이지요. 상생이라고 하던가요. 너 죽고 나 살자 하지 말고, 너 죽고 나 죽고 하지 말고, 너 살고 나도 살아 상생, 예전엔 더불어, 라고 했던 말, 공동체, 라고 했던 말, 이제 민주화 세계화 했으니, 보통 사람도 제각각 제 몫몫, 말할 거 말하고 요구할 거 요구하게 됐으니, 옳거니, 새 세상에 맞추어야지, 얼른얼른 새로운 말 덮어씌워 상생, 서로 상相 날 생生, 상생, 하고 보면 우리 사는 세상, 가야 할 방향으로 잘 가고 있구나, 모두들 제 빛깔로, 억울할 거 없는 제 몫의 삶을 살고 있다고 느끼지만요, 개뿔이나, 겉옷을 바꿔 입었을 뿐이라는 거, 나는 알아요. 나무 양판이 쇠 양판되남요?

첫째는 돈입니다, 도온.

현찰을 만지면 너나없이 판단이 흐려지고 속된 말로 맛이 간다는 거, 골프장은 잘 알고 있습니다. 삼천만 원 한꺼번에 베팅하고, 이렇게 저렇게 노임이다 뭐다 푼돈 풀어주자 골프장 건설 반대 의견이 용두사미로 주저앉았다는 건 아까 말씀드렸지요. 이층짜리 마을회관도 지어줬습니다. 공돈인 거 같아 보이지만

천만의 말씀이에요. 우리 모두 7, 80년대, 지겹게 경험한 거지요. 삼천만 원을 미쳤다고 골프장에서 공으로 줍니까. 비록 남은 자재로 남은 인력 동원해서 지어줬다지만 마을회관 괜히 기증합니까. 몇 배씩 다른 이득을 계산하고 하는, 일테면 낚싯밥인 셈인데요, 뻔한, 상상력 없는 그 수법이 전가의 보도라, 삼십 년 전이나 지금이나 여전히 효과 만점이라 그 말입니다. 마을회관을 지어주면서 동시에 공동 수도를 놔주겠다고 했어요. 공동 수도 말예요. 집집마다 수도관을 부엌까지 놔주겠다고 나온 거지요. 남편이 사람들을 모아놓고 설득합디다. 우리가 먹는 우물물은 겨우 십여 미터 땅 파서 퍼올리는 물이지만, 마을 공동 수도를 설치하면 지하 백 미터, 백오십 미터에서 퍼올리니 그야말로 약수 중 약수라는 것이었어요. 그때까지 왜 골프장측에서 공동 수도를 놔주겠다는 것인지, 그 속셈은 아무도 몰랐습니다. 남편만은 알고 있었을까요.

대학 부설 전문 연구 기관에 의뢰한 바……

남편은 소리쳐 또 말했습니다.

우물물의 수질 검사 결과가 불안정하게 나왔다고 했습니다. 피피엠이라는 알아듣기 힘든 용어도 등장했구요. 골프장 총무부장이 서류 봉투를 단정히 무릎에 올려놓은 채 눈을 지그시 감고 앉아 남편의 설명을 심각하게 듣고 있었습니다. 마을 사람의 삼

분지 이 정도는 이미 우물에 모터 펌프를 달아 자가 수도를 설치해 쓰고 있었으니 특별히 불편할 정도는 아니었습니다. 그래서 슬쩍 수질 검사 얘기를 흘린 것이지요. 누군가가, 우리 동네 우물물이 못 먹게 됐단 말이냐고 물었습니다. 그게 아, 아니구요, 라고 남편이 골프장 총무부장을 슬쩍 곁눈질해 보고 대답했습니다. 현재는 그런대로 먹을 만하지만 앞으로 오염될 가능성이 크다는 얘깁니다. 남편은 그 말끝에 읍내 서쪽에 새로 조성된 염색공단을 쳐들고 나왔습니다. 전문가들의 견해에 따르면 지하수가 그쪽 방향에서 동네 쪽으로 흐르고 있으니 얕은 우물물이 오염될 건 시간문제라는 것이었습니다. 하기야 오염이 되든 안 되든, 공동 수도를 굳이 놔준다는 데 반대할 사람은 아무도 없었지요.

수도 공사는 곧장 시작됐습니다.

읍내로 나가는 북쪽만 약간 열린 듯할 뿐, 우리 정수리는 삼태기 같은 형세의 연접된 산자락에 쏙 들어앉아 있어요. 동쪽 산자락 여기저기에 지하수 개발을 위한 시설물이 이내 설치됐지요. 자연생 잣나무들이 쭉쭉 뻗어올라간 산자락으로, 그 너머에 위치한 골프장과 가장 가까운 곳이었습니다.

아따, 물공이를 왜 저렇게 여러 군데 파나.

어떤 사람은 고개를 갸웃하고 말했습니다.

조립식 패널 지붕을 한 가건물 안에 대형 물탱크가 들어가 앉왔고, 골목길이며 집안이며, 수도관을 묻는 공사가 일사천리로 진행됐습니다. 새로운 소문이 돌기 시작한 것은 집안의 공사가 거의 마무리될 때쯤이었지요. 골프장이 있는 곳에선 지하수가 안 나온다, 여러 군데 파보았으나 얼마 안 가 물이 말랐다, 이 근처에서 지하수가 풍부한 곳은 우리 동네뿐이다, 골프장에서 쓸 물을 여기서 끌어가려는 것이다, 소문을 요약하자면 대강 이랬습니다. 마을회관에 사람들이 다시 모였습니다. 골프장 물을 전부 여기서 가져다 쓴다는 소문은 잘못된 것입니다, 라고 총무부장이 설명했지요. 골프장 부지 안에서 이미 우물을 여러 군데 팠고, 그중의 일부에선 물이 잘 나오고 있다 했어요. 다만 그것으로 충분하지 않을 것에 대비해 마을 수도 공사를 하며, 몇 개의 지하수 심정을 박고 송수관 설치를 했으니 양해해달라는 말이었지요.

지하수는 마르지 않으니 걱정하실 것 없습니다.

총무부장은 느릿느릿 말했습니다.

말라붙으면 어떻게 합니까.

더 깊이 파면 되지요.

누군가 묻자 총무부장은 간단히 대답했고, 심드렁한 총무부장의 태도 때문에 긴장이 풀린 사람들이 잡담을 시작했습니다. 여러분에게 위로금을 더 지급할 예정입니다, 라고 총무부장이 때

맞추어 낚싯밥을 매달았지요. 마을 이장에게 위임하여 대표 몇 사람을 뽑아주면 그들과 협의하겠다는 것이었어요. 남편이 그다음 일어났습니다. 난 이 문제로 읍내에 나가 변호사도 만나고 왔습니다, 라고 남편이 말하자 잡담 소리가 뚝 끊겼습니다.

우리는 공동 수도를 사용해온 게 아니에요.

남편이 말했습니다.

총무부장이 슬그머니 자리를 뜬 뒤의 일입니다. 짜맞춘 듯 그들은 바통 터치를 한 거지요. 법적으로는, 각자 집안에 독립적으로 자가 수도나 우물을 사용해왔을 경우, 토지소유권에 의해 지하수를 사용해왔을 뿐이므로, 지하수 사용권을 마을이 총유總有한 걸로 보지 않는다는 설명이었습니다. 법적으로는 적어도 그렇다고 했습니다. 항차 법적으로 그러할진대, 우리가 쓰고 마시는 데 부족함이 없다면 인정으로라도 이웃과 나눠 써야 할 것이고, 더구나 나눠주는 값으로 실리를 거둘 수 있으면 금상첨화라, 반대할 이유가 전혀 없다는 얘기였지요. 사람들은 당연지사 고개를 끄덕일밖에요. 서이장님과 몇몇 사람들이 이의를 제기한 것도 사실이지만 주장은 미미했습니다. 곧 몇몇 대표자를 남편이 지명했고. 얼마 후 오천만 원의 보상금이 지급될 거라는 소문이 돌았습니다. 불과 서른일곱 가구가 사는 마을입니다. 가구당 나눠 가져도 백만 원이 넘는 돈이었지요.

사건은 그렇게 생겨난 것입니다.

아니에요, 재판장님. 이번 사건과 그 일이 별 상관없다는 말씀엔 동의할 수 없어요. 모든 싸움의 원천은 거기에 있어요. 우리 동네가 그후로 어떻게 됐는지, 동네 사람들이 모두 무엇을 하고 어떤 모습으로들 살아가고 있는지 재판장님도 아셔야 합니다. 간통이 뭐 그리 큰 문제입니까.

단언하지만, 우리집 그이, 간통에 관심 없으리라고 봅니다.

이게 어디 간통을 두고 하는 싸움인가요? 다들 몇 년 사이, 무엇이 옳고 그른지, 무엇을 지키고 무엇을 버려야 할지 깡그리 잊어버렸습니다. 예전의 우리 동네라면 간통이 큰 문제였겠지만요, 지금은 아니라구요. 동네 어르신네들한테 한번 물어보세요. 소주 한잔하는 데도 꼭 자가용 몰고 읍내나 서울로 나가는 세상이 됐습니다.

불과 삼 년 만의 일입니다, 재판장님.

골프장으로 일 나가다가 바람 든 부인 때문에 풍비박산 난 집도 있고, 형제간에 돈 놓고 맞고소한 집안도 있어요. 토요일, 일요일마다 일손을 돕겠다고 고향집으로 돌아오곤 하던 젊은 자식들도 이젠 없습니다. 부모가 농사를 안 짓는데 뭐하러 일손을 도우러 옵니까. 지금 대처에 살던 자식들이 돌아오면 어르신네들은 공포감으로 도망가고 싶다고 하십니다. 돌아오는 자식마다 너나없이 늙은 부모한테 오히려 손을 벌리니까요. 농사를 짓지 않고 버려진 논밭들엔 잡초만 무성하고, 동네로 들어오는 길목엔 생기느니 가든과 여관뿐입니다. 다 골프장 손님들의 수요에 따라 생기는 것이지요. 사람들은 잔뜩 독이 올라 걸핏하면 멱살잡이를 합니다. 남편은 서이장을 폭행, 무고, 협박, 명예훼손으로 고소했고, 서이장은 남편을 역시 폭행, 무고에 공문서 위조, 사기 등으로 고소했습니다. 어디 남편과 서이장뿐인 줄 아십니까. 고소 고발 사건의 재판이 동네 사람끼리 지금 진행되고 있는 것만도 네 건이나 된다구요. 삼사 년 사이 모모한 동네 사람들, 거의 변호사 수준이 됐어요. 한 건이 끝나면 또다른 건으로 고소하고, 또다른 건이 불리해지면 새로운 사단을 만들어냅니다. 저기 두 양반, 아마 죽을 때까지 경찰서다 법원이다 드나들며 살게 될 거라고 봐요. 서이장 이장 당선 원인 무효 소송이 끝난 지 불과 한 달밖에 안 됐습니다. 곧 있을 이장 선거에 남편은 또 출마하겠지요. 와신상담, 기다려왔으니까요. 남편파, 서이장파, 원수지간도 세상에, 이런 원수지간이 없다구요. 어디 남편과 서이장파뿐인 줄 아세요. 징그럽습니다. 끔찍합니다. 피의자는 최후 진술을 할 권리가 있다고 들었어요.

그러니 내 말을, 재판장님일지라도 더이상 막지 마시라구요.

내가 좀 흥분했군요. 죄송합니다.

요컨대, 이야기는 다시 우물입니다.

공동 수도 공사가 끝난 게 가을이었고요, 이듬해 봄에 골프장을 개장했습니다. 때맞추어 읍내에서 들어오는 십 리 길이 이차선 포장도로로 깨끗이 단장됐지요. 빠져나갈 데 없는 외통수 길인데, 관에서 하는 도로 확장 공사가 골프장 개장에 맞춰 이루어진 것도 참 의미심장한 일이라고 생각해요. 어쨌든 봄이 왔고, 사람들은 파종 준비를 하고 모판을 만들었어요. 몇몇 재래식 우물이 말라버렸다는 걸 알았지만 공동 수도를 통해 집집마다 물이 콸콸 쏟아졌으므로 별로 신경쓰는 사람은 없었습니다. 내가 어린 시절을 보냈던 친정집 우물도, 새로 판 우리집 뒤뜰의 우물도 뿌연 물이 바닥을 간신히 가리고 있을 뿐이었어요.

어떡한데.

한숨을 쉬고 내가 말했습니다.

밤에도 불 밝으니, 검은 옷을 입은 밤이 이제 어디로 숨나.

바보 같은 소리 좀 그만해, 라고 남편이 꽥 소리를 지르데요. 일 년 전의 남편이었다면 나의 그런 소녀 같은 말에, 역시 우리 마누라는 시인이야, 대꾸했을 텐데 남편은 한심하다는 듯 혀까지 차고 돌아섰습니다. 어디로 옮겨가 숨었든, 밤은 어김없이 찾아왔습니다. 그런데 참 이상한 일이더라구요. 가로등이 온통 밝은데요, 골프장에 설치된 나이트 시설까지 켜지기라도 하는 날엔 사철나무 밑동까지 훤해지는데요, 그런데 오히려 밤이, 어둠이, 예전과 달리 무서워지기 시작했습니다. 아무리 캄캄해도 예전의 정수리에선 밤이 무섭지가 않았어요. 낮엔 축축한 검은 옷을 입은 채 우물 밑에 숨어 있다가 저물녘이면 슬그머니 사철나무 그늘로 나와 앉아, 어둠의 커다란 물레를 돌린다는, 그리하여 온 천지에 연기 풀듯, 어둠을 풀어낸다는 그 키 큰 아저씨, 말하자면, 밤이 친구 같았으니까요. 그런데 밤은 더이상 친구가 아니었어요. 여자중학교 1학년 애가 막 버스를 놓쳐 동네까지 걸어오다가 몹쓸 사람한테 걸려 성폭행을 당한 사건도 그해 봄의 일이었습니다. 저녁이면 뒤뜰에 나가는 것도 그렇게 무섭더라구요, 머리털이 쭈뼛 서고요.

심각한 문제는 논에서 생겼습니다.

모내기를 하려고 며칠이나 고생해 물을 담아두었는데, 막상 모내기를 하려고 나가보니 논물이 온데간데없는 일이 생겨났어요. 뱀장어나 움지 따위가 논둑의 구멍을 낸 흔적도 없고, 다른 집 논으로 물이 흘러간 자국도 없으니 귀신 곡할 노릇일밖에요. 철렁하게 담아둔 논물이, 세상천지, 하룻밤 새 어디로 사라진단 말입니까. 처음에야 고개 갸웃갸웃하면서, 그래도 어쨌든, 모내기들을 하고, 또 계곡물을 잡아넣고 했는데요. 머잖아 밑 빠진 독에 물 붓기라는 걸 사람들은 알아차렸습니다. 지하수를 하도 퍼내니까 지상은 손쉽게 물들이 말라버리는 거지요. 비가 내려도 물이 고여 있는 건 며칠뿐이었어요. 그제야 사람들은 골프장에서 퍼가는 지하수에 대해 구체적으로 묻기 시작했고, 새로 심은 잔디를 오뉴월의 뙤약볕에 말려 죽이지 않으려면 엄청난 양의 물이 필요하다는 걸 알게 됐습니다. 가증스럽게도 골프장은 필요한 물의 전량을 우리 동네에서 퍼가고 있었어요. 골프장 일대에 심정을 박아 지하수를 개발하려고 애쓴 건 사실이었으나, 실패했던 거지요. 근동에서 지하수가 풍부한 곳은 불행히도 우리 동네 일대밖엔 없었어요.

한 달이면 칠백 톤 이상의 물이 골프장에 필요하다고 했습니다.

설상가상, 골프장 구내에 사원들 연수를 한답시고 콘도미니엄을 짓기 시작했으니, 그게 완성되면 물은 더욱 필요해지겠지요. 달마다 커다란 호수가 통째로 골프장으로 빨려올라가는 꼴이에요. 게다가 잔디를 유지하기 위한 농약이 하도 독하게 섞여서, 골프장을 지나 내려오는 계곡물은 쓸모가 없었습니다. 가을이 되기 전에 벼는 누렇게 단풍이 들었고 사람들은 농사일을 포기하고 말았지요. 무리 지어 골프장에 쫓아올라가 항의도 하고 보상도 요구했지만 그들은 여유만만이었어요. 보상할 건 이미 다 했다는 것이고, 주민들 모두의 동의서도 받아두었으니 법적으로도 전혀 책임이 없다는 얘기였습니다. 골프장에서 보여준 서류 중엔 마을 사람 모두가 앞으로 영원히, 무제한으로, 마을 지역 내의 지하수를 골프장측이 사용해도 이의를 제기하지 않겠다는 동의서가 인감도장까지 찍힌 채로 첨부되어 있었습니다. 그 동의서의 대가로 마을 사람이 받은 건 가구당 약 백삼십만 원씩 이미 나누어 가진, 오천만 원이었습니다. 사람들은 남편과 남편이 지명한 몇몇 대표자들을 찾아다니며 악을 썼지요. 그래도 결과는 마찬가지였습니다. 대표자들과 남편에게 위임한다면서 인감도장을 내준 것은 그들 자신이었으니까요. 당신이 골프장에서 쓸 물의 일부만 우리 동네에서 가져간다고 했잖소, 라고 말하면서 서이장 동생이 총무부장의 멱살을 움켜잡았습니다. 총무부장은 미소 지으며 대꾸했습니다.

아, 골프장에서 물이 나온다면야 그랬겠죠.

서이장 동생은 너무 화가 난 나머지 총무부장의 따귀를 갈겼고, 한 시간도 안 돼 읍내에서 나온 경찰이 폭행죄라면서 그를 데려갔습니다. 남편과 서이장이 처음으로 치고받고 싸운 게 그날 저녁의 일입니다. 남편은 입술이 찢어졌고 서이장은 코피가 터졌어요. 아무에게도 사전에 알린 것 없이, 심지어 나한테도 말 한마디 없이, 골프장 쪽의 전화를 받고 나간 남편은 점심때 돌아와, 그 자식을 고발했어, 말했습니다. 골프장 쪽에서 서이장을 폭행죄로 고발하고, 친절하게 차로 모시고 경찰서까지 데려간 결과였지요. 동생이 풀려나기도 전에 이번엔 서이장이 연행됐고요, 그 다음날엔 서이장의 맞고발로 남편도 경찰서로 불려갔습니다. 서로 피해자라고 주장하다가 피차 고발을 취하해 일단락된 그 첫번째 폭행 사건은 문제의 본질을 엉뚱한 쪽으로 몰고 가는 결정적인 계기가 됐습니다. 어쨌든 그후부터 골프장과 맞서 싸워야 할 싸움이, 골프장 문턱에도 안 가고, 동네 안에서 패가 갈려 악쓰고 싸우기 시작했으니까 말예요. 나중에 들은 얘기지만, 연행된 서이장에게 맞고발하라고, 친절히 일러주고 도와준 형사는 진즉부터 동네에선 골프장 사람이라고 소문난 형사였습니다. 남편에게 서이장을 폭행죄로 고발하라고 부추길 때, 이미 맞고발의 시나리오가 쓰여져 있었던 거죠.

원리가 그렇습니다.

아주 고전적 방법이에요.

현찰을 적당히 풀어 사람들 혼을 먼저 빼놓는 게 골프장의 첫번째 방법이라면요, 아까 말씀드렸다시피요, 두번째 방법은요, 상상력 하나 없이 똑같이 써먹는, 지금은 물론 이십 년 전, 삼십 년 전에도 돈 많고 힘 좋은 양반들이 쓰고 또 써먹어온 고전적, 상투적, 전통적인, 그러나 여전히 효과 만점인 방법은요, 이쪽의 패를 갈리게 하는 것입니다. 이놈을 저놈이 의심하게 하고, 싫어하게 하고, 미워하게 하고, 또 저놈이 이놈을 의심, 혐오, 증오하게 한다 그 말이에요. 자중지란을 일으켜놓으면 저희들끼리 미워하느라 애당초 문제의 본질이었던 것까지 깡그리 잊어버리거든요. 공부를 많이 못했습니다만, 역사적이라고 할까요, 영국이 아프리카를 잡아먹을 때에도, 미국이 인디언을 잡아먹을 때에도 그랬다더군요. 이쪽 종족에게 총을 줘서 저쪽 종족을 치게 하고, 원한에 사로잡힌 저쪽 종족에게 또다른 총을 쥐여주며 원한을 갚으라 부추기는 것. 그러다보면 손 안 대고 코 푸는 식으로 저절로 싹쓸이되지 않겠느냐구요.

요즘 우리 동네 현안은 이거예요.

작년에 새로 이장으로 선출된 서이장님이 마을 대표자 자격으로 골프장에 소송을 걸었거든요. 마을 사람들이 내용을 잘 모르고 있는 상황에서 전 이장과, 그러니까 남편과 남편이 지명한 몇몇 대표자들이 임의로 동의서에 인감도장을 찍어주었으니까, 마을 지하수를 골프장에서 영구히 사용해도 좋다는 합의는 원천적으로 무효라는 거죠. 그러려면 다시 동의서를 받아야 한다, 영구히 지하수를 사용하는 값으로 최소한 십억 원을 지급하고 몇 년간의 논농사 실패에 대해 따로 보상하라, 소송 내용은 이렇습니다.

일심 법원 판결은 서이장의 패소였습니다.

아까도 말했다시피, 지하수를 토지소유권대로 각각 집안에서 단독적으로 사용해왔으니까, 공동으로 그 권리를 가졌다고 볼 수 없다는 것이 법원의 판결 이유였고, 또하나는 마을 이장은 법적 대표성에 문제가 있으니 사건을 각하하고 양측의 법정 비용은 소송을 제기한 서이장이 물어야 한다는 것입니다.

사건은 당연지사, 상급 법원으로 지금 가 있습니다.

만약 상급 법원에서 판결이 뒤집어진다거나 하면 골프장도 곤란을 겪겠지만 남편이나 남편을 도왔던 몇 사람은 아주 어려운 지경에 빠집니다. 왜냐하면 동의서를 위조한 것이 되니까요. 골프장도 그들의 피해를 남편에게 청구하는 소송을 제기할 거라고들 하데요. 사기죄도 될 수 있구요. 그러니까, 서이장이 골프장을 상대로 한 지하수 사용 원천 무효 소송은 사실 남편과 남편의 동조자들을 벼랑 끝으로 몰아가는 소송인데요, 그렇지만 승소냐 패소냐에 따라선, 서이장 쪽도, 양측 소송 비용까지 물어야 하니까, 그나마 얼마 안 되는 논밭까지 팔아대야 할 처지가 됐습니다. 그야말로 피차 죽느냐 죽이느냐 판이 된 겁니다. 서이장님이 남편을 곡괭이 자루로 두들겨 패서 갈비뼈를 여러 대 부러뜨려 놓고 옥살이를 한 배경도 바로 그거예요. 골프장이야 설령 패소해도 손해 배상을 청구할 데 있으니 느긋한 척 뒷짐지고 있는 판이구요. 힘을 합쳐도 내 곳간 지킬 둥 말 둥한데, 골프장이 획책

해온 대로, 골프장의 대리전에, 결국 함께 죽는 그것. 앞으로 어느 누구도 감히 골프장에 덤빌 수 없도록 하려는 그 진부하고도 잔인한 원리, 그것을 평범한 아녀자도 아는데 왜들, 아무도 모르는지 모르겠어요.

너무 장광설을 늘어놔 민망합니다.

내 변호사님이 눈짓을 보내시네요. 이쯤해서 결말로 가라는 뜻이겠지요. 혹은 내가 결심한 것들, 혹시 흔들리지 않을까 걱정하시는지도 모르구요. 재판장님이나 방청객 여러분, 방청객이라야 대부분 우리 동네 어르신네들이지만요, 여러분이 기다리고 있는 게 어떤 이야기인지 압니다.

파라다이스로 가시죠, 그럼.

공주교도소에서 얼마 떨어지지 않은 곳에 있는 여관 이름이 파라다이스였어요. 아까 저쪽 변호사님이 예, 아니오로 대답하라며 이렇게 물으셨지요. 파라다이스 여관에 서이장과 함께 들어간 게 사실이냐구요.

예, 사실입니다.

파라다이스 여관에 들어갔습니다.

출소자 마중나온 사람들이 거의 다 교도소 앞을 떠난 다음까지 서이장님과 나는 너무나 많은 말들이 목젖에 걸려 아우성치는데, 그러나 한마디도 변변히 하지 못하고, 그 뜨거운 햇볕 아래 어색하게 서 있었습니다. 정말 무더운 날이었죠. 교도소 앞은 쨍쨍한 여름 햇볕에 부글부글 끓는 것 같았습니다. 나도 땀을 흘렸고, 그도 땀을 흘렸습니다. 몇 달 사이 서이장님은 더욱 말랐고, 땀에 번질거리는 이마는 검붉었으며, 눈은 퀭한 것이 십 리쯤 들어가 있었습니다. 그가 내게 왜 공주까지 왔느냐고 묻지 않을까, 하고 처음엔 생각했고, 시간이 지나며 그렇게 물어올까봐 오히려 겁이 났습니다.

내 안의 대답은 물론 확실했습니다.

무엇보다 내 남편을 구해야 한다고 생각했고, 또 그를 구해야 한다고 생각했습니다. 단번에 구하긴 부자가 천당 가는 것처럼 어렵겠지만, 남편이 잘 갈린 낫날을 품안에 넣고 살기 가득한 눈빛을 빛내며 집을 나설 때, 안 돼, 나는 부르짖었던 것입니다. 이대로 놔둘 수는 없어. 운명에 맡길 수 없어. 우선 막아야 돼. 막을 수 있는 방법이 무엇이든, 그 길만 있다면, 내가 설령 남편의 낫질을 당하고, 또 그의 동생이 사놓았다는 엽총 세례를 받더라도, 내가 갈 길을 가야 한다는 생각밖에 없었습니다. 그렇지만 그를 가로막고 서서, 내가 무슨 말을 꺼낼 수 있겠습니까. 우리 그이가 당신을 죽이려고 낫을 품고 있어, 라고 말해야 할까요. 아니면 차라리 나를 죽이라고, 나를 죽이지 않으려면 오늘 마을로 가지 말고 나랑 어디 먼 곳으로 가자고, 나를 좋아하지 않았었느냐고 말해야 할까요. 길고 참담하고 무거운 침묵을 깨뜨린 것은 결국 내가 아니라 그였습니다. 그가 목 언저리에 줄줄이 흐르는 땀을 한 손으로 쓱 훔쳐내고 나서 말했던 것입니다.

목간을 하고 싶어. 샤워를.

나는 교도소 안에 얼마나 좋은 샤워 시설이 있는지 잘 모릅니다. 암튼 그 말을 할 때의 그는 진짜 교도소에 가고 나서 단 한 번도 목간을 하지 않은 것처럼 보였습니다. 아침도 굶고, 뜬눈으로 지새우고, 여름 뙤약볕 밑에서 한 시간 이상 서 있던 나도 그에겐 그렇게 뵀을는지 모르겠습니다만. 여관 층계를 올라갈 때, 붉은 카펫이 깔린 층계였는데요, 발소리가 전혀 나지 않아 비로소 후들후들 떨리데요. 그는 문설주를 간신히 붙잡고 서 있는 내게 등을 보인 채, 정말 오로지 목욕을 하러 온 사람처럼, 훌렁훌렁 옷을 벗더니 욕실 안으로 들어갔습니다.

내가 그의 등에 비누칠을 해주었다구요?

아무렴요. 멋진, 영화에서 왔음직한 시나리옵니다. 또 그가 욕실 안에서 물 묻은 손으로 내 셔츠의 단추를 풀었단 말이지요? 요상한 그림이네요. 누가 쓴 시나리온지 알 수 없습니다. 그가 영화에서 본 대로 시나리오를 구상했을 수도 있고, 출감하기 일주일 전 교도소로 면회를 가 그를 만났던 남편하고 짜맞춘 시나리오인지도 모릅니다.

다들 놀라시는군요.

예, 놀라실 줄 충분히 알았습니다.

그런저런 시나리오에 대해 재판 과정에서 나조차 가타부타 말이 없었으니, 결과적으로는 당연히 그걸 사실이라 인정한 셈이 됐으니까요. 우리 변호사님은 내 침묵을 정말 마음 아파하셨습니다. 아실는지 모르지만, 변호사님은 내 옛친구의 남편이자, 은행에서 청원 경찰을 하며 고시 공부를 하던 분이신데요. 골프장을 고소하면 돈이 나온다, 상대편을 고발하면 합의금을 받을 수 있다, 그렇게 꼬시고 부추기는 다른 변호사님들하곤 다릅니다. 돈도 나오지 않는 이 재판을 위해 공주까지 벌써 두 번이나 손수 다녀온 분이시라구요.

이제 재판장님은 진실을 보고 들으실 겁니다.

나라고 번민이 없었던 게 아닙니다. 수백 번, 나 하나 뒤집어쓰면 그만이다, 생각했습니다. 변호사님의 설득이 없었다면 그랬을 거예요. 까짓거, 얼마간 고생하다가 남편이 취하하면 끝나니까요. 몇 사람은 내가 간통한 여자라는 걸 기억하겠지만 모든 것이 깨어져나간 판에 그것이 무섭겠습니까. 주홍 글씨를 달고 다니라 할 것도 아니고요, 달고 다닌들 또 무슨 상관 있나요. 내가 마음을 바꾼 건 나 살자고 바꾼 게 아닙니다. 어차피 우린 다 죽었고 다 깨어졌는걸요. 그렇지만 정말, 이대로 우리, 다 죽어도 좋은 걸까요.

변호사님, 녹음기를 틀어주세요.

부탁인데요, 재판장님, 길지 않습니다.

부디 막지 말아주세요. 녹음 내용엔 내가 마지막으로 반드시 해야 할 말들이 소상히 들어 있습니다. 파라다이스 여관 203호실에서 그날 무슨 일이 있었나, 그 진실에 대한 거예요. 내가 마음을 엊그제야 바꿨기 때문에 판결 직전인 오늘밖에 기회가 없었습니다. 그 점은 깊이 사죄드립니다. 변호사님이 증거품으로 제출하신다는 걸 마다하고, 굳이 내 마지막 진술 시간을 택해 공개하자는 것도 나의 뜻이었습니다. 지금은 필요한 대목만 틀겠습니다. 파라다이스 여관 203호실의 그날 그 시간으로 돌아가 보자는 겁니다.

예, 재판장님 허락해주셔서 고맙습니다.

(문 여닫는 소리)

남자: 왜 그러고 서 있어. 웃옷이라도 벗지 않고…… 정말로 목간을 하고 싶었어…… 숙이 엄마가 오리라곤 전연 생각하지도 못했네. 제기랄, 이렇게 빨리 닥치다니…… 정말 놀라운 부부야, 부부가 짜고 한단 말은 못 들었거든.

여자: 무, 무슨 말인지 모르겠어요.

남자: 모르겠다니, 설명도 안 해주고 보냈다는 거야 뭐야. (이때 텔레비전 소리가 갑자기 들리기 시작, 대화가 들렸다 안 들렸다 한다) 진짜…… 머리 한번…… 끝내주는 작자야.

여자: 제발…… 내일까지만이라도 동네에 오지 말고…… 그 말을 하려고…… 온 건데…… 원한다면…… 어떻게 해도 좋아요.

남자: 아이구, 손발…… 맞네그려…… 숙이 엄마, 너…… 이미현…… 맘 없어. 옛날…… 좋아했던 건 맞아…… 자원입대…… 니 학교에 찾아간 적…… 미칠 것 같아서…… 한번 부딪쳐나보자고…… 너를 보자마자…… 기가 팍 죽더라고…… 음악실 뒤…… 송골송골 니 콧등에…… 죽을 때까지 정수리 안 갈 거야, 하던 네 말…… 그걸로 땡이야…… 공군에서…… 닦고 조이고…… 잊히더라구…… 너 때문에 홀아비로 지내는 거 아니니…… 오해 마. 우는 거야?

여자: (우는 듯)

남자: 젠장맞을, 왜…… 시간을 끈다는 거야, 준비했으면 빨리…… 닥치지 않고.

여자 (울먹이는 소리) 누가 닥친다는 거예요?

남자: 몰라서 물어? 이거…… 나도 뭐…… 좋아 그래라 한 건 아냐…… 씨발 것…… 이심에선 무조건 지게 돼 있다는 거야…… 우리 변호사 새끼…… 승소할 수…… 내 돈…… 후려

먹고…… 숙이 애비가 날 찾아온 것도…… 골프장에서…… 재판 비용은……

여자: (놀란 듯) 그 사람이 오빠 면회를……

남자: 왜, 몰랐어? (텔레비전 소리 뚝 그친다) 면회를 안 왔으면 숙이 엄마 덮치기로 한 거, 어떻게 짜맞출 수 있었겠어. 그래도 그렇지. 이렇게 빨리, 더구나 숙이 엄마 너까지, 이렇게 자발적으로 동원돼 올 줄 정말 몰랐다. 니네 부부, 정말 독하다. 난 그저 적당할 때 너를 덮치는 시늉을 하다가 말야, 사람들한테 들켜서 큰 망신이나 떨라는 것으로 알아들었는데 말야. 하기야 뭐 골프장 놈들 머리에서 나왔겠지만. (문 쾅쾅 두들기는 소리) 인제 왔네. 파출소가 멀었던가보지. (계속 문 두들기는 소리) 아까 교도소 앞에서 니 신랑 얼핏 본 것 같았는데, 선글라스를 끼고 있데. (문밖에서 뭐라고 외치는 소리) 간첩 놀이를 하는 걸로 생각하나보지.

(문 열리는 소란한 소리)

이게 그날의 진실입니다, 재판장님.

그가 텔레비전을 켜는 바람에 중간의 녹음 상태가 좋진 않지만요. 다시 들으시면 다 해석할 수 있으리라 봅니다. 녹음기는 침대 밑에 있었습니다. 그는 샤워를 끝내고 나와 웃통을 벗은 채 침대에 비스듬히 걸터앉아 있었구요, 나는 의자에 엉덩이를 붙인 듯 만 듯 팔걸이만 죽어라 붙잡고 있었지요. 파라다이스 여관, 공주교도소 부근, 203호실, 밖에 쨍한 여름 햇볕 불타는 열한시쯤의 풍경입니다. 여고 1학년 때, 학교로 날 찾아왔던 얘기를 그가 먼저 했습니다. 그가 부부끼리 짰다 어쨌다 그런 말 했지만, 그때까지도 나는 전혀 그의 말을 알아들을 수 없었습니다. 음악실 뒤편, 커다란 버드나무 아래, 불과 삼사 분쯤이나 함께 어색하게 서 있었을까요. 행여 누가 남자와 서 있는 걸 볼까봐 조마조마하면서, 그가 얼만큼 절박한 그리움으로 왔는지는 헤아릴 수 없고, 송골송골, 니 콧등에 땀방울 맺힌 골낸 모습, 그때 참 이뻤어, 라고 그가 말할 때, 참을 수 없이 눈물이 쏟아졌습니다. 버드나무 가지는 바람에 흔들리고, 즐거운 곳에서는 날 오라 하여도…… 음악실에선 합창 연습이 한창이었습니다. 세상의 무게에 짓눌려서 자원입대로 세상에서 도망치기 직전의 그에게, 열여덟의, 순정에게, 나는 말했습니다. 다시 학교로 찾아오면 죽을 때까지 정수리에 돌아가지 않을 거야, 라구요. 내가 운 것은 그때가 그리워서가 아닙니다. 그때의 우리는 지금보다 너무도 소중한 걸 많이 가졌구나, 하고 생각했구요. 과연 내가 이 여관을 다시 나갔을 때 정수리로 돌아갈 수 있을까, 하고 생각했지요. 눈물이 더욱 복받쳤습니다.

예예. 궁금한 게 있으신 거 압니다.

도대체 이게 뭐냐, 하고 물으시는 여러분의 눈빛, 이해합니다.

서이장님은 골프장을 상대로 한 재판이 전혀 승산 없다는 걸 알고 있었습니다. 이장 선거 때까지라도 시간을 끌려고 항소를 했지만요, 항소할 때 이미 담당 변호사도 희망 없으니 손을 들자고 했다 들었습니다. 서이장님은, 미쳐서, 논밭을 저당잡히고 재판 비용을 끌어다 썼습니다. 정말 미쳤던 거지요. 남편에 대한 증오 때문에 죽을 구멍으로, 전후좌우 가릴 것 없이, 냅다, 불붙은 쥐 꼴이 되어 들어가 박혔으니 되돌아올 길이 안 보일밖에요. 그는 감옥에 들어앉아서 두세 달을 보낸 다음에야 자신이 죽을 구멍에 박혀 있다는 걸 깨달았던 겁니다. 이심에서의 판결도 보나마나 패소할 게 뻔하고요, 그럼 저쪽 재판 비용까지 모조리 물어야 하고, 자기 편들던 아군들도 모두 등을 돌리겠지요. 그가 남편을 사기와 공문서 위조로 고소해놓은 것도 골프장과 지하수 사용 무효 소송과 맞물려 있으니 패소할 게 정한 이치입니다. 무고죄로 몰릴 게 뻔하구요. 전답은 고사하고 얼마나 긴 옥살이를 또 해야 할는지 모를 판입니다.

미쳐 있기론 남편도 마찬가지였습니다.

서이장이 감옥에 있을 때 남편이 골몰한 건 이장 자리입니다. 이장 선거는 서이장이 출감한 뒤 불과 한 달 안에 치러지도록 되어 있었지요. 서이장이 감옥에서 나오기 전에 마을 사람들의 인심을 얻어야 할 텐데, 밤낮없이, 이 돈 저 돈 끌어다가 마을 사람들 읍내로 데려가 술 사 먹이고 고기 사 먹이고 했지만, 효과는 없었습니다. 효과는커녕, 남편이 돈을 쓰면 쓸수록, 지하수 사용 동의서를 써주면서 골프장으로부터 한밑천 챙겼다는 소문만 확인해주는 꼴이 되었지요. 감옥에 가 있는 서이장에게 동정심이 몰리는 것도 필연일밖에요. 지난번 선거에선 단 한 표로 졌지만, 다가오는 선거에서 다시 이장이 되기는커녕 망신살만 뻗칠 거라는 걸 남편은 눈치챘습니다. 망신이 망신으로만 끝나면야 무슨 상관이겠습니까마는, 만약 돌아오는 이장 선거에 참패한다면, 무엇보다 골프장측이 자신을 헌신짝처럼 버릴 거라고 생각하니 남편은 참을 수가 없었던 것이지요. 치욕도 치욕이려니와, 그 역시 죽을 지경이거든요. 나는 골프장과 남편 사이 어떤 야합과 묵계가 있는지 모릅니다. 지하수 사용 동의서를 넘겨주며 남편이 어떤 대가를 받았는지도 알지 못해요. 그렇지만 지금의 남편 입장에서 다음 이장 자리는 절체절명 차지해야만 한다는 걸 알고 있습니다. 여러 고소 고발 사건도 이장이 되느냐 마느냐에 따라 판세가 달라질 거니까요. 그런데 희망은 점점 희박해졌습니다. 남편으로서도 미칠밖에요.

재판장님, 나는 묻고 싶습니다.

남편이 공주교도소로 경훈 오빠 면회를 간 일, 이러고저러고,

나를 오빠에게 겁탈하라고 말했는지, 겁탈하는 시늉을 하라고 했는지는 분명하지 않지만요, 암튼 이장 선거를 앞두고, 경훈 오빠가 나를 겁탈하는 듯 시늉해서 사람들 인심을 결정적으로 잃도록 만들면, 그러면 모든 고소를 취하하고, 그동안의 재판 비용도 이쪽에서 맡겠다는 제안을 교도소로 미리 찾아간 남편이 경훈 오빠에게 했던 모양인데, 이 더러운, 미친 야합이 과연, 오로지 남편의 머리에서 나왔을까요. 이 녹음테이프 더 정밀하게 들어보면요, 모든 재판 비용을 골프장에서 대주기로 했다는 말이 나옵니다.

누군 또 물으시겠지요?

그까짓 이장, 포기한다면 되지, 뭐 그런 말도 안 되는 각본이 필요하겠느냐구요. 모르시는 말씀입니다. 서이장은 이장 선거에 자의적으로는 불출마할 수 없게 돼 있습니다. 재판 비용이나 그동안의 싸움질하는 데 든 돈, 서이장 호주머니에서만 나온 게 아니에요. 그를 편들던, 여기도 와 계신, 여러 사람들도 돈의 일부를 댔습니다. 그것은 마을 사람 누구나 아는 사실이에요. 그 사람들 앞에, 옥살이 끝내고 나온 서이장님이, 나 이장 그만할래, 해봐요. 서이장님 맞아 죽기 십상입니다. 그런 사정이야 뭐 남편 쪽도 마찬가지지만요.

사정은 또 있습니다.

완공을 앞두고 있는 골프장 내의 콘도미니엄.

말이야 직원 연수를 위한 거라곤 하지만요, 우리 변호사님이 확인한 바로는 골프장 회원들을 상대로 이미 분양 신청을 받고 있다고 합니다. 골프장측이 확보하고 있는 마을 사람들의 지하수 사용 동의서에 콘도미니엄 얘기가 없습니다. 그 동의서가 효력이 있더라도, 그건 어디까지나 골프장에서 사용하는 걸 동의한 거지 콘도미니엄에서 사용하는 걸 동의한 게 아니라는 것입니다. 골프장측의 고민이 여기 있습니다. 골프장측도 발등에 불이 떨어진 셈이죠.

서이장은 죽어야 합니다.

골프장 입장에선 확실히 그렇지요.

이번 이장 선거는 물론이고 다음번에도 또 다음번에도, 영원히, 서경훈씨가 이장이 되면 안 됩니다. 제일 좋은 건 아예 마을에서 살지 못하고 떠나는 거겠지요. 이 간통 사건은 거기서부터 생겨났다고 나는 믿습니다. 정치판이든 장사판이든, 까놓고 말해, 우리 모두가 다 익숙한, 삼사십 년 전부터 지금까지, 여전히, 끈질기게, 그 생명력 자랑하는, 개뿔이나 상생은 무슨, 개떡이나 새 천년은 무슨, 개코나 정보화 세계화는 무슨, 모두들 알고 있지요. 우리, 세상 눈부시게 변한다고 말들 하지만, 이 수법 말예요. 면내의처럼 몸에 착 붙어서 이젠 진짜 우리 것이 돼가고 있는, 이 더러운.

이제 마무리를 할 시간이군요.

더러운 건 세상이 아니라 간통입니다. 그래요. 여러분은 한 더러운 여자를 보고 계십니다. 돌로 쳐야 할. 끝날 때가 오니까 저절로 그날 새벽의 일이 생각나는군요. 녹음기는 지난봄 큰애의 영어 공부를 위해 사준 겁니다. 문을 열고 나오려다가 돌아서 잠든 애들을 봤습니다. 큰애는 6학년으로 곧 중학교에 가게 될 거고 작은애는 3학년입니다. 계집애인 큰애의 소망은 비행기 여승무원이 되는 것입니다. 난 엄마 아빠처럼 이런 촌구석에서 안 살 거야. 큰애가 하던 말이 지금도 귓가에 쟁쟁합니다. 비행기를 타고 오대양 육대주 훨훨 날아다닐 우리 딸을 생각하니 눈물이 나는군요.

나는 녹음기를 핸드백에 집어넣었습니다.

충동적이지만 강렬한 상상이 나를 후려쳤어요. 남편이 예전의 내 남편이 아니라는 것, 미쳤다는 것, 그거 알지만요, 나란히 누워 잠든 애들을 내려다보는 순간, 그를 버릴 수 없다, 그를 도울 수 있으면 도와야 한다. 그런 생각이 나를 후려치는 것이었습니다. 간통은…… 예정되어 있었습니다. 그들의 잔인하고 더러운 야합과 관계없이, 한편에선, 나와 나 사이에, 더욱 더러운, 끔찍

한 야합이 만들어지고 있었던 거지요. 필요하다면, 작부처럼, 앞가슴이라도 드러내고 그를 유혹할 수 있다고 생각했습니다. 마침내 그들처럼, 나도 미쳐가고 있었지요. 한번 삐끗, 허당을 밟고 나면 모든 것이 아득해져서 제 구멍밖에 못 보는 것이 사람입니다. 그가 욕실로 들어갔을 때 나는 녹음기를 켜서 침대 밑에 밀어넣었습니다. 분명한 시나리오가 있었던 건 아니었지만요, 암튼 이런 기회가 다시 올지 모르므로, 그와 간통한, 혹은 간통을 안 하더라도 여관에 들어와 있는 그 현장 증거를 확보해두자고 본능적으로 느꼈던 것이지요. 아이들 아빠가 더 죽을 구멍으로 몰리면 써먹게 될지도 모르구요. 이장 선거를 앞두고 터뜨릴 수도 있구요. 또 협박할 수도 있습니다.

여관문을 열자 남편이 순경과 함께 서 있데요.

남편은 다짜고짜 내 따귀를 호되게 갈겼습니다. 니 예펜네, 본래부터 날 좋아했었어. 이죽이죽, 서이장이 말했고요, 남편이 달려들었으나 젊은 순경이 앞을 가로막았습니다. 교도소 앞에서 나와 마주서 있을 때 나를 미행해 온 남편의 모습을 얼핏 보고 서이장은 옳거니, 지금 여관으로 가라는 뜻이구나, 했던 것입니다. 어느 기회에 겁탈하려는 척해서 망신만 떨라는 것으로 생각했던 서이장은 그 순간, 처음으로, 제대로 쓰인 간통 시나리오에 의해 자신이 움직이게 돼 있었다는 사실을 깨달았던 셈입니다. 녹음테이프엔 그때의 상황이 더 담겨 있습니다. 엊그제야 변호사님께 사실을 사실대로 말씀드렸는데, 용하게도 우리 변호사님, 공주까지 손수 내려가 그 녹음기를 찾아오셨네요.

결론은 이렇습니다.

구체적 행위가 있었든 없었든지 간에, 나는 한 남자의 아내로, 또 두 아이의 어머니로 이미 간통을 한 것과 다름없다는 사실입니다. 어디 간통뿐인가요. 그걸 녹음기에 담아두었다가, 내 이익을 지키는 데 필요하다면 서이장님을, 어린 시절, 그 그리운, 향기 나는 우물 같은, 저기, 경훈 오빠를 수렁 속에 단번에 밀어넣을 작정을 하고 있었던 여자예요. 예, 그래요. 이 아이러니를 뭐라고 해야 할는지요. 내가 법률적으로 간통하지 않았다는 걸 명백히 증거해주고 있는 이 녹음테이프, 이 녹음기야말로, 거꾸로 내가 도덕적으로, 그들만큼, 그들 이상 부서져서, 사악한, 간통자라는 걸 너무도 냉정하게 증명해주고 있다 그 말입니다.

나는요, 간통한 여자입니다, 재판장님.

왜 이렇게…… 눈물이 나는지 모르겠네요.

돌 맞아 죽어도 싼 년답게…… 독하자, 했는데요. 이렇게, 모, 모두, 어머니인 나까지, 무너진, 불쌍한 우리들…… 때문에…… 눈물이…… 나서…… 몸 둘…… 바를 모르겠군요. 죄송합니다.

재판장님께 감사드립니다.

내 장광설을 참을성 있게 들어주셔서요. 그렇지만요, 웃기는 소리라고 하시겠지만요, 내가 결국…… 마음을 바꿔 녹음기 얘기를 한 것은 사실은…… 희망 때문이었어요. 변호사님이 그러시더라구요. 애들을 생각해보라구요. 희망을…… 남겨둬야 한다구요. 어머니는 때론…… 전사가 돼야 한다구요.

전사라니요, 재판장님.

나는 대학까지 못 간 게 마음속으로 오랜 한이었습니다.

글을 쓰고 싶었지요. 대학까지 갔더라면 유명한 시인이 됐을 거라고 상상한 적도 많아요. 읍내에 나가면 같이 시 쓰는 지역 시인들이 장난으로 부릅니다. 이시인, 이시인 하고 말예요. 그들은 장난삼아 부르지만 난 그런 호칭으로 불릴 때마다 온몸이 부르르르 떨립니다. 아아, 시인…… 하고 나는 부르짖습니다.

그러나 이젠 시를 쓸 수 없습니다.

나의 깊고 향기로운 우물을 잃어버렸기 때문입니다.

삼 년 전, 지역 문학지에 당선한 나의 시를 심사한 교수이자 시인인 선생님은, 골프장 공사와 내 아이들의 희망을 빗대어 쓴 내 시를 두고, 서정적 감수성은 좋은데, 낡은, 거대 담론적 시각 때문에 문제라고 평을 썼습니다. 거대 담론은 문단에서도 폐기 처분된 낡은 것이라구요. 골프장으로 줄을 잇는 덤프트럭들 소리에 우리 아이들이 자주 짜증을 낼 때였지요. 나는 거대 담론이란 말이 무슨 뜻인지 몰라 몇 달을 헤맸습니다. 이제 그 시인 선생님을 만나면 뭔가, 말할 수 있을 것 같습니다. 사람이란 참 이상한 구석이 있어요. 어째서, 시를 쓸 수 없게 되자, 시인의 희망이 다 결딴나버리고 말자, 시에 대해서 말하고 싶은 것들이 이렇게 우아아, 아우성으로 생겨날까요.

다른 건 감히 바라지 않습니다.

나의 우물이 다시 차고, 검고 축축한 옷을 입은, 키가 너무 커서 꾸부정한 밤의 아저씨가, 한낮, 우물 밑에 누워 있다가, 저물녘, 사철나무 밑으로 성큼 나와 앉아, 물레인지 풀무인지, 쓰윽쓰윽, 애들 장난하듯 돌려서, 멀고 가까운 데, 쓰윽쓰윽, 낮은 곳에서 높은 곳까지, 또 쓰윽쓰윽, 연기처럼, 먹물을 풀어 부드럽고 은근하게, 산의 원근도, 또 세상의 명암도, 쓰으윽, 가리는 걸 보고 싶습니다. 그러면 그 순정적 어둠 속에서, 사람들이 몰라서 그렇지, 단지 별만이 아니라 치자꽃, 그 이쁜 술잔 같은, 사철나무 잎새며, 망초꽃에 깃들인 애벌레며, 산초롱나무 잔가지가 뿜어내는 그 별빛, 모든 것들이, 제각각, 제 몫몫 빛을 내고 있는 걸 보게 될 테니까요. 그 우물 곁에서 내 아이들과 함께 시 쓰는 상상을 하면 지금도 이렇게 부르르 몸이 떨립니다.

그래서요, 재판장님.

우리 변호사님 말처럼요, 지금 비록 내가 깨어지고 더러워졌으나, 아니 그러니까 더더욱, 난 갑옷을 입고 이제부터라도 천사가 아닌 전사가 되고자 합니다. 더러운 간통의 죄도 씻어야 하니까요. 세상이 우리들의 가슴속에 숨겨진 시인을 내다버리라고 하지만요, 아뇨, 우리들 맘속에 있는 시인은 그보다 힘이 세다고 나는 믿어요. 그래서 이 더럽고 잔인한 음모의 모든 걸 고백하는 거예요. 죄는 우리 모두에게 있어요. 돈에게 무릎 꿇은 우리 모두에게요. 그래도 재판장님, 지금부터라도 저는 전사가 돼서 살 거예요. 내 속의 시인, 향기로운 우물을 품고요.

꿈같이, 내 속에 정말, 우물 하나 품고서요.

—

가라앉는 불빛

그 불빛은 계속 가라앉았다.

황혼이었다. 선홍빛 놀이 곧 갈색으로, 암갈색으로 시시각각 제 명도를 떨어뜨릴 때, 나는 그녀와 함께 T읍 근교의 막 새로 지은 어떤 카페에 앉아 있었다. 철골 조립식으로 이층까지 올려 짓고 외벽만 벽돌로 치장한 카페 건물은 아스팔트 싱글을 붙인 지붕에서부터 목재 기둥을 양편으로 세운 현관에 이르기까지 제법 멋을 내고 있었으나, 그 요소요소가 하나로 어울리지 않고 각각 놀아 어딘지 모르게 허랑하고 천박해 보였다. 페인트 냄새조차 채 가시지 않은 실내 또한 백색 톤이 주조를 이루고 있는데도 터무니없이 큰 텔레비전과 오디오 시설, 중구난방으로 들고 난 조명기기들, 그리고 백색 톤과 도무지 어울리지 않는 화려한 색깔의 의자와 탁자들 때문에 천박하고 작위적인 게 외양과 전혀 다를 바 없었다. 말이 카페지 동동주와 부대찌개까지 적힌 메뉴로 보면 차라리 식당에 가까웠다. 나와 그녀가 들어와 커피를 시키자 머리를 붉게 물들이고 한쪽 귀고리를 한 여드름투성이의 청년은 하품 먼저 크게 하고 나서, 맥심 드릴까요, 원두커피 드릴까요…… 했다.

청년이 가져온 원두커피는 맛없는 숭늉맛이 났다.

카페 앞마당과 도로의 경계엔 울타리 대신 허리 높이쯤, 같은 높이로 전지된 장미들이 수십 그루 심어져 있었다. 아직 가지를 내뻗지는 못했지만 파릇파릇한 새잎들이 이곳저곳에서 힘차게 솟아나기 시작한 아주 튼실한 장미들이었다. 시골에서 울타리 대신 여러 그루의 장미가 군식된 걸 보는 일은 흔하지 않다. 그녀의 말대로 내가 이 카페로 들어온 것은 바로 그 장미밭 때문이었다. 여름에 오면 보기 좋을 거예요……라고 그녀는 말했다. 실내외의 부조화한 인테리어, 크기만 한 여러 가지 전자제품들이 주는 속악俗惡한 이질감 따위에 내가 기분이 상한 줄 알고 하는 소리였다.

씨발 것. 이러다간 정말 거미줄 치겠어.

탁 갈라진 중년 남자의 목소리가 들렸다.

손님이라곤 안쪽 테이블에 둘러앉은 중년 남자 서넛과 그녀와 나뿐이었다. 상소리에 그녀가 미간을 찌푸리며, 무슨 생각을 그리 골똘히 해요……라고 물었고, 생각은 무슨…… 나는 건성으로 대답했다. 나는 그 불빛을 계속 보고 있었다.

놀이 선홍빛일 땐 아주 미약했던 불빛이었다.

읍내 뒤편의, 읍내를 품어 안듯이 솟은 산중턱에서 빛나고 있는 그 불빛은 선홍빛 놀이 갈색으로 잦아들자 갑자기 선연히 빛나기 시작했다. 건물 따위는 없는 곳이었다. 꼭짓점에 정자 하나를 이고 삼각 구도로 흘러내린 산은 발치에 읍 중심가를 품고 있을 뿐, 아주 단정한 앉음새였다.

아, 꿩탕은 왜 안 나와, 이거……

갈라진 목소리의 남자가 소리내어 술잔을 내려놓았다.

힐끗, 내가 시선을 들었을 때 공교롭게도 눈이 마주쳤다. 남자는 나와 눈이 마주치자, 어떤 놈들은 세월 좋아 기집질이나 하고 다니는데……라고, 짐짓 큰 소리로 말했다. 벗어진 앞이마가 반들반들했고, 얼굴은 청동빛이었다. 여태껏 귓등으로 들은 바를 종합해보면, 대머리 남자는 포클레인 기사였고, 그 옆으로 앉은 반백의 남자는 미장이였으며, 내게 등을 보이고 있는 운동모자 삐뚜름히 쓴 남자는 조립식주택업자였다. 작년 이맘때만 해도 주문이 밀려 온종일 이쪽저쪽, 현장 쫓아다니는데도 좆이 빠지는 줄 알았는데, 제기랄, 봄이 왔는데도 상담하러 오는 놈 하나 없으니 원. 조립식주택업자가 말했고, 작년 봄이야, 진짜 좋았지…… 대머리가 받았다. 그들은 고양된 어투로 작년 이맘때가 얼마나 좋았는지에 대해 중구난방으로 떠들었다. 글쎄, 작년엔 첫눈 올 때까지 엽총 만져볼 겨를이 없었다니깐……이라고 말할 때, 조립식주택업자는 빈 의자에 기대어 세워놓은 낚시 가방을 툭툭 쳤다. 처음부터 간간이 사냥 얘기가 나오는 것으로 보아 낚시 가방엔 아마 엽총이 들어 있는 모양이었다. 정말 지겨워. 노는 것도 하루이틀이지 겨울부터 지금껏…… 씨부랄 것, 돈이 문제가 아니래도. 시간 죽이는 것이 문제지. 요컨대, 시간 죽이는 것이 지겨워 엽총 가진 조립식주택업자를 중심으로 슬며시 산속에 들어가 꿩을 불법으로 잡아온 것이었다. 읍내와 면소재지가 멀찍이 떨어진 이 외진 카페로 온 것도 아마 그 때문인 것 같았다. 아까 소나무숲 속에서 달아난 산토끼, 그놈을 잡았어야 하는데 말야…… 반백의 미장이가 말했고, 무슨 소리, 산토끼탕보다 꿩탕이 훨씬 낫지……라고 운동모자 삐뚜름히 쓴 조립식주택업자가 말했고, 아따, 그나저나 꿩탕은 언제 나오는 거야, 이거. 야, 야, 철균아, 그놈의 꿩탕 대체 언제나 나오냐, 끓이긴 끓이고 있는 거냐…… 대머리 포클레인 기사가 주방 쪽에 대고 야단스럽게 외쳤다. 주방 쪽에선 아무 소리도 들리지 않았다.

읍내는 서편으로 일 킬로쯤 떨어져 있었다.

읍내를 지나온 너른 개천이 카페 앞까지 곧장 흘러내려와서 동쪽의 컴컴한 산자락 아래로 돌아 빠지고 있었고, 읍내와 카페 사이엔 내가 좀 전에 지나온 고속도로가 놓여 있었다. 고속도로는 카페에서 불과 이삼백 미터 거리였다. 앉은 방향으로 창을 통해 내다보면 먼저 개천을 드높게 가로질러간 거대한 콘크리트 구조물인 고속도로 다리가 보이고, 그 다리의 교각과 교각 사이로, 읍내 전경과 뒷산이 보였다. 읍내 이곳저곳에 하나씩 둘씩 불이 켜지기 시작하자 뒤쪽의 산은 더욱더 어두워져 그 능선만 선명해졌다.

이제 놀은 짙은 암갈색이었다.

오토바이 한 대가 불현듯 창 앞에 나타났다. 읍에서 면소재지까지 이어지는 카페 앞길은 자동차 두 대가 겨우 비켜갈 정도의 좁은 시멘트 도로였다. 읍과 면을 잇는 넓은 포장도로가 개천 너머 남쪽 산자락을 따라 놓여 있기 때문에 이쪽 시멘트 도로는 이 고장 사람들이나 다니는 한적한 좁은 길이었다. 내가 가까이 다가오는 것을 보지 못한 것으로 보아 오토바이는 면소재지 쪽에서 온 것 같았다.

아이고오, 우리의 꿩이 이제 오시네.

대머리 포클레인 기사가 반색을 했다.

먼지를 뽀얗게 뒤집어쓴 낡은 오토바이였다. 오토바이를 타고 온 사내는 내게 등을 보인 채 헬멧을 벗고 오토바이 뒤에 매달고 온 운동모자로 바꿔 썼다. 키가 훌쩍 큰 사내였다. 청바지에 갈색 잠바 차림이었는데, 하얀 목장갑을 낀 것이 인상적이었다. 때마침 카페 입구의 외등에 불이 켜졌으므로 결혼식 때 신랑과 주례가 꼈음직한 목장갑의 흰색은 더욱 희고 투명해 보였다. 사내는 운동모자 속의 머리를 손가락으로 가지런히 하면서 반듯하게 모자를 고쳐쓰고 있었다. 허름한 차림이었지만 아주 깔끔한 성격인 것 같았다. 어깨는 반듯했고, 잠바로 가려 있을망정 상반신이 역삼각 구도라는 걸 나는 직감적으로 알아차렸다.

운동으로 다졌음직한 단단한 몸매였다.

모자를 다 고쳐쓴 남자가 돌아서면서 한순간 휙 하고 이편을 돌아보았다. 외등 불빛 한 점이 사내의 안광에 부딪혀 번쩍한 것 같았다. 카페 안으로 들어온 사내는 앉을 자리를 염두에 두었다는 듯이 두리번거리지 않고 곧장 반대편 끝자리로 갔다. 그리고 선 채로 주머니에서 담배와 라이터를 꺼내 탁자 위에 놓았고, 잠바를 벗었으며, 벗은 잠바를 단정히 접어 빈 의자 위에 놓은 뒤 비로소 앉았다. 역시 절도 있는 동작이었다. 사이에 놓인 화분 속의 관음죽 때문에 내게 보이는 것은 이제 의자 위로 솟은 사내의 뒤통수뿐이었다. 막 가져다놓은 꿩탕을 먹느라 잠시 조용해진 조립식주택업자 패거리들과, 나와, 사내는, 각각 삼각형의 꼭짓점에 자리를 잡은 형세였다. 사내는 부대찌개와 맥주 한 병을 주문했다.

배 안 고파요?

그녀가 침묵을 깨고 물었다.

먹고 싶으면 지영인 먹어……라고 내가 대꾸했고, 혼자는 싫어요…… 그녀는 다시 남쪽 산허리를 자르고 놓인 고속도로 쪽을 바라보았다. 차들은 눈에 불을 켜고 쏠리듯 질주하고 있었다. 암갈색 놀은 어둠에 잡아먹혀 이제 그 흔적뿐이었다.

그 불빛은, 더욱 밝아졌다.

읍내 뒤쪽의 산 이름을 한참 생각하다가 나는 불현듯 갈앙, 갈앙산渴仰山이라고 중얼거렸다. 뭐라고요……라고 그녀가 물었다. 아냐. 혼잣말이야. 카페 등뒤에서 시작하여 동쪽 방향으로 치켜오른 산은 이 일대 연접한 산들의 종주宗主로서 이름이 수리산이었다. 해발 육백여 미터에 불과했지만 수리산은 숲이 깊고 경사가 급해 다른 산들의 종주로서 손색이 없었다. 수리산은 남쪽과 서쪽으로 흐르면서 조금씩 낮아져 거의 끊어질 듯하다가, 읍내 배후에 이르러 그 앉음새가 단정한 갈앙산으로 아퀴를 짓고 있었다.

내가 읍내에 산 것은 초등학교 1학년 때까지 이 년 남짓이었다.

직업 군인이었던 아버지를 따라 이삼 년마다 한 번씩 전국으로 떠돌던 삶이었으므로, T읍에 살던 이 년 남짓의 추억은 초등학교에 입학해 겪은 몇몇 단편적인 삽화가 전부였다. 삼십여 분 정도면 정상의 정자에 닿을 수 있으나 갈앙산은 그 시절의 나에겐 참으로 까마득히 높아 보였다. 가을 소풍 가면서 내가 돌부리에 걸려 넘어져 무릎이 깨지고 가시가 박혔던 곳이 지금 불빛이 빛나고 있는 저기쯤일 것이었다. 어머니는 깨진 곳엔 수건을 대고 가시가 박혔던 자리는 입으로 빨아주었다.

그때까지만 해도 어머니는 젊고 이뻤다.

말수가 아주 적었으나 늘 웃는 낯이었으며, 잇속이 하얗고 속눈썹은 유난히 길었다. 꽃을 좋아해서 낡은 관사 앞의 좁은 마당 일망정 온갖 꽃들이 다투어 피었고, 라일락이던가, 화사한 꽃그늘 아래로 들면 담 밑 철망 안에 어머니 잇속처럼 하얀 털에 둘러싸인 토끼 한 쌍이 살고 있었다. 어머니의 소망을 받아들여 아버지가 어렵게 구해온 흰토끼 한 쌍을 위해 직접 철망을 구해다가 얼기설기 토끼집을 만들던 어머니의 모습이 아련했다. 내 손을 잡고 갈앙산으로 토끼풀을 뜯으러 갈 때 어머니는 곧잘 낮은 목소리로 노래도 불렀다. 어머니의 목소리는 너무 청아하고 달콤해서 노래를 듣고 있으면 매양 잠이 왔다.

왜 그런 것들을 잊고 있었을까.

가시가 박혔던 자리를 어머니가 핥고 빨아주기 시작했을 때, 내가 울음을 뚝 그쳤던 생각이 비로소 났다. 만산홍엽의 자줏빛이 어머니의 분통같이 뽀얀 앙가슴에 고요히 깃들여 있었다. 히힛, 간지러…… 간지러워, 엄마. 몸을 꼬며 내가 비명을 질렀던가. 그래, 그랬었어……라고 생각하며 나는 눈을 감았다. 가슴에서 유성이 지고 있었다. 훈련중인 미군 스리쿼터에 받혀 어머니가 죽은 것은 그해 겨울 눈 내리던 날 새벽이었다. 아버지 술국을 끓이려고 콩나물을 사러 나가던 어머니는 차의 정면에 받혀 허공에 붕 떠올랐다가 추락했다. 목뼈가 부러지고 두개골이 함몰된 어머니는 그 자리에서 즉사했다.

나, 맥주 좀 시켜줘요.

그녀가 견딜 수 없다는 듯 볼멘소리로 말했다.

나는 두부김치와 맥주를 시켰다. 그녀가 견딜 수 없는 것은 나의 침묵일 터였다. 정오에 만나 간단한 점심식사를 함께하고 네 시간여, 고속도로를 질주해 이곳에 올 때까지 내가 한 말은 겨우, 그냥 드라이브하는 거야…… 계획 같은 건 없어, 당분간 이렇게 놀지 뭐…… 오늘밤 안으로는 돌아갈 거야…… 집사람이 무슨 속옷 가게를 하고 싶대…… 곧 철쭉이 피겠지…… 정도였다.

이곳에 오자고 생각한 것은 아니었다.

고속도로 표지판에서 T읍이라는 지명을 보는 어떤 순간, 문득 남의 생애처럼 거의 삼십여 년간 잊고 산 어머니의 초상이 떠올랐다. 읍내까지 가보고 싶은 마음도 없었다. 어머니의 시신은 처음부터 서울 근교의 공원묘지에 묻혔으므로, 어린 시절 스쳐 지났던 여러 지역 중 한 곳으로서 이곳은 이미 내게 잊힌 땅이었다. 그러나, 기억의 불씨 하나, 부식된 시간의 지층 밑에서 살아나자 묻혔던 기억들이 사방에서 솟아 저희들끼리 아귀 맞추어 내 안에서 완성되고 있었다.

나도 맥주 한 잔 줘.

운전하고 올라가려면 안 하시는 게 좋을 텐데요.

그녀는 그러나 내 잔에 맥주를 넘치게 따랐다. 그녀는 한 달여 전에 내가 과장으로 재직하다 타율적으로 그만둔 회사의 총무 직원이었고, 내 젊은 애인이었다. 야간 근무 후 술 한잔 나누다가 그만 몸을 섞어버린 우리들의 관계는 벌써 일 년이 넘어서고 있었다. 그녀는 아직 회사에 있고, 나는 회사 밖으로 밀려나와 있었다.

무슨 말인가 좀 해봐요. 답답해요.

저기…… 읍내 뒷산 가운데쯤 봐. 어떤…… 불빛, 뵈잖아. 산 중턱에.

그러네요. 집이 있나보죠.

집 없어, 거긴. 그런데 웬 불빛일까 모르겠어. 백열전구처럼 밝은데, 저기까지 전기가 갈 리도 없고.

그게 어떻다는 거예요, 불빛이?

가라앉는 것 같아서 그래. 불빛이, 자꾸, 가라앉고 있어.

제 눈엔 그대로 있는 것 같은걸요.

잘 봐. 눈에 초점을 모으고. 불빛이 밑으로 떨어지고 있잖아?

글쎄요, 그러고 보니 그런 것도 같고.

아냐. 가라앉는 거 같은데, 아까부터 위치는 그대로거든.

피로해서 그래요……라고 그녀가 말했고, 그녀의 말끝을 밀어내면서, 무슨 자다가 봉창 뜯는 소리야……라고, 조립식주택업자 테이블 쪽에서 한 중년 남자가 탁, 탁자를 손으로 쳤다. 그 바람에 그녀와 나는 다시 침묵 속으로 빠져들었다.

불빛은, 갈앙산 지층을 뚫고 끝없이 아래로 가라앉고 있었다.

아무려면 내가 없는 소리를 하겠어……라고, 다른 중년 남자인 포클레인 기사가 갈라진 목소리로 말했다. 자정까지 서울로 올라가려면 지금쯤 출발해야 할 터인데, 나는 그냥 앉아 있었다. 몸이 천근처럼 무거웠다.

끝없이 가라앉고 말면 마지막엔 어디에 이를까.

내가 회사를 그만두고 가장 잔인하게 맞닥뜨린 것은 시간이었다. 시간은 언제나 텅 비어 있었다. 아침에 눈을 뜨면 내 몸은 관성을 따라 일어나 세수하고, 밥 먹고, 넥타이를 매고, 서류 가방을 챙겨들고, 다녀올게, 여보…… 거리로 나가지만, 시간은 나와 함께 나가지 않고 무겁게 내 명치끝에 얹혀 있었다. 친구들하고 나가서 술이라도 마시지 그래요……라고 아내는 말했고, 싫어……라고, 나는 대답했다. 아무데도 가고 싶지 않았고 아무것도 하고 싶지 않았다.

정말 미치고 환장하겠네.

이번에 말을 받고 있는 것은 조립식주택업자였다.

속옷 가게를 하나 낼까 하는데 나하고 함께 좀 나가봐요……라고 아내는 또 말했다. 아내는 내가 나가지 않는 게 정말 견딜 수 없는가보았다. 왜 여자들은 내가 가만히 있는 걸 못 견뎌 하는지 모를 일이었다. 환장하는 건 나야. 내가 뭐 돈을 지금 내놓으라는 것도 아니고, 그저 생각난 김에 말해본 것뿐인데, 왜 그렇게 핏대를 올리고 그래……라고, 포클레인 기사인 대머리 남자가 말했다. 포클레인 기사가 작년 이맘때쯤 반나절 일한 품값을 조립식주택업자에게 받지 못했다고 말한 것이 문제의 발단이었다. 정말 못 받았으면 진즉에 말을 했어야지 왜 이제 와서 홍두깨 내밀듯 내미냐구, 내 말은. 쪽팔리게 씨발, 그걸 꼭 말로 해야 알아들어? 그래. 말로 해야 알아듣는다. 말을 해봐. 당신은 업자잖아, 업자. 작년이야 일도 많았고, 당신 일 받아서 하는 내 입장에선 이미 때를 넘긴 반나절 품값, 그거, 시시콜콜 말하기 지랄 같았다구. 그러다보니 나도 잊어먹고 있었고. 요컨대 요즘, 매일매일 놀기 지겨울 정도로 뒹굴뒹굴하다 그 일이 생각났고, 그래서 한마디한 것뿐이야. 달라는 건 아니야, 그까짓 돈 십만 원 없어도 산다 이거야. 하이고오, 내가 미쳐요, 미쳐……라고 말하면서 조립식주택업자가 제 가슴을 쾅, 쾅, 소리나게 쳤다. 꿩이나 뜯어라……라고 끼어든 것은 미장이였다. 나는 마실까 말까 하던 맥주를 단숨에 마시고 잔을 내려놓았다. 그녀는 내 눈을 빤히 들여다보다가 빈 잔에 다시 맥주를 채워주었다. 놀고 있으니까 꿩고기도 먹어보고…… 안 좋냐. 시간 남아도니까 고릿적 얘기 꺼내놓고 콩팔칠팔하는 거지, 바빠봐, 이런 쌈질할 틈도 없지……라고 미장이가 계속 말했고, 씨발, 콱, 쏴버리고 싶네…… 조립식주택업자가 혼잣말하듯 말했다.

뭐, 쏴버려? 어디, 쏴봐. 쏴보라고!

포클레인 기사가 쨍하고 악을 썼다. 앉은 자리에서 벌떡 일어서는 바람에 컵이 하나 떨어졌는지 그릇 깨지는 소리가 요란하게 났다. 한쪽 귀고리만 하고 있는 청년이 카운터에 앉아 볼륨은 완전히 죽여놓은 무언의 텔레비전을 들여다보다 말고 고개를 돌리며 하품을 했다.

널 쏜다는 게 아냐.

조립식주택업자가 말했다.

그냥 괜히…… 아무 놈이나…… 그렇다는 거야. 제 중심에 불빛 하나 심지로 박고 있는 읍내 뒤편의 갈앙산은 이제 검게 솟은 윤곽뿐이었다. 밝기로 치면 촉수 높은 백열전등의 불빛 같았지만 명멸하는 이미지로 보면 먼길을 달려온 초신성의 별빛 같았다.

중년의 남자들은 갑자기 침묵했다.

아직도 그 불빛 가라앉고 있어요……라고 그녀는 물었고, 몰라, 그대로인가봐……라고 내가 대답했다. 그녀의 관자놀이 어디쯤에 지루하다는 기색이 잠깐 떠오르다가 재빨리 사라졌다. 어머니가 그랬듯이, 속눈썹이 긴데다가 얼굴은 희고 입술은 도톰했다. 화려한 치장을 한 건 아닐지라도 어디에 어떻게 있든 한눈에 들어와 박히는 정결하면서도 관능적인 매력을 그녀는 갖고 있었다. 그녀를 보는 최과장의 범상하지 않은 눈빛은 회사를 그만두기 전 나도 몇 차례나 본 적이 있었다. 최과장하곤 어떻게 호흡이 잘 맞나……라고 내가 기습적으로 묻는다면 그녀는 어떤 표정을 지을까.

여기 맥주 한 병 더 주세요.

오토바이 타고 왔던 청년이 말했다.

카랑한 청년의 목소리에 화답하듯이 아이, 씨부랄 것……이라고 씹어뱉고 자리에서 일어선 것은 한동안 침울한 침묵 속에 앉아 있던 조립식주택업자 테이블의 대머리 포클레인 기사였다.

화장실은 오토바이 타고 왔던 청년이 앉은 자리를 스쳐지나가야 하는 안쪽에 있었다. 포클레인 기사는 벌겋게 달아오른 번질거리는 대머리를 좌우로 눕혔다 폈다 하면서 화장실 문을 벌컥 열고 들어갔다. 잠바를 벗은 청년은 반팔 차림이었다. 의자 등받이에 팔꿈치를 비틀어 올려놓았는데, 멀어서 분명한 것은 아니지만, 예상대로 잘 발달된 근육을 청년은 갖고 있었다.

이상해요.

그녀가 무심한 어조로 말했다.

뭐가……라고 내가 반문하자, 회사 관두신 지 한 달밖에 안 됐는데…… 뭔가, 크게 달라진 것 같아요……라고 그녀는 대답했다. 어떻게 달라져 보이는데? 글쎄요, 그냥 그래요. 전엔 굉장히 따뜻했는데…… 맑고요. 지금은 흐려? 흐리다기보다, 어떤 것이, 가령 어떤 중심 같은 거, 심지 같은 거, 그런 게 쑥, 쑤욱요. 쑤욱 빠져 달아난 것 같고요. 명문대학 나오셨잖아요. 원하시면 얼마든 좋은 직장 잡을 수 있는 분이라고, 최과장님도 말씀하셨고……까지 말하다 말고, 그녀는 황급히 맥주잔을 입으로 가져갔다.

원래,

내가 대답했다.

나, 심지 같은 거 없었어.

내 밑에 있었던 최과장은 회사가 어려워져 해고의 바람이 불어닥칠 징조가 보이면서부터 걸핏하면 그 말을 했다. 명문대학 출신이니 여기 그만두셔도 갈 데가 많지 않겠느냐고. 자신은 지방대학 출신이어서 한번 잘리면 오갈 데가 없다고. 동료 직원 중에서도 가장 가까운 누가 나가지 않으면 내가 나가게 된다는 의식이 그를 괴롭혔나보았다. 말은 좀 많았지만 곱상한 얼굴에 착한 사람이었고, 또 순종하는 타입이었다. 상처는 나가는 사람이든 남는 사람이든, 깊고 깊었다. 제가 과장님을 밀어내는 것 같아 죽고 싶습니다……라고 술에 취해 그는 울었다. 지방대학이 그의 중심이었고, 명문대학 출신이라는 것은 나의 허상이 되었다. 그것은 하나의 익살과도 같았다. 경주마가 달리듯이 한 번도 트랙 밖의 길을 상상해보지 않고 살아온 내겐 더욱 그러했다. 인생이라는 것은 줄자 위에 그려진 눈금처럼, 시간을 따라, 가령 탄생, 성장, 대학, 취직, 결혼, 아이 따위가 차례로 배치돼 있으며, 그 보편적인 스텝을 좇아 사는 것이라고 나는 굳게 믿고 있었다. 명문대학을 졸업할 수 있었던 것 또한 특별히 출세 지향이어서가 아니라 스텝을 따라 살다보니 자연 그리된 것뿐이었다.

군인이었던 아버지는 강골强骨로 뚝뚝하고 우악스러운 성격이었다.

어머니의 죽음으로 나는 아스팔트 위의 토끼 같은 신세가 되었다. 고등학교를 졸업할 때까지, 나는 한 번도 아버지의 눈을 감히 정면으로 마주본 적이 없을 정도였다. 초등학생 시절에 군대의 구호 중 하나는 초전 박살이었고, 초전 박살이라는 구호는 자연스럽게 산업사회의 온갖 일터는 물론 학교 안까지 확산됐다. 초전 박살, 초전 박살, 초전 박살이라고 사람들은 외쳤다. 나는 고개를 숙이고 어깨는 움츠렸다. 공부도 연애도 초전 박살이었다. 목표를 한번 정하고 나면 직진을 통한 초전 박살이 있을 뿐, 재수를 한다거나 차선책으로 목표를 수정한다거나 하는 것은 허용될 수 없다는 게 아버지의 세계관이었다. 아버지는 내 세계의 전부였을 뿐 아니라 내가 십대의 대부분을 보냈던 1970년대의 전부였다. 나는 단번에 명문대학에 붙었고, 단번에 취직 시험에 합격했으며, 단번에 떡두꺼비 같은 아들을 낳았다. 내가 그나마 트랙 밖으로 일탈한 경험이라면 단 한 번, 지금 나와 마주 앉아 있는 그녀와의 관계였다.

하지만 그것이 과연 일탈이었던가.

내게 그랬듯, 그녀는 최과장의 책상 위에 올려놓는 커피잔 밑에도, 퇴근 후 그 커피숍에 먼저 가 있을게요…… 메모지를 사각으로 접어 감춰놓고 있을지 몰랐다. 떠나고 나면 흔적은 아무것도 남지 않았다. 시간이 흔적을 남기지 않듯이.

이제 올라가야 되지 않을까요?

시계를 보면서 그녀가 말했다.

저것이 갈앙산이야……라고 나는 동문서답을 했다. 그녀는 내 말을 귀담아듣지 않고, 내일 집안에 일이 있어서요…… 조금 미안한 표정을 했다. 내가 돌아가지 말자고 할까봐 신경이 쓰이는 눈치였다. 갈앙이 무슨 뜻이냐 하면……이라고 계속 엇나가다 말고, 나는 잠시 미간을 모았다. 갈앙산 중턱의 그 푸르스름한 불빛이 죽을 듯 몇 차례나 껌벅거렸기 때문이다. 아, 안 돼……라고 나는 부지불식간에 속으로 외치면서 안타깝게 탁자 밑에서 주먹을 콱 쥐었다. 안 돼. 죽지 마, 엄마. 엄마라는 말이 밑도 끝도 없이 깊은 심연에서 떠올라 뒤에 붙었다. 껌벅거리던 불빛이 곧 다시 살아났고, 무슨 말씀이세요…… 그녀가 채근해 물었다.

저기 갈앙산 말야.

나는 손을 들어 창밖을 가리켰다.

아마도 불교에서 나오는 말인 것 같은데, 목마를 갈渴 자에 우러르고 동경할 앙仰이니까, 목마르게 우러러 사모한다, 뭐 그런 뜻일 게야. 우리들은…… 아니 나는, 평생 품어보지 못한 거지. 무언가, 목마르게 우러르고 사모한 적이 한 번도 없는…… 여기…… 텅 빈…… 나 좀 봐.

무슨 뜻인지 모르겠어요. 산 이름을 어떻게 알아요?

살았었어, 저기 갈앙산 밑에.

정말인가요……라고 말하며 속눈썹 긴 눈을 그녀는 크게 떴다. 한 번도 그런 얘긴 없으셨는데요. 고향이 여기 아니잖아요. 그녀가 덧붙였고, 우리 어머니가 지영이처럼 속눈썹이 길었어……라고 내가 동문서답을 했다. 그녀가 알고 있는 내 고향이 어디인지 나는 알 수 없었다.

오토바이 청년은 그대로 앉아 있었다.

귀고리를 한쪽만 한 청년이 카운터 앞에 턱을 손으로 받친 자세로 앉아 있다가 갑자기 텔레비전 볼륨을 올렸을 때에야 오토바이 타고 온 청년의 머리가 절도 있게 카운터 쪽으로 돌아갔다. 거, 소리 좀 줄여요……라고 오토바이 타고 온 청년이 말했다. 청년의 프로필은 부조浮彫처럼 그 명암이 또렷했다. 조립식주택업자 테이블의 중년 남자들은 좀 전부터 말소리를 아주 낮추고 있었다. 말소리만 낮추었을 뿐 아니라 돌아보니 포클레인 기사와 조립식주택업자의 앞이마가 거의 닿을 것같이 가까이 접근해 있었다. 뭔가, 심각한 이야기를 나누고 있음이 분명했다.

피곤하시면 운전 내가 할 수 있어요.

그녀가 고속도로를 내다보며 말했다.

반백의 미장이가 그 순간 포클레인 기사와 조립식주택업자의 머리 사이로 파고들듯이, 바싹 다가앉으며 천……이라고 했다.

놀라고 긴장된 눈빛이었다. 맥주 한두 병쯤은 취하지 않아요. 운전, 내가 해도 돼요……라고, 그녀는 계속 말했다. 어서 일어서라는 재촉이었다. 읍내는 황혼녘보다 오히려 시끌벅적해진 것 같았다. 소음이야 물론 들리지 않았지만, 내 마음속에 박혀 있는 오래전의 이미지와는 너무도 달리, 밤의 읍내는 그런대로 불야성을 이루고 있었다. 천…… 뭐였지……라고 나는 생각했다. 읍내의 불빛들과 오버랩되어 조립식주택업자와 대머리 포클레인 기사와 반백의 미장이가 자못 긴장된 얼굴로 머리를 거의 맞대고 있는 실루엣이 창유리에 박혀 있었다. 예전엔 이층 건물이 읍내에서 제일 높았어…… 내가 심드렁하게 말했다. 그녀는 내 동문서답에 아무 대꾸도 하지 않았다. 갈앙산 산자락으로 붙어 스카이라인을 형성하고 있는 아파트군은 최근에 지어졌을 터였다. 꽤 높은 빌딩들도 이곳저곳 솟아 있었고, 그것에 걸맞게 유흥가도 적지 않게 형성되어 있는 것 같았다. 붉고 노랗고 푸르고 흰 불빛들이 사뭇 현란했는데, 그 불빛이 담긴 창 안쪽으로 포클레인 기사의 대머리가 불쑥 솟아올랐다. 대머리 포클레인 기사는 주방 곁의 뒷마당으로 통하는 철문을 열고 나갔다. 천……천만 년…… 하고, 나는 입속으로 발음해보았다. 반백의 미장이가 한 말은 천만년인 것도 같고 천만 원인 것도 같았다. 그렇다면 그들은, 더이상 무위한 시간을 견딜 수 없어, 천만 원……이라고, 누군가 목표를 설정했으며, 조전 박살의 음모를 꾸몄고, 총알을 재기 시작했나보았다. 변화한 것은 읍내의 밤 풍경뿐만이 아니었다. 지구가 한쪽으로 기우뚱해 있어, 그 끝을 향해 멈추지 못하고 추락해 쓸려가는 듯한 고속도로의 헤드라이트 불빛들을 나는 망연히 바라보았다.

나는 요의를 느꼈다.

어차피 올라가려면 소변을 미리 봐두는 게 좋을 터였다.

집에만 있으니까 무기력해져서 그래요……라는 아내의 말이 들렸다. 정사를 치르려고 하면 계속 요의가 먼저 느껴졌고, 화장실에 다녀오면 그것은 매양 풀이 죽어 다시는 일어설 줄 몰랐다. 나는 화장실로 걸어갔다. 오토바이 타고 온 청년은 여전히 왼쪽 팔을 등받이 한쪽에 비스듬히 걸친 자세로 앉아서 창밖을 내다보고 있었다. 우수에 깃들인 듯한 프로필과 등받이에 걸친 단단한 근육질의 팔뚝을 나는 거의 한눈에 보았다.

그래, 장미구나, 붉은.

바지 지퍼를 내리면서야 나는 감탄했다.

눈앞이 한순간 환해지는 기분이 들었다. 잘생긴 청년의 팔 상단에 피같이 붉게 핀 장미꽃 한 송이가 선명히 새겨진 걸 본 것이었다. 장미꽃 위로는 새 한 마리가 비상하고 있었다. 크지도 작지도 않았다. 꽃은 벙긋 봉오리가 열린 듯했고, 새는 전인미답의 시간 속으로 날아오르는 중이었다. 정교하고도 알밤같이 똑 떨어지는 문신이 아닐 수 없었다.

무슨 소리가 화장실 너머에서 들렸다.

나는 오줌을 싸려다 말고 짐짓 귀를 기울여보았다. 웅얼웅얼 하는 낮은 목소리가 주방 쪽 뒤곁에서 나고 있었다. 포클레인 기사야……라고 나는 단번에 직감했다. 긴장한 얼굴로 뒤쪽으로 난 철문을 좀 전에 열고 나간 대머리가 떠올랐다. 나는 화장실 창을 조심스럽게 조금 열고 그 열린 틈에 귀를 바싹 밀착했다.

글쎄, 틀림없어요.

웅얼거리던 목소리가 비로소 의미 있는 말소리로 내 귀에 꽂혀 들어왔다. 대머리 포클레인 기사는 휴대전화를 들고 뒤곁의 어둠 속에 은신해 극도로 조심하면서 말하고 있었다. 그러믄요…… 장미 문신이 있다니깐요…… 옥니에…… 곱슬머리…… 맞다구요. 장미 문신과 옥니와 곱슬머리를 나는 머릿속에서 횡으로 연결시켜보았다. 얼마나 걸리느냐고, 포클레인 대머리 기사는 물었다. 무기는…… 몰라요…… 굉장한 놈이라는 건 안다구요…… 씨발, 나도 뭐 힘깨나 쓰지만……이라고 포클레인 기사는 씹어뱉었다. 장미 문신과 옥니와 곱슬머리가 합해지자 이내 오토바이 타고 온 청년이 되었다. 나는 소변을 보는 둥 마는 둥 자리로 돌아왔다.

일도 없는데, 우리 야유회나 한번 가자.

조립식주택업자가 짐짓 큰 소리로 말했다.

야유회, 좋지. 미장이가 받았고, 돼지 한 마리 잡지 뭐……라고 어느새 자리로 돌아온 포클레인 기사가 혀 꼬부라진 듯한 취기 어린 어조로 받았다. 그들은 짜맞춘 것처럼 갑자기 목소리를 크게 내고 있었다.

맞아. 거기서 봤어.

참지 못하고 내가 혼잣말을 했다.

뭘요……라고 그녀가 내 혼잣말에 눈을 동그랗게 떴다. 돌연한 긴장감 때문에 전신이 빳빳해지는 기분이었고, 신열이 위로 솟는지 시야에 아물아물 아지랑이가 끼어들었다. 아냐, 암것도. 나는 대답했다. 서울을 떠나면서 들른 주유소의 주유기마다 붙어 있던 수배 전단이 마침내 내 눈에 확실히 보였다. 현상금 천만 원……이라고 쓰인 수배 전단이었다. 부산교도소 탈주범 신창원. 괄호 열고, 삼십 세, 괄호 닫고. 곱슬머리. 옥니. 오른쪽 눈 아래 검은색 상처 흔적. 내가 수배 전단을 인상적으로 보았던 이유는, 탈주범 신창원이 그동안 만든 전설적인 삽화들 때문이 아니라 그의 몸에 새겨져 있다고 수배 전단에 적혀 있는 장미, 새, 사슴, 토끼…… 때문이었다. 그것들이 신창원의 어느 부위에 문신되어 있다고 했는지는 물론 생각나지 않았다.

하지만 장미라니…… 새, 사슴, 토끼라니.

얼마나 그리운, 아름다운 것들인가. 그가 흉악범이든, 탈주범이든, 도적이든, 아니면 좀 전에 정글을 떠나온 타잔이든, 그것은 상관없었다. 그의 작은창자나 맹장이나 쓸개나 간이나 심장이 꿈같이 우러러 동경해 마지않는 것, 장미, 새, 사슴, 토끼……라는, 동물의 이름이면서 동물의 이름이라는 기호 체계를 벗어난 이미지들 때문에, 한남동 주유소의 주유기 앞을 떠날 때, 오토바이 타고 온 청년의 팔뚝에서 장미 문신을 본 순간처럼, 내 심상의 어느 한 귀퉁이가 발그레한 서기로 채워졌던 걸 나는 기억했다. 그러고 보면, 비록 무의식적으로 달려왔을망정, 굳이 이곳 갈앙산이 보이는 곳까지 찾아온 것이나, 뜰 앞의 장미밭에 끌려 이 카페에 들어온 것이나, 모든 게 우연이 아니었던 것 같았다. 장미, 새, 사슴, 토끼의 이미지들이 잊었던 어머니에게 나를 데려온 것일는지 몰랐다. 나는 잔에 남은 맥주를 단숨에 마셨다.

갑자기…… 왜 그래요?

그녀가 상기된 내 눈을 보며 물었고, 토끼 땜에 그래……라고 내가 말의 톤을 드높여 대답했다. 우리 어머니가 토끼를 길렀거든. 장미도. 돌연히 솟은 내 말소리를 따라 조립식주택업자 테이블의 세 중년 남자가 이맛살을 찌푸리고 나를 노려보았다.

오토바이 타고 온 청년은 꼼짝도 하지 않고 있었다.

토끼가 얼마나 양순하고 예쁜지 알아? 나는 계속 말소리를 높였다. 옥니인지 곱슬머리인지는 확인하지 못했지만, 오토바이 타고 온 청년이 신창원이라는 데는 나 또한 이미 확신을 느끼고 있었다. 장미와 새와 사슴과 토끼가 몽매에도 그리워 몸에까지 새긴 수배 전단 속의 신창원이라면, 탈주범이고 도적인 신창원이 아니라, 장미이고 새이고 사슴이고 토끼인 그가, 경제적인 몰락의 이 환란을 초전 박살로 이겨내고 오로지 다시 잘 먹고 잘살자는, 세기말의 이 긴장 국면을 박차고 쾌적하게 비상하기를 나는 바랐다. 어서 일어서라……라고, 신창원의 뒤꼭지에 대고 나는 소리치고 있는 셈이었다. 아까 주유소에 붙어 있던 탈옥범 신창원의 사진 봤지……라고, 나는 계속 크게 말했다.

신창원이 글쎄, 새랑 장미랑 토끼 문신을 하고 있대.

오토바이 타고 온 청년은 그러나 등받이에 걸쳐놓은 팔을 내렸을 뿐 일어설 기미를 전혀 보이지 않았다. 대머리 포클레인 기사가 잡아먹을 듯이 나를 보고 있는 줄 알았지만, 나는 그쪽은 전혀 보지 않았다. 현상금이 말이야. 자그마치 천만 원이나 된대……라고 나는 역시 큰 소리로 덧붙였다. 제발…… 제발……이라고 나는 말하고 싶어 안달을 했다. 제발 어서 이 카페를 나가 총알같이 달려가라……라고.

마침내 청년이 자리에서 일어섰다.

오토바이 타고 온 청년은 힐끗 나와 조립식주택업자 테이블의 중년 남자들을 일별했고, 곧이어 갈색 잠바를 다시 입고 하얀 목장갑을 손에 꼈다. 나는 자세를 고쳐 앉았다. 어둠 속으로 오토바이를 몰아 총알처럼 달려갈 청년의 아름다운 뒷모습을 상상하자 가슴이 뻐근했다. 청년은 돈을 치렀으며, 서둘지 않는 당당한 보폭으로 내 곁을 지나 현관문을 열었다.

저 사람…… 그 신창원이에요?

그녀가 소리를 낮춰 물었다.

맞죠……라고 그녀가 덧붙이는 순간, 경찰이 도착했다. 오토바이 타고 온 청년과 숨가쁘게 달려온 경찰들이 카페 현관 앞에서 정면으로 딱 맞닥뜨린 것이었다. 조립식주택업자와 포클레인 대머리 기사와 반백의 미장이도 어찌할 바를 몰라 자리에서 엉거주춤 일어나 있었다. 내가 있는 자리에선 현관 앞이 보이지 않기 때문에 경찰이 몇 명이나 되며, 총을 빼들었는지 어쩐지도 알 수 없었다. 경찰 쪽에서 뭐라고 소리친 것과 오토바이 타고 온 청년이 카페 안으로 다시 들어온 것은 거의 동시였다. 오토바이 타고 온 청년은 딸까닥…… 카페의 현관문 잠금장치를 눌러 닫았다.

거기서부터는 모든 일이 순식간에 일어났다.

마치 한 마리의 표범처럼 테이블과 의자들을 날렵하게 건너

뛰면서 카페의 뒤곁 쪽으로 난 철문으로 달려가는 오토바이 타고 온 청년과, 청년을 향해 비틀비틀 돌진하는 대머리 포클레인 기사와, 낚시 가방을 열어젖히는 조립식주택업자를 나는 전광석화처럼 보았다. 대머리 포클레인 기사는 오토바이 타고 온 청년과 게임이 되지 않았다. 달리던 방향을 순간적으로 바꾼 청년의 손이 휘익 허공을 갈랐다 싶었는데, 이미 대머리 포클레인 기사의 땅딸한 몸은 의자와 의자 사이로 쏜살같이 쑤셔박히고 있었다. 오토바이 타고 온 청년은 뒤곁으로 난 철문을 열었고, 내달렸다. 총성과 함께 카페의 뒤쪽에 난 창유리가 날카롭게 부서져내린 건 바로 그때였다. 어두운 숲을 향해 내닫던 청년의 어깨가 출렁출렁하다가 이윽고 창턱 아래로 무너져내리는 게 윤곽으로 보였다.

아니잖아.

사복경찰이 놀라서 소리쳤다.

어느새 엽총을 빼앗긴 조립식주택업자가 철문 옆에서 주저앉고 있었다. 경찰관은 모두 네 명이었다. 나는 앉은 자리 그대로 붙박여 있었다. 아니라구. 신창원은 팔뚝에 장미 문신을 하지 않았어……라고 사복경찰이 계속 말했고, 맞아…… 다른 경찰관이 대꾸했다. 다리였어. 새와 사슴과 토끼 문신은 등과 배에 있고 말이야.

어머니가 죽고 얼마 후 흰토끼 한 쌍도 물론 죽었다.

곱슬머리도 아닌걸 뭐……라는 말이 들렸고, 앰뷸런스 좀 불러……라는 말이 들렸고, 늦었어, 총알이 관자놀이에 박혔나봐……라는 말이 들렸고, 상고머리잖아……라는 말이 들렸고, 신분증 보니까 탈영병이네……라는 말이 들렸고, 맞아, 본적이 요 부근인걸……이라는 말이 또 토막 지어 들렸다. 반백의 미장이가 술에 취한 건지 충격을 받은 건지 역시 비실비실 주저앉는 게 보였다.

고속도로는 어두웠다.

나는 T읍의 톨게이트 앞에서 차를 세웠다. 지영이가 운전석으로 와……라고 내가 말했다. 그녀는 말없이 운전석으로 돌아와 앉았고, 무슨 속셈이 또 있냐는 듯, 차에 타지 않고 운전석 옆에서 있는 나를 올려다보았다. 미안하지만 회사 주차장에 차를 세워놓고 낼 아침 집사람한테 가져가라고 전화 좀 해줘. 밤이 깊어서인지 고속도로는 휑하니 비어 있었다. 그냥…… 갈앙산의 아까 그 불빛이 뭔지, 올라가 확인해보고 싶어서 그래……라고 내가 말할 때, 남쪽 고속도로의 끝으로 별똥별 하나 졌다. 언제 돌아올 건데요. 그녀가 물었고, 글쎄 말야, 아주 오래 걸리진 않겠지……라고 내가 혼잣말처럼 대답했다. 그곳에선 갈앙산과 읍내의 밤 풍경이 산으로 가로막혀 보이지 않았다.

숲은 아주 어두워서 그 속이 깊고 깊었다.

—

세상의 바깥

1

그냥 그대로 앉아 계세요, 아저씨.

폐는 끼치지 않을 거예요. 밤거리의 여자처럼 사랑을 구걸하지도 않을 거구요. 아저씨는 저를 기억하시지 못하겠지만요, 저는 아저씨를 본 적이 있어요. 병원에서요. 한 달쯤 됐나요, 뇌출혈로 쓰러진 아저씨가 황급히 병원으로 실려왔을 때, 저는 응급실 앞의 라일락 그늘 밑에 앉아 있었답니다. 입에 거품을 물고 반쯤 눈을 뜬 아저씨의 표정 없는 얼굴이 기억나요. 무엇보다도 양미간의 팥알만한 그 점이 인상 깊었어요. 부처님 같아 뵀다구요. 용인 어느 절에서 누워 있는 부처님을 본 일이 있었는데요,

양미간에 점이 턱 찍힌 게 그날의 아저씨 같은 표정이었거든요.

부디 제 얘기를 그냥 들어주세요.

제 부탁은 그것뿐이랍니다. 이 도시 사람들이 얼마나 바쁜지는 잘 아실 거예요. 아저씨도 반평생을 바쁘다 바쁘다 하면서 달음질하듯 살아오셨으니까요. 실제로는 바쁘지 않은 사람들조차 그래요. 바쁘다고 소리소리치면서 냅다 달려가버린다구요. 앞뒤에서 다들 바쁘게 뛰니까, 나 혼자 팔자걸음으로 걷거나 멈춰 서면 가속도가 붙은 세상의 관성에 깔려 죽어버릴 것 같은걸요. 공포심이 들밖에요. 그러니, 누구인들, 거리에서 만난 사람의 말 같지 않은 얘기에 귀기울이고 있겠어요?

더는 바라지도 않아요.

한 시간만 제 얘기에 귀를 기울여주세요. 맞장구를 쳐주실 필요는 없어요. 그냥 그대로 앉아 계시면 되는 일이에요. 때때로 받아들이기 어려운 대목도 있겠지만요, 듣다보면 반드시 그만한 보상을 얻으실 거예요. 아저씨까지 저를 뿌리치면 정말 더이상 아무에게도 말을 걸 용기가 나지 않을 것 같아서 그래요. 피곤하시면 눈을 감고 계셔도 상관없어요.

저는요, 이미 한 번 죽은 여자예요.

제발, 비웃지 마세요. 미친년이 아니에요. 그렇다고 귀신도 아니구요. 끝까지 제 얘기를 들으시면 모두 이해하게 될 거예요. 제가 죽은 건 꽃다운 스무번째 생일을 보낸 그 직후였는데요, 시골에서였다면 아마 첫닭이 울었을까, 그러니까 여명이 막 밝아오기 시작할 때쯤이었어요.

어떻게 죽었느냐구요?

어떻게 죽었느냐고 지금 물으시려는 거지요. 아저씨 눈빛에 그렇게 씌어 있어요. 말해드릴게요. 왜 죽었느냐고 먼저 묻지 않고 어떻게 죽었느냐고 먼저 물으시는군요. 다행이에요. 왜라고 먼저 물으시면 얘기가 아무래도 재미없어지니까요. 왜, 라는 질문법은 말하자면 논리를 따라 본질적이라고 느끼는 데까지 가보려고 하는, 뭐랄까요, 수직적인 질문법이거든요. 어떻게, 라고 물어주시니까 그럼 본질 문제는 뒤로 쪽 빼놓고 어떻게어떻게 된 그 형상과 전말을 먼저 늘어놓아볼게요.

종이학이 생각나네요.

어떤 오피스텔의 십칠층 베란다가 배경이에요. 이제 막 스무살을 넘기고 있는 제가 영국제 던힐 라이터로 천 마리의 종이학을 태우고 있어요. 한 마리 한 마리 태우다보니 새벽이 왔겠지요. 빌딩 사이로 멀리, 강의 한 자락이 어둠을 밀어내며 가만히 떠오르는 게 보여요. 죽은 구더기떼 같기도 하고 시든 망초 꽃밭 같기도 한, 채도 낮은 그 흰빛이 기억나요. 마지막 남은 종이학을 태우고 났을 때, 강 반대편의 아파트 숲은 아직 어둠 속에 있었지만요. 보자기만하게, 빌딩의 수직선들이 잘라낸 강에 흰빛이 떠오르는 걸 보고 곧 여명이 틀 거라는 사실을 깨달았지요. 종이학을 다 태운 건 희망을 다 태운 것과 마찬가지였답니다.

쓸쓸하고 쓸쓸한 제 스무 살 새벽은 그랬어요.

아니 그것이 과연, 나의 스무 살이었는지, 종이학을 태우고 있는 그 여자애, 박미숙이 지금의 나인지, 그 점엔 때로 혼란을 느껴요. 완전하진 않아요. 하지만 저는, 박미숙 말인데요. 박미숙이 완전한 나는 아닐지라도 암튼 내 속에 분명히 존재하고 있으니까, 저, 박미숙은 천 마리 종이학의 마지막 한 개를 태운 뒤에 십칠층 난간에 간신히 올라섰어요. 그 순간 강의 흰빛을 보았지요. 날고 싶었다고, 상투적으로 말하고 싶진 않아요. 구태여 비유하자면 저는 아주 깊고 맑고, 그리하여 정밀한 고요를 품고 있는 우물을 내려다보고 있는 것 같았어요. 심청이가 뛰어내린 인당수도 그랬을까요. 파도치는 바다였다지만 청이에겐 인당수가 깊은 우물 같았을 거라고 봐요. 세상의 고요란 고요 모두 밀집하여 하나의 강고한 블랙홀처럼 된 우물 말예요. 그런 우물이 잡아당기는데 누구인들 뛰어내리지 않고 배겨내겠어요. 나 혼자 남몰래, 영원에까지 가닿고 싶었던 어떤 순간의 광채에 검은 휘장이 덮이고, 그러나 아직 투명한 흰빛엔 도달하지 못한, 죽은 구더기떼 같은 새벽의 우물 속으로, 이제 막 스무 살 된 저의 육신이 뛰어내리고 있는 게 보여요. 활상滑翔의 비행이라고 어떤 이는 말하데요. 활상이라는 말이 무슨 뜻인지도 그 말을 들을 때는 몰랐어요. 새가 날갯짓을 멈추고 날 때를 활상이라고 한다더군요. 날갯짓을 멈췄다는 점에선 그렇게 말해도 좋겠지요. 제 몸은 그러나 활상이 아니라 수직으로 낙하했어요. 제가 품고 있는 고요한 우물의 중심으로요. 목뼈가 부러지고 척추가 깨져나갔으며, 깨진 척추의 끝이 내장의 일부를 몸밖으로까지 밀어냈지요.

그게 저의, 박미숙의 스무 살 죽음이에요.

비로소 눈을 감으시는군요.

아저씨가 눈을 감으시는 것은 저의 죽음이 끔찍하거나 고통스럽게 느껴져서 그렇겠지요. 고마워요, 아저씨. 사람들은 대개 제가 이 대목까지 말하고 나면 모멸의 미소를 지으면서 자리를 박차고 일어나요. 미친년이군, 하면서요. 그런데 역시 아저씨는 고맙게도 제 죽음을 받아들여주시네요. 퇴근길의 지하도에서 아저씨는 뇌출혈로 쓰러졌다고 들었어요. 경험하지 않은 사람들은 관념 속에 죽음이 있을 뿐이에요. 그들에겐 아저씨나 저와 달리, 경험이 없으니 제 얘기를 받아들일 수 없겠지요. 눈물을 흘리진 마세요, 아저씨. 병원 응급실에 실려왔을 때 아저씨의 눈가에 눈물 자국이 있었던 거, 아저씨는 몰라도 저는 기억하는걸요. 그것은 말하자면 죽어서 흘린 눈물인 셈인데요, 그 눈물 때문에 아저씨가 어떤 분인지 알 것 같았어요.

그리움이 없다면 누가 죽은 뒤에 울겠어요?

이제 왜, 냐고 물으실 차례네요.

종이학에 관해서도요. 제 이름이 정말 박미숙인가 하는 것도요. 설명을 되도록 간단히 줄여서 할게요. 제가 왜 종이학을 천 개나 접었었는가 하는 점 따위에 대한 정보를 사람들은 너무나 많이 갖고 있으니까 장황히 서술할 필요는 없다고 봐요. 제가 어떤 편집 대행 회사의 사환 같은 신분이었다고 말하고 나서, 그런데 그 회사의 디자인 실장이 삼십대 중반으로 창백한 얼굴과 오뚝한 콧날과 맑은 눈빛을 가진 남자였다고 말하면, 에이, 뻔한 스토리네, 사람들이 그러거든요. 사랑에 관해선 너무나 정보가 많은 세상이에요. 정작 갖고 있는 사랑의 부피는 너무나 보잘것없는 사람들조차도 그래요.

전 비익조比翼鳥였을까요.

한쪽 날개밖에 없어서 반대쪽 날개를 가진 짝을 만나지 않고선 결단코 날아오를 수 없다는 그 전설의 새 말예요. 그날도 야근까지 마치고 파김치처럼 지쳐 돌아와 잠이 들었는데요. 반복되는 꿈속에서는 제가 날지 못하는 새더라구요. 천지간에 일월성신日月星辰, 등명불燈明佛같이 밝은데, 아무리 안간힘을 다해 날아올라도 불과 대여섯 자 허공에 솟구치다 말고 번번이 내 몸이 곤두박질치는 꿈이었어요. 잠에서 깨어났을 땐 온몸이 정말 멍투성이가 됐더라구요. 피멍 든 손끝으로, 무릎 꿇고 앉아서 그 새벽에 저는 처음으로 열 마리의 종이학을 접었어요. 그러고부터 매일매일 열 마리씩, 백 일을 꼬박 채워 마침내 천 마리의 종이학이 되었을 때, 공교롭게도 스무번째 생일을 맞았어요.

속단하진 마세요.

그분에게 천 마리의 종이학을 선물해야겠다고 미리 생각한 건 아니에요. 사랑이라고, 짝사랑이라고 말하지도 마세요. 사랑이라니요, 숨이 막혀 죽을 것 같아요. 대학에서도 디자인을 전공한 그분은 평소 말수가 적은 사람이었어요. 제 가슴에 찍힌 그분의 이미지는 어쩌다가 고개를 들 때 마주치는 서늘하고 고요한 눈빛과, 하얗게 곧추선 콧등과, 곧고 긴 손가락 정도예요. 함께 일했다지만, 그분이 구체적으로 제 이름을 불러준 기억조차 없는걸요. 다른 직원들은 담배 사와라, 커피 타와라, 거래처에 다녀와라, 하루에도 몇 번씩 제 이름을 동네 강아지 이름처럼 불러대지만요, 그분은 담배 심부름 한번 시킨 적이 없어요. 그분은 다른 이들처럼 천박한 사람이 아니라구요.

어느 비 오는 저녁이었어요.

거래처 심부름을 다녀오느라 좀 늦게 퇴근하려는데 비가 내리더라구요. 베니어판으로 칸막이를 한, 겨우 한 평 반쯤 되는 월세방 이외에 갈 곳이라곤 없었던 저는 선뜻 빗속으로 나설 맘이 나지 않아, 우두커니, 오피스텔 건물 현관 앞에 서서 밖을 내다보고 있었어요. 약속이라는 말이 얼마나 화사하고 따뜻한 말인지 고단한 생활인으로 중년까지 살아온 아저씨는 잘 모르실 거예요. 퇴근 시간이 가까워지면 젊은 사원들은 너나없이 분주하게 전화기에 붙어 있어요. 어머어머, 걔도 나온대? 친구끼리 하는 약속도 있구요, 이따 강변으로 드라이브시켜줘, 남자친구와의 약속도 있구요, 엄마는 왜 고모네 가는데 꼭꼭 날 데려가려고 그러는 거야, 가족끼리 약속도 있구요. 하지만 저는 언제나 월세방으로 돌아갔다가 다음날 아침까지 사무실로 다시 나와야 되는 기계적인 약속밖에 없는 삶이었어요. 제가 그날 비 오는 거리를 내다보며 우두망찰 서 있을 때, 만약 울고 싶었다면 머릿속에 그 약속이라는 낱말이 있었기 때문일 거예요.

그분이 바로 그 순간 제게 왔어요.

우산을 펴들면서, 나처럼 약속 시간 기다리느라 일부러 늦게 퇴근하는가보네, 라고 그분은 말했지요. 그곳에서 전철역까지는 불과 백여 미터도 안 되는 거리였어요. 어쩔 줄 몰라 쩔쩔매는 형세로 사양하는 저를 그분은 굳이 전철역까지 자신의 우산을 씌워 바래다주었답니다. 함께 걷긴 했으나 행여 그분의 팔에라도 닿을까봐 제 몸은 한사코 우산 밖으로 나가는 것이었는데요, 보기에 안됐던지 그분은 제 어깨를 잡고 한차례 우산 안으로 쑥 끌어당겼지요. 봐, 어깨가 다 젖었네, 라고 그분은 말했어요.

그뿐이에요.

전철역으로 내려가는 층계참에서 제가 목례를 하고 고개를 들었을 때 그분은 이미 등을 보인 채 제 방향으로 가고 있었거든요. 그분의 긴 손가락 지문들이 젖은 내 어깨에 어떤 약속처럼 찍혔다고 말한다면 아저씨도 웃으시겠지요.

그분에 대한 추억은 그것이 전부예요.

제가 천 마리의 종이학을 소중히 안고서, 여느 날보다 훨씬 일찍 사무실로 나온 바로 그날, 그분 생각을 안 한 건 아니지만, 그분을 사랑했었다고 말하진 않겠어요. 사랑이 얼마나 먼 꿈인데, 단지 우산 한 번 같이 썼다고, 감히 어떻게 그 길을 걸어갈까요. 저도 그런 정도는 눈치껏 알고 있었다구요.

제발, 우연한 선택이었다고 여겨주세요.

저는 누군가에게 저의 원願과 원망遠望이 담긴 천 마리의 종이학을 전하지 않으면 안 됐고, 세상에 아는 이 많지 않으니 그것을 안고 사무실로 갔으며, 현관에 들어서는 순간 우산 속으로 끌어당겨주려고 제 어깨에 잠시 와 얹혔던 그분의 가지런한 손가락들이 떠올랐던 것뿐이라고요. 저는 그분의 책상 서랍 속에 천 마리 종이학을 넣어두었어요. 제 마음 한 자락일망정 그분이 알아주기를 바랐던 건 아니에요. 진실로 말하건대 그 무엇도 바라지 않았다구요. 그날따라 유난히 일이 많아서 저는 온종일 거래처 이곳저곳으로 뛰어다녀야 했어요. 제 생일이라는 것도 잊어버렸고, 그분의 서랍 속에 천 마리 종이학을 넣어두었다는 것도 잊어버렸어요. 퇴근 시간도 훨씬 지나서야 사무실로 돌아왔을 때 비로소 저는 보았답니다. 제가 비워놓아야 할 쓰레기통에 종이컵들과 뒤섞여 함부로 버려져 있는 빨 · 주 · 노 · 초 · 파 · 남 · 보, 일곱 가지 무지개 빛깔의 종이학들을요.

어머, 저기…… 따님이 오고 있네요.

뒷얘기는 다음에 해야겠어요. 죽은 제가 어떻게 여기 와서 아저씨에게 넋두리를 늘어놓고 있나 궁금하시지요. 설명이 쉽진 않아요. 아저씨가 보고 있는 이 얼굴이 제가 아니니까요. 저는 저 아파트 팔층에 살아요. 이곳이 환히 내려다뵌답니다. 또 뵙게 될 거예요.

2

오늘은 아저씨 얼굴이 훨씬 좋아 뵈네요.

아저씨는 좋은 분이시니까 건강도 금방 원상으로 회복될 거라고 봐요. 뇌수술을 받으시고 나서 아직껏 말씀도 못하시고 오른편 반신이 마비 증세를 일으켜 휠체어 신세를 지고 있지만, 저는 알아요, 아저씨가 평생 너무도 성실하고 진실되게 살아오셨다는 걸요. 아저씨보다 아저씨 가족들을 보고 그걸 알았지요. 지금 아저씨가 기다리고 있는 막내따님만 봐도 그래요. 학교에서 돌아와 아저씨 간식 챙겨드리고, 피아노 학원 갈 때마다 아빠, 나 학원 데려다줘, 라고 어리광부리면서 아저씨 휠체어를 밀고 나오는 중학교 1학년짜리 막내따님의 속내가 무엇인지 아시잖아요. 아저씨를 바람 쐬게 해드릴 요량으로 짐짓 데려다달라고 어리광부리는 막내따님만 봐도 아저씨가 어떻게 인생을 살아왔는지 환히 알 것 같아요. 들어보세요, 막내따님이 연습하는 피아노곡이 어떤 것인지 구별할 수 있으시지요?

제 방은요, 저 아파트 팔층 오른편 끝이에요.

매일 이맘때, 막내따님이 아저씨 휠체어를 밀고 저쪽 골목을 빠져나와 이 작은 쌈지공원 목련나무 그늘에 당도하는 게, 제 방 창에선 손금처럼 내려다보여요. 아저씨 집으로 가는 골목길의 집들은 한결같이 모두 귀엽고 따뜻해요. 특별히 큰 집은 없지만요, 좁은 마당일망정 꽃들이 잔뜩 피어 있구요, 강아지들이 짖구요, 어떤 땐 저녁식사에 단란히 둘러앉은 가족의 웃음소리까지 환히 들리는 느낌이에요. 사람들이 모여 살고 있구나, 그런 생각이 들면 막 눈물이 나요.

저 아파트는 사실 제 것이 아니에요.

눈치채셨는지 모르지만요, 제가 뒤집어쓴 육신의 껍데기, 이 코랑 눈이랑 볼이랑 본래의 저, 박미숙의 것이 아닌 것처럼, 비록 열 몇 평짜리 작은 아파트일망정, 폭신한 침대도 있고, 질 좋은 오디오도 있고, 진열장엔 갖가지 포도주까지 구색을 갖춰놓은, 박미숙의 삶에선 상상도 할 수 없었던 저 아파트도 제 것이 아니라구요. 누구의 것이냐 하면, 정혜림의 것이에요. 정혜림이 누구냐 또 물으시면 글쎄요, 그 또한 저를 가리킬 수밖엔 없겠지요. 그 점을 설명하기 위해선 그날 새벽, 그러니까 박미숙인 스무 살짜리 제가 천 마리의 종이학을 태우고 십칠층에서 뛰어내린 그 현장으로 돌아가야 돼요. 제가 죽은 날로요.

죽음이 뭔지 모르겠어요. 그렇지만 굳이 말하라면, 제 경우는 저의 영혼이 제 주검을 목격하는 순간이라고 말하고 싶어요. 살아서는 자기 육체를 다 보지 못해요. 거울을 통해 보는 육체가 거울 바깥에 있는 실제적인 육체는 아니거든요. 거울을 통해 보는 육체는 거울 속의 육체일 뿐이니까요.

기억의 필름은 제 몸이 십칠층 난간에서 수직 강하하던 어떤 순간에 끊어져 있어요. 제 육체가 땅에 닿아 허리가 부서지고 목이 부러지기도 전에 이미 숨이 끊어져 있었던가봐요.

다음 떠오르는 삽화는 제 주검이에요.

어떻게 된 영문인지는 모르겠지만 어떤 순간부터 저는 제 주검을 보고 있었어요. 거울에 비친 것이 아니구요, 실제의 제 주검 말이에요. 붕 하고 떠서 제 몸이 흐르는 것처럼 느낄 때, 저만큼 아래, 오피스텔 북편의 뜰에 너부러져 있는 저 자신의 주검이 또렷이 뵈더라구요.

수은등 불빛이 작은 주검을 비추고 있었어요.

세상은 아무도 제 주검을 눈치채지 못했지요. 쏜살같이, 자동차들이 새벽 도로를 질주해나가고 박명의 동쪽 하늘이 얼음장 갈라지듯 갈라져 열리는데, 그러나 아무도 눈치채지 못한 저의 주검은, 너무도 작고 너무도 외롭게, 거기 버려져 있었답니다. 풍진의 바람에 빛이 바래고 찢겨진 휴지 한 장처럼요. 너무 작고 너무 쓸쓸한 제 주검이 슬퍼서 저는 울었어요. 살아 있을 때 저의 키는 불과 백오십삼 센티미터였답니다. 키는 작고 몸은 퉁퉁

한데다가 이목구비 또한 제멋대로 된 아주 못생긴 얼굴이었다구요. 못난이 인형처럼요. 죽은 뒤의 허리가 꺾인 주검에도 그 운명적 비극성이 그대로 깃들여 있었어요.

그, 그냥 계세요, 아저씨.

절 위로하려고 애쓸 필요는 없어요.

백팔십 센티의 거구인 아저씨도 자신의 쓰러진 모습을 허공에서 내려다보았을 때, 그런 느낌을 받았다고 말하고 싶은 거지요? 알아요. 누구나 결국 한 번씩은 맞닥뜨릴 자신의 주검이 얼마나 작고 볼품없는지 사람들은 모르고 있지만, 아저씨와 저는 알고 있어요. 부디 힘들게 말하려 하지 말고 그대로 계세요.

저는 서쪽으로 갔지요.

아니, 갔다는 표현은 너무 의지적이어서 온당하지 않아요. 무언가, 투명한 담요 같은 것에 둘러싸인 내 몸을 그 어떤 것이 부드럽고 힘있게 끌어당기는 기분이었어요. 속도감은 전혀 느껴지지 않았지요. 시간의 흐름도요. 내 주검과, 주검을 뒤덮은 도심의 스카이라인이 삽시간에 멀어지고, 산인지 평원인지, 요철이 불분명한 지평이 깔리고, 새벽안개에 싸인 고속도로 같은 것이 보이데요.

그리고 한순간 제 눈에 들어온 것은 추락이었어요.

성냥갑 같은 무엇인가가 수렁인 듯 강인 듯, 희부연 빛더미 속으로 재빨리 포물선을 그리며 추락하는 것을요. 버스 한 대가 다리 난간을 들이받고 강물로 추락하는 그 위로 때마침 제 영혼이 활상 비행을 하고 있었던 거예요. 버스에 탔던 사람들의 외마디 비명 소리를 들은 것 같기도 해요. 버스는 강 가운데 거꾸로 쑤셔박히고 있었습니다.

나는 강을 보았어요, 새벽 강을.

새벽안개가 정중동靜中動의 자태로 설레듯 피어오르는 그 사이사이로 언뜻언뜻 드러나 뵈는 새벽 강을 저는 안답니다. 댓잎처럼 시리고 푸른 그 속살까지도요. 팔뚝에 푸른 정맥이 툭툭 불거져나온 힘 좋은 젊은 아버지가 강물 속에 두 발을 굳게 박고 서서 그물을 힘차게 던지는 모습이 내 가슴에 찍혀 있어요. 몇 살 때였는지는 모르겠어요. 어떤 날의 아버지는 통통배를 몰고 강물을 거슬러올라가고 있고, 어떤 날의 아버지는 그물을 던지고 있고, 또 어떤 날의 아버지는 어죽을 끓이려고 힘있게 뛰는 물고기들을 커다란 함지박에 담아 써억써억 손을 내둘러 씻고 있다구요.

어머니는 기억나지 않아요.

무당이었다가 무슨무슨 일이 있어 뒤란 측백나무에 목을 맸다는 소리를 들은 기억이 어렴풋이 나지만 그 말을 누가 해줬는지,

뜬소문에 불과한 말이었는지, 전혀 알 수가 없는걸요. 강변의 외딴곳에 자리잡고 있던 우리집엔 봄부터 여름까지 어죽을 먹으러 오는 사람들이 끊이지 않았답니다. 어죽을 끓이는 데는 우리 할머니가 최고라고들 말하곤 했어요. 우리집에서 좀 떨어진 마을에도 어죽을 끓이는 몇몇 집이 있었지만요, 사람들은 강변 갈밭 사잇길을 한참이나 걸어서 우리집으로만 찾아오곤 했으니까요. 해가 뜨면 찰랑찰랑, 황금 비늘이 수면에 일제히 매달리던 그 강을 잊을 수 없어요. 그물질에 있어선 근동의 그 누구도 아버지를 따를 자가 없었고 어죽은 할머니의 솜씨가 최고였으니, 내 짧은 생애에서 추억이라고 불러도 좋은 것들은 모두 그 강변에 있는 셈이지요. 그렇다고 죽어서 떠난 제 영혼이 그날 새벽, 어린 시절의 추억이 깃든 고향집 앞의 강안을 흐르고 있었다는 말은 아니에요. 아버지와 할머니를 차례로 잃고 대처의 고아원에 맡겨진 후 단 한 번도 그 부근조차 가본 적이 없으니까요. 단언할 순 없겠지만요, 제 추억 속의 강은 예전에 이미 호수에 잠겼으니, 분명히 그 강이 그 강은 아니었을 거라고 봐요.

암튼, 나는 새벽 강을 보았어요.

겨우, 백오십삼 센티미터의 못나고 못난 제 몸이 부서져 너부러진 주검을 본 뒤끝이었으나, 저 스스로 죽었다고 확실하게 자각하고 있었는지 어쨌는지는 분명하지 않아요. 다만 댓잎 같은 강의 속살이 안개 사이로 언뜻언뜻 보일 때, 갑자기 강렬한 무엇, 황홀한 빛 같기도 하고 날카로운 화살의 내쏘임 같기도 한 것이 저를 뚫고 들어왔는데요, 그것은 바로 살고 싶다는 것이었어요. 외딴 강변의 어두운 자갈밭에 엎드려져 있는 할머니의 시신을 붙잡은 채 공포에 질려 울지도 못했던 여섯 살배기 제 모습이 떠올라 보였던 것일까요. 아니면 스무 살 생일까지의 쓸쓸하고 남루한 생애가 축약되어 일시에 떠올라 제 영혼의 중심을 사정없이 후려쳤던 것인지도 모르겠어요. 뭐랄까요, 억울해서가 아니라 원망이 너무 많아 죽을 수가 없었든지, 혹은 세상천지, 나같이 살다가 스무 살에 죽는 법이 어디 있느냐고, 제 영혼이 아우성을 쳤었든지.

살아야 한다.

저는 부르짖었어요.

이대로 끌려갈 수는 없다……

모를 일이에요. 그 순간의 제가 그런저런 구체적인 생각을 했는지도 사실은 분명하지 않아요. 정말 힘있는 운명은, 스스로 인식조차 못하는 가운데 삶의 중심에 섬광처럼 쑤셔박혀 들어오니까요. 어렴풋한 영상의 조각들을 안간힘 써서 지금 맞춰보니 대강 그렇게 됐던 듯싶다는 것이지요.

어쨌든 저는 다시 살아났어요.

거두절미, 다시 살아났다고 말했는데도 아저씬 고개를 끄덕거려주시네요. 스무 살까지 박미숙의 이름으로 살아올 때, 추억의 그 강변을 떠나온 후부터요, 단 한 사람이라도 아저씨처럼 고개를 끄덕거려준 사람이 있었다면 결단코 저 스스로 목을 부러뜨릴 짓은 안 했을 텐데요, 세상은 안 그렇더라구요. 겨우 끄덕거려주어도 대부분은 건성으로 그럴 뿐인걸요. 그분이 절 우산 속으로 끌어당겼을 때처럼 말예요.

눈을 떴을 땐 어느 병실이었어요.

곤한 잠에서 깨듯 퍼뜩 눈을 떴는데, 다리와 머리를 온통 붕대로 감고 누운 옆 병상의 낯선 이와 한순간 눈이 마주쳤어요.

어머, 깨어났네.

그 사람이 소리쳐 말했어요.

정혜림씨, 괜찮아?

그 사람은 덧붙여 묻는 것이었어요. 주위를 두리번거려보았지만 병실엔 그 사람과 나밖에 없더라구요. 왜 그래, 정혜림씨? 어디 아파? 그 사람은 분명히 내 시선을 끈질기게 붙잡으며 계속 물었어요. 제 이름은 박미숙이에요. 뭔가, 착각하신 것 같아요. 말하려고 했지만 도무지 말이 나와지지가 않데요. 곧 의료진이 달려왔어요. 그들은 제 몸에 청진기를 대고, 혈압을 재고, 입과 눈을 까뒤집어보고, 그리고 말했어요.

신비한 일입니다.

잘생긴 의사는 고개를 갸웃해 보였어요.

강으로 추락하는 버스 속에서 튕겨져나온 분이 이만큼 외상없이 소생한다는 건 정말 기적 같은 일이에요. 하느님께서 정혜림 씨를 특별히 돌봐주셨나봐요.

저, 저는 정, 정혜림이 아니에요.

간신히 그런 말이 제 입에서 나왔어요.

박, 박미숙이에요. 밀양 박씨고요.

거짓말을 할 수는 없었답니다. 뭐가 어떻게 됐든 사람들이 제 이름을 바꿔 부르게 놔둬선 안 된다고 생각했지요. 어쨌든 아버지가 붙여준 이름이니까요. 사람들은 그러나 제 말을 들은 척도 안 하는 것이었어요. 쇼크 때문에 그래, 라고 의사는 말했어요. 간호사가 다가와 진정제를 주사했고요.

이제 제가 아저씨께 한번 여쭤보고 싶어요.

저는 누구예요?

정혜림이에요, 박미숙이에요?

당황하실 거 없어요. 저도 답답해서 괜히 한번 물어본 것뿐이에요. 저는 박미숙이지만 세상 속에서 저는 정혜림이에요. 정혜림의 침대에서 자고 정혜림의 옷을 입고 정혜림의 목소리를 가졌어요. 아저씨가 보고 있는 저의 형상은 정혜림이 틀림없어요, 아저씨. 한 사람의 영혼이 다른 이의 육신을 빌려 다시 태어난다는 걸 누가 선불리 믿겠습니까마는, 이런 나를 제일 받아들이기 어려웠던 건 바로 저 자신이었어요. 그렇지만 어찌하겠어요. 제가 정혜림의 영혼을 정혜림의 육신에서 밀어낸 건 아니구요, 정혜림의 영혼이 그녀의 육신을 떠난 순간, 그 새벽 강에서요, 활상으로 강 위를 흐르고 있던 박미숙의 영혼이, 그녀의 육신 속으로 화살같이 꽂혀 들어간 것이지요. 정혜림은 아저씨가 지금 보시는 것처럼 늘씬한 미인이구요, 대학도 나왔구요, 잘나가는 광고회사 카피라이터구요, 애인도 있었어요. 애인은 그 회사의 젊은 부장이었는데 사고 때 죽었다나봐요. 사고가 난 문제의 버스엔 사원 연수를 떠난 광고회사 직원이 서른 명이나 타고 있었어요. 강심으로 버스가 빠졌기 때문에 서른 명 중 열일곱 명이나 죽었대요. 정혜림의 애인이 유부남이었다는 것도 저는 알고 있어요. 유난히 독립심이 강한데다가 아버지와 극도로 갈등을 겪었던 정혜림의 집이 부산이라는 걸 안 것은 사고 직후였지요. 남동생과 어머니가 상경했거든요.

누나, 나 현수. 기분 어때?

가끔 그런 전화가 부산에서 와요.

정혜림의 나이는 스물일곱이고 박미숙은 갓 스물이에요. 스물일곱 살과 스무 살이 제 안에 함께 있어선지 전 요즘 마흔일곱, 아니 다 늙은 노인 같은 기분이랍니다.

아버진 여전하셔. 그냥 고집불통 그대로야.

엊저녁에 전화 건 현수가 그러더라구요. 정혜림은 아버지 때문에 집과 절연하다시피 하고 사는 게 확실해요. 알았어, 라고 정혜림의 남동생 현수에게 전 심드렁하게 대답해주었어요. 그리고 또 한 가지, 본래의 박미숙인 저한텐 놀라운 사실이 있는데요, 정혜림에겐 죽은 김부장 말고도 또다른 애인이 있다는 거예요. 어젯밤엔 그런 일이 있었어요. 초인종이 울려서 문을 열었더니 서른 살쯤 됐을까 아주 잘생긴 청년이 장미꽃 바구니를 들고 찾아왔더라구요. 청년은 꽃바구니를 내려놓자마자 와락 달려들어 절 껴안고 키스를 하려 드는 거예요. 미친듯이요. 그뿐만이 아니에요. 병원에 입원하고 있을 때 찾아온 남자도 여럿 되는걸요. 그중의 어떤 남자는 자연스럽게 제 환자복 속으로 손을 들이밀어 가슴을 만지려고 했어요. 그때야 병실이었으니까 제가 강하게 뿌리치자 이내 잠잠해졌지만요, 어젯밤엔 제 아파트였고 또 남자가 워낙 격정적으로 달려들어 얼마나 놀랐던지요. 저는 비명을 지르면서 식칼을 집어들었어요.

가까이 오지 마. 찌를 거야.

저는 저도 모르게 소리쳤어요.

저를 바라보는 남자의 눈에 눈물이 괴더라구요. 남자는 제가 사고 후유증에서 회복되지 못했다고 생각하는 눈치였어요. 실어증이 겹쳤다고 소문났던데 말이라도 하니 다행이네, 라고 그 남자는 말했어요. 사실 저는 광고회사 직원들이나 정혜림의 친구들이 찾아오면 한사코 말을 안 하거든요. 정혜림이 아니니 무슨 대꾸를 하겠어요. 실어증이라고 소문이 날밖에요. 병원에서의 정밀검사 결과는 아무 이상이 없는 걸로 나왔지만 사람들은 제가 사고 후유증을 심각하게 앓고 있다고 여겨요. 회사에서 육 개월이나 유급휴가를 허가한 것도 그 때문이지요.

그래요. 저는 정혜림이에요.

그동안 정혜림에 대해 많은 걸 알게 됐으므로 이제 웬만한 일은 천연스럽게 처리할 정도가 됐어요. 가령 정혜림의 이름으로 된 예금 통장을 들고 은행에서 돈을 찾을 때도 그래요.

그런 눈빛으로 보지 마세요.

네, 아저씨. 제가 남의 인생을 훔친 것이 아닌가 하고 가위눌릴 때도 많긴 하지만요, 제 의지로 정혜림의 아름다운 육신과 안락한 환경을 훔친 게 아니라는 점은 믿어주세요. 물론 하루아침에 저는 신데렐라가 됐답니다. 감히 꿈도 꾸어보지 못한 인생이지요. 거리에 나가면 많은 멋진 남자들이 제게 빛나는 눈빛을 쏘아 보내요. 너무 많은 걸 일시에 얻어서 현기증이 날 때도 많아요. 글쎄요, 본래의 박미숙이가 이런 환경을 누리고 산다는 게 정말 깊은 죄가 될까요.

제 관심은 한 가지뿐이랍니다.

편집 대행 회사의 그 디자인 실장님요. 고백하자면, 죽은 뒤에 저는 그분을 제가 짝사랑했다는 걸 깨달았어요. 제 원願이 담긴 천 마리의 종이학을 아무렇게나 팽개쳤지만, 그분에게 원망은 조금도 없어요. 제 원을 그분이 몰랐을 테니 그분에겐 죄가 없고, 설령 알았다고 할지라도 박미숙이 워낙 못생기고 못났으니 그분에겐 역시 죄가 없다고 생각해요. 사람이란 다 제 몫몫, 가진 것만큼 어울리는 짝이 있는 법이니깐요. 그렇지만 아저씨, 지금 정혜림의 육신으로 그분을 찾아가 만난다면, 그분의 사랑을 얻을 수 있을까요.

저 오늘 어때 보여요?

다시 태어나고 처음 화장을 해봤는데 어색하진 않은가요. 사실은 화장도 처음 해본 거예요. 괜찮다구요? 이쁘다구요? 더이상 기다릴 수가 없어요. 그분을 지금 찾아가보려고 그래요.

아저씨도 놀라시는군요.

놀랍긴 저도 마찬가지랍니다. 그분을 만난다고 생각하면 쿵닥 쿵닥 가슴이 뛰지만요, 정혜림의 육신에겐 정혜림의 관성이 깃들여 있나봐요. 박미숙은 가지고 있지 못했던 교태도 자꾸 몸밖으로 나오고, 박미숙은 알지 못했던 여러 가지 것도 문득문득 머릿속에 떠올라요. 정혜림이라면 비록 그를 사로잡고 싶었어도 천 마리의 종이학 따위를 접을 생각 같은 건 애당초 하지 않았을 거예요. 뛰어난 미모와 자랑스러운 학력과 감수성 넘치는 재능까지, 너무나 많은 것들을 갖고 있으니깐요. 하느님은 왜 그중의 단 한 가지 것일망정 박미숙에게 분배해줄 배려를 하지 않았을까요.

3

이번엔 정말 오랜만에 뵙네요.

알아요, 장마가 계속되니까 나들이를 하실 수 없었다는 거. 가끔 따님 혼자서 노란 우산을 쓰고 여기를 거쳐 피아노 학원으로 가는 걸 내려다보곤 했어요. 답답하셨을 텐데 건강은 좋아 보이네요. 전보다 살 좀 오르신 거 같구요.

뭐라고요?

집에만 있으니까 자꾸 먹게 되신다구요? 예, 아저씨. 저도 그런걸요. 그런데 저는 왜 이렇게 마르는지 모르겠어요. 글쎄 몸무게가 한 달 사이에 오 킬로가 줄었지 뭐예요?

무엇을 궁금해하시는지 알아요.

전번에 뵐 때, 제가 편집 대행 회사의 디자인 실장을 찾아가려던 참이었다는 거, 저도 기억하니까요.

그날은 토요일이었어요.

못난이 박미숙의 이름으로 출근할 때처럼 저는 엘리베이터 코너 벽에 등을 대고 십칠층으로 올라갔답니다. 정혜림의 육신을 뒤집어쓰고 있지만 제 안에 박미숙이 있으니 낯설진 않았어요.

토요일의 퇴근 시간은 세시예요.

일부러 시간을 맞추자고 한 건 아니지만 사무실 앞에 당도했을 땐 마침 퇴근 시간이더라구요. 복도 한쪽에서 머뭇머뭇하고 있자니까 사람들이 몰려나오기 시작했어요. 대머리 이사님이 제일 먼저 나왔구요, 조금 있으니까 안경잡이 윤부장님과 김대리가 나왔구요, 곧이어서 제게 패드까지 심부름 시키곤 했던 새침데기 디자인실 차석 노의경과 대학을 갓 졸업했으면서도 꼭꼭 얘, 얘, 하고 저를 부르곤 했던 미스 윤이 나왔구요. 특히 김대리는 제가 곁에 가기만 해도 벌레를 보듯 미간을 잔뜩 찌푸리곤 해서 제게 상처를 주곤 했던 사람이에요. 일종의 결벽증 환자였지요. 사철 흰 와이셔츠만 입고 틈나면 손톱을 손질하곤 했거든요. 한번은 커피잔을 씻어 오다 가림막 뒤에 멈춰 섰는데요, 제가 없는 줄 알고 김대리가 노의경과 미스 윤에게 이렇게 말하더라구요. 박미숙 걔 말야, 걔가 옆에 있음 솔직히 식욕이 없어져. 혐오감을 주거든. 나도 뭐 외모가 잘생기고 못생기고를 그렇게 따지는 사람은 아니라구. 그래도 최소한 타인에게 혐오감은 안 줘야 할 것 아냐. 그저 못생긴 것이 아니라 거무죽죽한 얼굴 빛깔에 까뒤집힌 입술에 두 겹 진 목살에, 정말 밥맛이 날아간다 그 말이야. 얼굴 자체가 죄악이야, 죄악. 그 김대리가 엘리베이터 문이 닫힐 때까지 복도 끝에 서 있는 저만 바라보는 게, 정말 식은땀이 나데요. 미간을 찌푸리진 않았어요. 관계없는 타인에게까지 혐오감을 주는 죄인 박미숙을 보는 게 아니라 뛰어난 미모와 세련된 문화를 함께 갖춘, 매력 넘치는 정혜림을 그 사람은 훔쳐보고 있었던 거예요. 김대리 때문에 떨리던 마음이 오히려 가라앉는 걸 저는 느꼈어요.

저는 어깨를 펴고 턱을 살짝 들어올렸답니다.

빠끔히 열린 사무실 문틈으로 혼자 남은 그분, 디자인 실장을 발견한 건 잠시 후였어요. 혼자 남은 그분은 두 발을 책상 모서리에 올리고 의자 등받이에 깊숙이 기대앉은 채 담배를 피우고 있었어요. 소매를 걷은 와이셔츠와, 약간 풀어헤쳐진 넥타이와 앞이마를 살짝 가린 검은 머리와, 창밖으로 끝 간 데 없이 멀리 달아나 있는 눈빛을 저는 보았답니다. 평소에 제가 제일 좋아하던 그분의 자세, 그분의 표정이었어요. 숨이 헉 막힐 만하지요.

그런데 참 이상한 일이에요.

사람의 심사란 도대체 얼마나 변화무쌍한지요.

그분을 향한 타는 듯한 그리움으로 숨이 헉 막힐 일인데요, 헉 막히는 듯하다 말고, 갑자기, 터무니없이, 그분으로 날아가려는 제 그리움의 흰 비단 위에 툭, 투툭, 검은 얼룩이 찍히는 거 아니겠어요?

어떤 얼룩이냐고 묻고 싶으시지요.

글쎄요. 한두 마디로 설명하긴 쉽지 않아요. 분명한 것은, 전에 없이, 제가 피멍이 배도록 접은 천 마리의 종이학을 무심코 쓰레기통에 쑤셔넣은 그분에 대한 원망 같은 것이 그 얼룩에 섞여 있었다는 거예요. 제가 박미숙의 혐오스러운 얼굴로 살 땐, 그보다 더 심한 모멸을 받고도 누굴 원망해본 적이 없었다구요. 김대리가 죄악 운운하던 순간조차 맹세코 저는 김대리를 원망하진 않았어요. 남에게 모멸을 당할 만한 못난이라는 걸 알고 있었거든요. 그런데, 문틈으로 그분을 보고 있자 제 심사가 갑자기 배배 꼬이기 시작했고요, 급기야는, 어디 한번 저 사람과 부딪쳐 봐야지, 하는 불경스러운 오만이 고개를 드는 것이었어요. 적개

심까지 느꼈다고 말해도 송두리째 부정하진 않겠어요.

모를 일이에요, 아저씨.

혹시 제가 정혜림의 껍데기만 뒤집어쓰고 있는 것이 아니라 정혜림의 자아에 깃들인 잘못된 관성의 영향까지 받고 있는 것은 아니었을까요? 저는 스스로 가리켜 박미숙이라고 말하지만, 과연 제가 그 영혼일망정, 정혜림이 아니라 완전히 박미숙인가 하는 의문이 두려워요.

저는 사무실로 당당히 들어갔지요.

못나고, 많이 배우지 못한 원죄 때문에 늘 무시당하고 천대받으면서, 그러나 그곳이 아니면 그나마 세상천지 밥 먹여줄 데 없을까봐 전전긍긍, 남들보다 일찍 출근하고 남들보다 늦게 퇴근하던 그 사무실을 그처럼 어깨를 쫙 편 자세로 당당히 들어가보긴 그날이 처음이었어요.

누, 누굴 찾아오셨나요?

그분이 엉덩이를 들며 물었어요.

책상 모서리에 올린 두 발만 내린 게 아니라 앉은 자리에서 벌떡 일어나다니요. 어느 편이냐 하면, 그분은 사리분별이 분명할 뿐 아니라, 남의 일엔 전혀 관심을 뵈지 않는 타입이었고, 무례하진 않지만 교만한 구석이 있는 사람이었어요. 사장님이 들어섰다고 해도 자세를 고쳐 앉을 뿐 벌떡 일어설 사람이 아닌데,

일어선 것은 물론 말까지 더듬더라구요. 그분의 마음속에 어떤 파문이 일고 있다는 걸 저는 본능적으로 알아차렸지요.

박미숙이라고…… 찾아왔는데요.

뜻밖의 말이 제게서 튀어나왔어요.

육신이 달라지면 정말 그 마음도 달라지는 걸까요. 그분은 긴장해 있고 저는 오히려 차분하고 당당했답니다. 박, 박미숙이라면, 이라고 그분은 더욱 당황한 표정이 되며 또 말을 더듬었어요. 이미 죽은 지 한 달 반 이상 지난 사람을 찾으니 그럴밖에요. 저예요, 실장님. 제가 박미숙이란 말예요. 제 몸속의 누군가가 말하고 싶어 안달을 했어요. 백 일 동안 새벽마다 무릎 꿇고 앉아 오로지 그리움의 원願을 담아 접은 제 종이학들을 어찌 그리 간단히 쓰레기통에 쑤셔박았느냐고 묻고 싶었지요. 그러나 정혜림의 육신을 뒤집어쓴 저는 박미숙의 외사촌 언니가 된다고 천연스럽게 덧붙이는 것이었어요.

그분은 이윽고 담배를 꺼내 물었지요.

침묵의 시간에 따라 그분의 얼굴에 슬픔이 떠올랐어요.

무슨 말들이 뒤에 이어졌는지는 짐작하시겠지요. 마침내 그분의 입을 통해 박미숙, 저의 죽음이 객관화됐습니다. 어떻게 죽었는지도요. 저는 큰 충격을 받은 듯 두 손바닥으로 얼굴을 가리고 빈 의자에 주저앉았답니다. 짐짓 그런 척했던 것이 아니구요, 정말 슬픔과 충격이 제 명치를 뚫고 들어왔어요.

아, 불쌍하고 불쌍한 박미숙.

그런 탄식이 제 내부에서 솟구쳐올라오더라구요. 박미숙은 정혜림의 육신 속에 있고, 동시에 박미숙은 목뼈가 부러진 채 제 몸밖에 아주 객관적인 주검으로 놓여 있었어요. 정혜림의 육신으로 제가 뭘 얻어낸다고 해도 그것이 박미숙의 인생일 수 없다는 걸 깨달은 최초의 순간이었다고나 할까요.

바로…… 여깁니다. 그녀가 떨어진 곳이.

그분은 저를 오피스텔 밖의 정원으로 데리고 나와 한 곳을 가리켜주었어요. 박미숙, 아니 저의 주검이 있던 그 장소 말예요. 제 몸은 십칠층에서 직진 강하하면서 라일락 잔가지 하나를 부러뜨리고 잡초가 많이 섞인 잔디밭에 그대로 부딪쳤지요. 그사이 풀들이 많이 자라서 제 주검의 흔적들을 잘 덮고 있었어요.

그애가…… 왜…… 그처럼 몹쓸 짓을……

저는 떨면서 말했지요.

정말이에요. 전신이 와르르와르르 떨리고 목이 메어 말이 제대로 나오질 않았어요. 회사에서 전혀 문제는 없었습니다만, 이라고 그분이 대답하데요. 우리는 그저 외로운 처지를 비관해서…… 평소에 워낙 말도 없었고, 표정도 어두운 것이…… 고아원 원장 부탁으로 회사에 들어왔으니까…… 말하자면 우리는 박양이 남달리 염세적이었던 것 아니었을까……라고, 또 그분은 힘들게 덧붙여 설명하는 것이었어요. 우리라는 말을 쓰더라구요. 하기야 박미숙의 죽음에 대해 우리라는 말에 숨지 않고 진술할 수 있는 사람이 세상에 어디 있겠어요?

유해는 어떻게 하셨나요?

고아원 원장과 상의해서 절차를 밟아 화장했지요. 유패는 아는 절에 모셔두었습니다만.

여기 라이터가 하나 있군요.

기어코 저는 그것을 발견해냈어요. 풀 속에 박혀 있는 몇몇 종이학과 그분의 영국제 라이터를요. 종이학들은 장맛비에 학의 형체도 없이 해져 있었고, 천 마리의 종이학들을 불태웠던 영국제 던힐 라이터는 얼룩을 닦아내자 햇빛 아래 다시 빛났습니다.

혹시 실장님 라이터는 아닌가요?

아, 아닙니다.

그분은 황급히 고개를 가로저었어요.

제 종이학들이 그분의 라이터로 불태워졌으니 종이학을 불태운 것은 그분이다, 라고 말한다면 지나친 비약이겠지요. 실장님 것이 아니라도 그냥 가지세요. 저는 아무런 악의 없이 불쑥 라이터를 그분에게 주었습니다. 어쨌든 그 던힐 라이터는 그분의 것이었으니까요. 눈물이 났어요.

그래요, 아저씨. 저는 울었다구요.

소리내어 흐느끼진 않았지만요, 한번 눈물샘이 터지자 막을 길이 없었어요. 그분의 차를 타고 박미숙의 위패가 있다는 양수리 근처의 절에 갈 때까지 계속 눈물이 흘렀답니다. 그분이 손수건을 제게 건네주었어요. 살아선 단 한 번도 그런 순간이 오리라곤 상상조차 하지 못했지요. 그분의 손수건을 내 몸에 대고, 또 그분과 나란히, 그분의 차를 타고 어딘가를 갈 수 있다니요. 그렇지만 황홀감은 눈곱만큼도 들지 않았어요. 황홀감은 고사하고 뭐랄까요, 텅 빈 듯, 오히려 황막했습니다. 서러워서 눈물이 나는 것도 아니었다구요. 박미숙은 제 못난 육신을 부서뜨리는 것으로도 무엇 하나 남긴 게 없었어요. 유패에 쓰인 박미숙이라는 먹글씨 석 자를 저는 보았지요. 아무런 생의 흔적도 없는. 비익조의 슬픈 꿈조차, 그물망처럼 촘촘히 짜인 세상의 콘크리트 구조물에 행여 깔려 죽을까봐 울음 한번 제대로 울지 못하고, 어쩌다 고절한 잠 속에서나 순간적으로 만났던 등명불조차도 없는.

도대체 박미숙은 스무 해 동안이나 어디에 있었을까요.

불과 여섯 살배기로 아버지와 할머니를 잃고 외딴 고향집 그 강변을 떠나 대처로 갈 때, 박미숙은 세상 속으로 간 것이 아니라 세상 밖으로 간 것이라는 사실을 저는 그날 알게 됐어요. 세상은 가까이 갈수록 더욱더 튼튼하고 잔인한 구조가 되어 저같이 하찮은 존재야 오로지 밖으로 튕겨낼 뿐이라는 걸, 왜 살아 있을 땐 눈치채지 못했나 모르겠어요. 발전한다는 것도 이제 생각하면 그런걸요. 시멘트 콘크리트보다 더 단단하고 그물망보다 더 촘촘한 구조물이 되는 거요. 그 잔혹한 배타성, 아저씬 아세요?

고개를 끄덕거리시네요.

그럼요. 아저씨도 지하도에서 쓰러지실 때 그 구조 밖으로 튕겨져나온 거지요. 제가 강변에서 쫓겨나올 때처럼요. 만약 제가 살던 그곳에 댐이 생기지 않았다면 박미숙은 그 짧은 생에서 굳이 안과 바깥을 구분해볼 필요도 없었을 거예요. 댐이 생기고, 수억 톤의 고인 물 밑으로 저의 흐르는 강이 흔적 없이 가라앉고 났을 때, 제 삶의 프로그램은 이미 정정 불가의 꼬리표를 붙이고 완성되었던 것이지요. 고아원 궂은일을 도맡아 하며 그래도 야간 여자상업학교를 다닐 때만 해도, 제 인생의 프로그램을 저 스스로 짤 수 있으리라 여겼던 적이 가끔 있었답니다. 헛것을 보고 있었지요. 박미숙의 위패처럼 말이에요.

식사 대접이라도 한번 하고 싶어요.

절에서 내려온 뒤 제 아파트 앞에서 저는 말했어요.

약속 말예요, 아저씨. 지난번, 왜 제가 말했잖아요. 그분이 우산을 들고 오피스텔 현관 앞에 서 있는 제게 왔을 때, 제 가슴 깊은 곳에 약속이라는 낱말 하나 돋을새김으로 떠올라 있었다구요. 살아선 한 번도 해보지 못한 약속이 그날 제게 남겨졌어요. 아무 날 아무 시 아무 장소에서 만나자는.

약속은 그렇게 시작돼 그렇게 이어졌어요. 제가 식사 대접을 했더니 다음엔 그분이 술 한잔 사겠다는 식으로요. 제가 꼭 원했던 프로그램은 아니었지만 한번 막이 오르자 어찌되었든지 간에 연극은 진행되는 것이었어요. 매일매일 비구름떼가 이 도시를 뒤덮고 있었구요, 때때로 폭풍이 불어왔구요, 그리고 아주 가끔 별이 떴어요. 그분은 퇴근 시간 한 시간쯤 지나서 제 아파트 현관 앞에 차를 대고 서 있곤 했어요. 그 한 시간 사이에 그분이 목욕탕으로 달려가 샤워하고 면도했다는 걸 저는 알아요. 향수도 뿌리지요. 그분에게선 전과 달리 풋풋한 풀향기가 나곤 했어요. 돌아보면 그것은 꿈같은 새날의 프로그램이었는데요, 글쎄, 그것은 누구 인생의 프로그램일까요.

어젯밤 얘기를 해드릴게요, 아저씨.

다음 뵐 때에도 더 하고 싶은 얘기가 있을지는 의문이지만요, 어젯밤은 암튼 특별한 날이었어요. 저녁을 먹고, 그분이 하자는 대로 어느 호텔의 나이트클럽에 갔지요. 그때까진 여느 날과 다름없었답니다. 혜림씬 모든 점에서 군계일학이에요, 라고 그분이 말했고, 박미숙의 외사촌 언니라니 정말 믿어지지 않아요, 라고 곧 덧붙였어요. 어떤 점에서요? 제가 웃으며 반문했지요. 미숙이가 못생겼기 때문인가요, 라구요. 우리는 함께 와인을 마셨습니다. 긴 장마도 끝나고, 나이트클럽 불빛은 화려했으며, 플로어는 행복한 사람들로 가득찼어요. 평소와 다르게 술맛이 좋데요. 포도주 한 병을 다 비우고 새 포도주병 마개를 따고 나자 그분이 춤을 추자고 했어요. 저는 물론 짧은 평생 춤을 춰본 일이 없었습니다. 그런데 플로어로 나가자 별일도 다 있지, 스르륵스르륵 스텝이 절로 밟아지는 거예요. 춤 잘 추시네요, 라고 그분이 말했어요. 여전히 풀꽃 향기 같은 게 그분에게서 나고 있었어요. 실장님은 연애 안 하세요? 블루스 스텝을 부드럽게 밟아가며 그분의 품속에서 제가 속삭여 물었지요.

모두…… 지나간 옛 추억입니다.

조금 슬픈 표정으로 그분이 대답했어요.

그것은 명백한 거짓말이었습니다. 제가 처음 입사했던 여덟 달 전만 해도 그분은 목이 유난히 긴 어떤 여자와 동거중이었거든요. 생머리를 말꼬리처럼 위로 올려 묶은 서구적 마스크를 가진 여자였지요. 자주 회사 앞의 찻집에 와 있다가 그분과 함께 퇴근하는 여자의 모습을 보곤 했었어요.

믿어지지 않는데요.

저는 약간 혀 꼬부라진 소리로 대꾸했지요.

실장님 같은 분에게 애인이 없으시다?

스무 살을 넘기고 나서 꼭 한 번 사귀었던 여자가 있었는데요, 속눈썹이 길어서 잠자리 날개를 붙여놓은 것 같은 사람이었습니다, 라고 그분은 고백하는 것이었어요. 강릉에 갔다가 폭풍의 바닷가에서 처음 만났구요, 눈빛이 마주쳤을 때 제 가슴에 화인火印이 찍히는 것 같았어요. 갑자기 저는 구토증을 느꼈습니다. 그분이 말하고 있는 러브 스토리는 편집부의 서과장으로부터 싫도록 들었던 얘기였으니까요. 잠자리 날개를 붙여놓은 것처럼 속눈썹이 길었다든가, 화인이 찍혔다는 수사까지, 서과장의 그것과 똑같더라구요. 그 사랑의 운명은 여자의 죽음으로 끝나게 되어 있어요. 그대로 두면 그분은 아마 끝까지 서과장의 말을 그분의 목소리로 옮겨놓았을 거예요.

구토증과 함께 회한에 목이 메더라구요.

그 무엇이 그리워서 저는 이승의 삶으로 되돌아왔을까요. 정혜림을 찾아 밤늦게 아파트 문을 두들겼던 사람 중엔 쉰 살이 넘은 정혜림 광고회사의 부사장도 있었습니다. 그는 현관에 서서 제게 달려오라는 눈빛으로 품을 활짝 열어 보였어요. 남자가 많았던 정혜림을 비난하자는 게 아니에요. 생을 사는 데는 대체 얼마나 많은 가면이 필요한 것인지 모르겠어요.

우리 나가요. 속이 좋지 않아서요.

저는 나이트클럽을 뛰쳐나왔습니다. 구토증이 나서 견딜 수 없었어요. 가로에 세워진 그분의 차 바퀴에 한참이나 오물들을 토해냈지요. 못난 박미숙의 삶엔 맹세코 특별한 위선이나 거짓이 없었다구요. 그러나 아름답고 재능 있는 정혜림의 모습으로 산 지난 한 달 반 사이, 제가 경험해야 했던 것의 팔 할은 거짓이었어요. 그것은 분명해요. 제가 탈을 뒤집어쓰니까 탈 쓴 사람만 가득했는데요, 세상에, 그렇다면 그토록 완강하고 배타적이었던 세상 구조의 안이라는 게, 겨우 이것뿐인가 싶었어요.

더이상 긴 설명을 하고 싶진 않아요.

어젯밤 저는 그분의 몸을 제 안으로 받아들였습니다. 그분의 목적이 껍데기뿐인 이 육신이라고까진 말하지 않겠어요. 그분은 제 아파트 안까지 취한 저를 데리고 들어왔어요. 저는 눈을 감고 가만히 누워 있었답니다. 시공을 넘는 깊은 회한 속에 제 몸이 있었고, 현실 속에 그의 입술이 있었어요. 그의 메마른 입술이 포개지고, 그의 거짓말하던 혀가 제 입천장을 쓰다듬는 걸 한 순간 느꼈습니다. 포도주 냄새가 섞인 비릿한 생선 냄새 같은 게 나데요.

아주 예전에 박미숙인 저도 잠깐씩 꿈꾼 적이 있었어요.

제가 서 있는 곳은 늘 휘돌아 낮은 데로 물이 흐르는 강변 어디, 드넓은 창가예요. 놀빛을 받아 강의 수면이 황금색 비늘을 수천수만 매달기 시작할 때, 사랑하는 그가 등뒤에서 다가옵니다. 환영 속에서 매번 그의 얼굴은 뵈지 않아요. 향긋한 냄새 때문에 얼굴이 뵈지 않고, 발소리 들을 수 없어도 다가오는 그가 사랑하는 사람이라는 걸 저는 압니다. 먼저 그의 섬섬옥수가 저의 젖은 머리를 가만가만 매만져요. 그러면 깊고 맑은 샘에 손끝을 담근 것처럼 온몸으로 푸르른 정령들이 쑤와아, 쏟아져 들어오겠지요. 나의 전신은 때맞추어 역시 깊고 맑은 우물이 되고, 이윽고 그의 입술이 소리 없이 다가와 내 입술에 닿고 말면, 우물은 넘쳐 그의 실핏줄 하나하나에까지 시리게 채웠다가 다시 내게까지 되돌아오는 것, 그래서 어떤 순간, 영원이라는 말 하나, 새벽별처럼 톡 튀어오르는 것, 그것이 첫 입맞춤은 아닐까 하고 말예요.

그러나 아무런 감동도 없었습니다.

제 입속으로 들어온 그의 혀가 단지 무기물같이 느껴졌어요. 떨림도 없었구요. 기웃기웃하던 그의 혀가 파죽지세로 제 혀를 끌고 나갈 때도 여전했습니다. 뜻밖의 일은 제 의지와 아무 상관없이 제 팔이 앞으로 뻗어나가 말미잘처럼 오므려 그분의 목을 끌어안았다는 사실이에요. 정혜림의 육체가 가진 관성이 제 팔을 뻗어나가게 했는지 그 점은 확실하지 않아요. 아무 거리낌 없다는 듯 그의 손이 제가 입고 있는 블라우스의 단추를 성급히 풀고 있었어요.

그렇게 된 거예요, 아저씨.

일이 끝나고 나서 담배를 한 대 피워 물고 저만큼 물러나 앉은 그분이 한 말을 잊을 수 없어요. 그분은 발가락 끝으로 제 가슴을 만지작만지작하면서요, 약간 우울한 목소리로 말하는 것이었어요.

자기를…… 어쩜…… 사랑하게 될 것 같아.

구토증이 또 났어요.

그분이 그 말만 안 했더라도 그처럼 치욕스럽진 않았을 거예요. 화장실로 달려가 몇 번이나 헛구역질을 했는데 구토는 되지 않고 눈물이 주르륵 흐르데요. 맹세컨대 아무런 슬픔, 아무런 절망감, 아무런 고독도 없었으나, 이상하게 그 무엇이, 저의 텅 빈 중심에서 솟구쳐나와 눈물로 흐르더라구요.

사랑이 무엇인지 저는 몰라요.

예전의 박미숙에겐, 감히 그것이 자신에게까지 오리라곤 생각하지 않았으나, 그래도 먼 훗날, 그리움의 깊은 보상으로일망정, 단 한 번만이라도 다가온다면, 촛불이 켜진 드높은 제단 밑에 오체투지로 엎드려 받아야 하는 성찬 같은 것이, 바로 사랑이었어요. 그러나 지금은 그런 사랑이, 제게만이 아니라, 그 어디에든,

있다고 믿을 수는 없게 됐어요. 사랑은 소문으로 떠돌 뿐이지요. 그리고 또 예전의 저는 세상이 무엇인지도 잘 몰랐답니다. 다만 구조의 안과 밖이 있다고 생각했었는데요, 세상에 안과 밖, 높은 곳과 낮은 곳이 있더라도, 열심히 일하고 관용으로 살면, 변방에서 중심으로, 천한 자리에서 고귀한 자리로 이행할 길이 있으리라고, 한때나마 믿었던 박미숙, 예전의 박미숙은 차라리 행복해 보여요. 모든 것을 송두리째 잃어버린 지금의 제겐 말예요. 그럼요. 저는 정혜림의 육신을 빌려 다시 태어나서 더 많은 걸 잃어버리고 말았어요.

불쌍하고 불쌍하고 또 불쌍한 정혜림.

저는 울면서 속으로 부르짖었어요.

알고 보면 그분과 정혜림의 삶은 허위와 위선과 이기적인 욕망으로 가득찬 더 바깥의, 더 낮은 곳에 위치해 있던 것이었어요. 그래서 불쌍하고 불쌍한 박미숙보다 불쌍하고 불쌍하고 또 불쌍한 정혜림이라고 말하는 거예요. 예전의 저는 눈뜬장님이었어요. 바보 멍충이고요. 제가 가졌던 걸 하나도 보지 못했으니까요.

어떻게 하면 저의 어리석음을 용서받을 수 있을까요.

할머니 생각이 나요.

댐 공사가 시작된 후 아버지가 새로운 터전을 잡겠다고 대처로 돈 벌러 나갔다가 트럭에 치여 죽고 나서, 할머니는 매양 강에 나가 살았어요. 중장비 소리 요란하고 트럭이 연달아 흙먼지를 일으키면서 오고가는데도 할머니는 아랑곳하지 않았다고 해요. 할머니로서는 차라리 아예 강 속으로 들어가서 살고 싶으셨겠지요. 당신의 집과 강이 언젠가는 수억 톤의 물에 잠긴다는 것도 알고 계셨을 거예요. 세상에, 중심과 변방이 따로 있다고 한 번도 상상해보지 않은 할머니로선 그 강이 항상 중심이었고 세상의 안이었어요.

해가 막 떠오르는 아침이었던가봐요.

지금도 눈을 들면, 할머니가 당신의 아들이 쓰던 그물을 들고 강심으로, 강심으로 가고 있는 게 보여요. 종아리가 물에 잠기고 허벅지가 잠기고 허리가 잠기고 그리고 이윽고 해가 떠올라요. 댐 공사로 인해 이미 흙탕물이 된 강이었을 테지만요, 아침해가 떠오르면 언제나 그랬듯이, 강은 수천수만의 금빛 광채로 제 몸을 휘감아버린다구요. 햇빛이 반사되어 내는 광채가 아니라 강이 자신의 깊고 옹골진 그리움으로, 슬픔으로, 그 빛나는 황금비늘들을 빚어올리는 거예요. 그리움과 슬픔이 깊으면 별이 되는 것일까요. 다시 보면 황금빛 수만 광채의 한가운데 사실은 할머니의 백발이 새벽별같이 떠올라 있어요. 그걸 보면 가슴엔 푸른 강물이 속수무책 차오르고, 숨이 막혀요. 휘황하게 반짝이는 아침 강 한가운데 이미 가슴까지 물에 잠긴 할머니의 흰머리가 빛나고 있으니, 한 점, 그 백색의 광채야말로 빛의 중심, 강의 중심, 세상의 중심이 돼요.

바로 그거예요, 아저씨.

천 마리의 종이학을 불태우던 십칠층 오피스텔 베란다에선 왜 그것을 잊고 있었던지요. 할머니는 그렇게 강의 중심으로 들어갔어요. 안과 바깥이 아예 존재하지도 않는 삶을 살았던 할머니로선 비로소 죽을 때, 당신의 슬픔으로, 오히려 세상의 중심에 굳게 섰던 것을, 아주 당연하다고 말할 거예요.

저는 오늘 그 강으로 가요.

할머니가 섰던 중심에 서고 싶어 가지만, 욕심을 부리진 않겠어요. 막내따님의 피아노 솜씨가 훨씬 나아진 것 같아요. 이제 곧 따님도 학원에서 나올 시각이니 이만 작별의 인사를 드려야겠어요.

제발요, 아저씨.

부탁인데 아무 말씀도 하지 마세요.

알고 있어요. 제가 아저씨를 두번째 만날 때 전 이미 아저씨가 말을 할 수 있게 됐다는 걸 알았지요. 제 아파트 창에서 아저씨가 막내따님과 이야기 나누는 걸 보았거든요. 아저씨 몸이 그만큼 빠르게 회복되는 것이 기쁘기도 했지만, 솔직히 고백하자면 그때만 해도 제 이야기를 끝까지 할 수 없게 되면 어쩌나 걱정을 했어요. 아저씨가 시시콜콜 반문하고 대꾸했다면 이렇게 마지막까지 모두 이야기할 수는 없었을 거예요. 제가 편안하게 끝까지 말할 수 있도록 배려해주신 거 알아요. 사려 깊고 따뜻한 아저씨에게 정말 감사드립니다. 아저씨를 이야기 상대로 만난 건 정혜림의 육신으로 다시 세상에 온 저의 유일한 행운이었어요.

끝내…… 우시는군요.

그래요. 아저씨가 우니 저도 눈물이 나요. 하지만 작별의 말은 침묵으로 해주세요. 아저씨가 하는 침묵의 말을 모두 듣고 있어요.

그리고요, 아저씨.

밤 깊어 새벽별 하나 뜨면요, 제가 마침내 세상의 중심에 들었다고 여겨주세요.

—

내 기타는 죄가 많아요, 어머니

정오쯤 그 전화가 걸려왔다.

잔뜩 쉰 목소리였다. 우리 가설반에서 벌써 두 번이나 다녀왔지만 그 번지는 찾을 수가 없었어요. 도대체 어떻게 된 겁니까. 남자는 짜증스럽게 말했다. 짜증을 부려야 할 사람은 내 쪽인데 쉰 목소리가 짜증을 내고 있었다. 난 댁이 무슨 말을 하는지 전혀 못 알아듣겠소……라고 이번엔 내가 말했다. 전화국 직원의 말을 요약하건대, 몇몇 국 몇몇몇 번 전화가 이전돼와서 이전 주소지를 찾았으나 그런 번지가 없었으며, 그 몇몇 국 몇몇몇 번의 전화는 내 이름과 주민등록번호로 청약된 전화일 뿐 아니라, 이전 신청을 하기 전 이미 전화 요금이 백오십여 만 원이나 밀려 있다는 것이었다. 그야말로 아닌 밤중의 홍두깨였다.

그런 전화를 신청한 적이 없소.

난 냉랭하게 말했다. 열한시나 돼서 일어났으므로 아침 겸 점심을 먹을 요량으로 막 찌개를 데워 식탁에 올려놓은 뒤끝이었다. 찌개가 다시 식고 있어 나는 화가 났다. 그럴 리가요. 쉰 목소리는 그러나 쉽게 내 말을 수긍하지 않았다. 이 전화가 처음 청약된 것은 1978년이었습니다. 그 시절은 인감증명까지 첨부해야 전화를 청약할 수 있었어요. 그때 쓰시다가 남한테 인계하면서 명의 변경을 안 하셨나본데, 그렇다고 해도 미납된 요금은 최종적으로 청약자가 내야 합니다. 전화를 더 안 쓰시려면 미납 요금을 완납하고 해약하십시오. 쉰 목소리는 내 대답을 들을 것도 없다는 듯 일방적으로 말하고 찰칵 수화기를 내려놓았다. 찌개는 이미 식어 있었다.

나는 화가 나서 찌개가 담긴 냄비 뚜껑을 탁 닫아버렸다.

처음에 나는 문제를 별로 심각하게 받아들이지 않았다.

세상에 청약하지도 쓰지도 않은 전화 때문에 내가 왜 다 식어버린 찌개를 먹어야 하는가. 그러나 전화국에서 보낸 요금납부독촉장을 받았을 때, 식어버린 찌개의 문제에서 일이 끝나지 않으리란 예감을 나는 했다. 게다가 한국통신이 아닌 데이콤에서 보낸 고지서까지 곧 날아왔는데 미납금이 백여 만 원이나 되었다. 데이콤의 고지서에는 언제언제까지 납부하지 않으면 신용불량자로 등재할 것이며, 신용거래가 중지될 것을 원하지 않는다면 조속히 요금을 납부하라는 경고도 첨부되어 있었다. 내 주소지를 추적하는 동안 요금 미납에 대한 법적 처리가 신속하게 진행돼왔던 모양이었다. 미납 요금은 양쪽을 합해 이백오십만 원이 넘었다.

어떡해요. 당신이 전화국에 좀 가봐요.

아내가 내 눈치를 살피며 말했다.

아무 잘못도 없이 내가 왜 거기까지 가야 돼……라고, 나는 빽 소리를 내질렀다. 1978년이라면 내가 홍제동 언덕배기 무허가 블록 집에서 전세를 살 때였다. 방 두 칸에 연탄 때는 재래식 부엌이 딸린 기와집이었는데, 시세가 싼데다가 주인 간섭 없는 단독이란 이점에 끌려 얻어 들긴 했지만, 블록 한 겹으로 쌓아올려 지은 날림집이라서, 말이 기와집이지 불편한 게 한두 가지가 아니었다. 재래식 부엌이라거나, 연탄 창고로 쓰는 반지하실이 툇마루 밑을 기다시피 해서 출입하도록 되어 있다거나, 연탄 한 장도 비싼 배달료를 얹어 사야 하는 산동네라거나 하는 건 그렇다 치더라도, 블록 벽이 쩍쩍 갈라져, 신문지를 여러 겹 바르고 벽지로 도배를 했을망정 온갖 황소 구멍 사이로 스며드는 한겨울의 냉기만은 정말 참을 수 없었다. 아내가 여태껏 무릎 관절이

시원하지 않은 것도 미상불 그 집에서 살 때 바람이 들었기 때문일 터였다. 그런데 돼지우리에 주석 자물쇠 격이지, 전화를 청약할 돈이 어디 있었겠는가. 그때만 해도 전화라는 게 재산 목록의 상위에 랭크될 때였고, 일이 그러한바, 아무리 기억을 쥐어짜봐도 내가 전화 청약을 했을 리는 만무했다. 보지도 듣지도 못하고 더구나 사용한 적은 전혀 없는 전화 때문에 시절 좋은 이 봄날에 낯선 전화국까지 내 발로 찾아간다는 것은 아무리 생각해도 어불성설이 아닐 수 없었다.

그렇지만, 일은 간단하지 않았다.

독촉장이 두어 번 날아오다가 급기야는 내가 현재 쓰고 있는 두 대의 전화에 대한 가압류가 들어온 것이었다. 아울러 가압류 통고장엔 미납 요금을 납입시키기 위한 더 강도 높은 법적 조치를 취하겠다는 경고장까지 붙어 있었다.

나는 그때 막 소설 한 편을 잡지사에 보낸 다음이었다.

한 달여에 걸쳐 매일 밤 피투성이 되는 기분으로 간신히 탈고한 소설이었다. 도대체 소설이라는 게 뭔지, 벌써 삼십여 년을 써왔으면서 매번 이렇게 골수까지 쏘옥 빼내는 기분이 드니 참으로 처참한 노릇이 아닐 수 없었다. 쭉정이만 남은 듯 앉아 있는데 아내는, 이번 쓴 소설의 고료 받으면 세탁기 하나 바꾸자고 했다. 이백여 매짜리 소설이니 고료라고 해봤자 세탁기 하나 값이 채 되지 않을 터였다. 내 전화기에 대한 가압류 통지서가 배달돼온 것이 그런 때였다. 너무 화가 나서 통지서를 쥔 손이 부르르 떨릴 정도였다. 감히 가압류라니, 평생 누구한테 십 원 한 장 빌려본 적 없이 살아온 내게, 내 전화기에 가압류라니, 도저히 용납할 수 없는 일이었다. 하지만 전화국에선 내 분노 따위엔 전혀 신경을 쓰지 않았다. 그들은 내가 그 전화를 청약해놓고도 오리발을 내민다고 믿는 눈치였다. 최소한, 내가 최근에 사용한 것은 아닐지라도 1970, 80년 그때, 인감증명까지 첨부하던 시절이니, 전화를 청약했거나 청약하도록 명의는 빌려준 게 확실하다는 것이었다.

그 사람 짓이 틀림없어요.

전화국에 다녀온 아내가 다짜고짜 말했다.

그 사람이라니, 누구?

아, 여기 좀 봐요. 이 기록에…… 큰산철학관이라고 나와 있는 걸요. 아내가 가져온 자료엔 그 번호의 전화가 최근 삼 년간 어떤 주소 어떤 상호로 이전돼왔는지 자세히 기록되어 있었다. 전화 요금이 체납된 지난해 정월부터 올해 1월 사이, 문제의 전화가 설치돼 있었다고 기록된 주소는 성북구 돈암동이고 상호는 '큰산철학관'이었다. 알 만한 사람 중 철학관을 운영하는 사람은 없었다. 참, 당신도 형광등이시네. 큰산을 보고도 몰라요. 큰산요, 큰산. 아이고오, 대산 말예요. 우대산씨요.

우……우, 대, 산.

깜박거리던 기억이 불시에 환해졌다.

그렇구나……라고 나는 입속으로 중얼거렸다. 어찌 우대산을 생각하지 못했을까. 1978년이라면 우대산이 명일동에서 부동산업을 할 때였다. 명일동 일대가 신흥 아파트 단지로 한창 개발될 때였고, 바람같이 살던 우대산이 삐까번쩍한 자가용을 처음으로 몰고 다닐 무렵이었다.

세상 별거 없어. 맘먹으면 팔자 뒤집는 거, 그거 여반장이라구.

내가 사는 산동네 어귀에 검은색 반지르르한 자가용을 대놓고 그가 했던 말이었다. 깜박거리던 기억의 불씨가 일시에 밝아지고 나자 까맣게 잊고 있던 것들이 속속 되살아나 균형을 잡았다. 그는 비로드 양복을 즐겨 입었고 어디서 구했는지 굽 높은 외제 구두를 신었으며 어떤 날은 멋진 바바리코트에 중절모까지 쓰고 나타나곤 했다. 산동네 어귀에 그의 자가용이 나타나면 콧물은 말라붙고 손톱 밑이 까만 조무래기들이 떼 지어 몰려들었다. 얼마나 반질반질 왁스를 먹여 닦았는지 검은색 차인데도 조무래기들이 손을 대면 유리창이든 보닛이든 지붕이든 상처 자국처럼 손자국이 남곤 했다. 내가 그것이 민망해 애들에게 손짓을 하면, 놔둬. 차야 또 닦으면 되는걸 뭐…… 그는 내게 말하고, 얘들아,

괜찮으니까 만져봐. 만져보라구, 차는 말이야, 이러엏게, 여자 허벅지 쓰다듬듯 쓰다듬어보는 거야, 촉감이 좋지 않니……라고 조무래기들에게 덧붙여 생색을 냈다. 그는 그 산동네 우리집에 올 때 언제나 과일을 바구니째 사들고 오거나 장미꽃을 한아름씩 사들고 왔다. 형은 걱정 말고 글이나 열심히 써……라는 말도 그는 잊지 않았다. 글쟁이야 가난할 수밖에 없다잖아. 돈은 내가 벌 거야. 멋진 집필실도 만들어줄게. 그냥, 말하자면, 학처럼 살라구. 동갑에 겨우 생일만 삼 개월이 늦을 뿐인데도 그는 꼭꼭 나를 형이라고 불렀고, 아주 터놓고 반말하는 법도 없었다. 무명했지만 작가로 살아가는 나에 대한 외경감 때문이라 했다.

그의 꿈은 음반회사를 차리는 것이었다.

넌 연주자나 가수가 되고 싶어했잖아……라고 내가 반문하자, 난 있지, 재능도 없으면서 끝까지 예술의 길을 걷겠다는 자들이 젤 미친놈들이라고 생각해. 나도 물론 미친놈이 될 뻔했지. 그치만 인제 알아. 세상이 날 알아주지 않는 게 아니라 내게 재능이 없다는 걸 이미 알고 있거든. 그래서 음악적 재능은 있으나 돈 없는 젊은 애들, 돈 벌어서 밀어주고 싶어. 재능을 키워주고 싶다구. 재능의 아버지가 되고 싶다구. 한두 건만 큰 거 성사하면 음반회사를 차릴 거야, 세계적인 음반회사. 그땐 형도 있지, 우리 애들, 빛나는 재능의 나무들, 가사도 좀 써주고 그래……

하고 그는 말했다.

큰 거 한두 건이 언제 성사될는지는 물론, 미지수였다.

서부 개척 시대의 사나이들이 그랬듯이, 너나없이 눈에 핏발 세우고 큰 거 한두 건, 노다지를 쫓아 와아, 이리 몰리고 저리 엎어지고 하던 시절이었다. 나는 월급 팔만 원짜리 중학교 국어선생에 애들 셋과 아버지까지 여섯 식구의 생계를 걸고 있었다. 큰 거 한두 건은 강 건너 불이었다. 홍제동 산동네에서 불광동 학교까지 일곱 정류장이나 되는 거리를 버스비 아끼려고 걸어다니면서도 큰 거 한두 건을 꿈꾼 적은 없었고, 그렇다고 큰 거 한두 건을 좇아 달려가는 세속을 탓하지도 않았다. 그게 소문이든 어쨌든, 큰 거 한두 건이 있다고 한다면 얼마나 살맛나는 세상이냐 하면서, 사당패 구경하듯이, 그것도 울 밖에서, 세상의 불타는 중심을 행복하고도 천진하게 바라보았다.

첨부터 그 사람인 줄 난 짐작했어요.

아내는 분해죽겠다는 얼굴인데, 나는 웃음이 나왔다.

웃음이 나와요, 이 마당에……라고 아내가 내게 종주먹을 들이대었다. 평생 당신하곤 악연인 사람이라구요. 뭐 한 가지 득 보는 게 있어야지요. 나는 허허 웃었다. 큰산철학관이라고 해서 그 친구가 내 이름으로 전화 청약을 했다는 결정적인 증거가 되는 건 아니잖아……라고 내가 말했고, 아이구우, 이이가 또 두둔하고 나오네, 암튼 이번엔 꼭 잡아야 돼요, 잡아서 혼내줘야 한다구요, 고발을 해서 옥살이를 시키든지……라고 아내가 대꾸했고, 허어, 무슨 악담을 그리 하누, 증거도 없으면서, 그 친구가 철학관이라니, 아무려면 철학관을 했을까 뭐……라고 내가 덧붙였다. 그냥 철학관이 아니라 초, 특, 대 철학관이라도 할 사람이에요. 철학관 간판 걸어놓고 점만 보고 있었겠어요. 뭔가 사기를 쳤겠지. 그나저나 당신 이름으로 사기친 게 또 있으면 어떡해요.

아내는 울상을 하고 발을 동동 굴렀다.

내가 그를 마지막으로 만났던 것은 1980년대 언필칭 6·29선언이 나오기 직전이었다. 시위대와 경찰이 밀고 밀리던 신세계백화점 부근의 남산길 어느 갈림길에서 딱 마주친 게 바로 그 친구 우대산이었다. 그는 피에로처럼 흰 양복에 백구두를 신고 있었다. 최루 가스로 눈물 콧물을 많이 흘렸는지 눈과 코끝이 벌겋고 머리는 산발을 했는데 흰 저고리에 백구두라니, 오랜만에 딱 부딪쳤는데도 안부를 물을 새 없이 웃음이 먼저 나왔다. 도망치다가 함께 집회를 보러 가자고 나왔던 동료 작가를 잃어버린 뒤여서 나도 혼자였고 그도 혼자였다. 그런 차림으로 시위하러 나온 거야, 지금? 내가 물었고, 이렇게 입고 있음 경찰한테 걸려도 그냥 보내주거든…… 하고 그가 대답했다. 웬 시위냐고 하니까, 민주화를 위한 투쟁인데 할 사람 안 할 사람이 어디 있느냐……

하고, 그는 자못 섭섭한 표정을 지었다. 따져보면 원수 외나무다리에서 만난 형국인데도 나는 지난 일에 대해선 아무 말도 하지 않았다. 어디서 뭘 하고 지내느냐고 묻자 그는 뜻밖에 겸연쩍은 얼굴이 되어, 무어, 그냥 두어 가지 사업을 하고 있어……라고 말했다.

그는 두 가지 명함을 내게 주었다.

하나는 지물포 명함이고, 하나는 카페 명함이었다.

카페는 심심풀이 삼아 하는 거야. 전자오르간 한 대 놓고 좋은 사람들 만나면 노래하고 놀고 그래. 지물포가 진짜야. 말이 지물포지 인테리어도 해주고 있어. 밥은 먹어. 직접 도배도 하고? 내가 묻자, 사람이 달리면 사장이라도 나가야지 뭐. 나 이래봬도 도배 끝내줘. 기술자라구. 그가 선뜻 대답했다. 기술자라는 말에 공연히 감동이 느껴져서 나는 선뜻 그의 손을 잡았다. 바람 같은 세월을 사심 없이 접고, 이 최루탄 독가스 가득찬 세상 한 귀퉁이에서 그가 마침내 돌아와 생활인이 되었구나, 하고 생각했다.

가끔 형의 소설을 읽고 있어. 슬픈 것만 쓰데.

그가 마지막으로 한 말이었다. 내가 오랜만인데 소주라도 한 잔 나누자고 하자 그는 내게 잡힌 손을 빼면서, 동지들이 기다릴 거야…… 했고, 슬픈 것만 쓰데…… 하고 덧붙이더니 황황히 골목 밖으로 걸어나갔다. 여전히 큰 키, 반듯한 어깨, 턱을 좀 치켜든 듯한 자세였지만 적요한 빈 골목을 걸어나갈 때, 그의 뒷모습은, 휑 열린 빈 수수깡 같았다. 바쁘다는 핑계로 차일피일 미루다가 두어 달 후 명함에 박힌 번호로 전화를 했을 땐 이미 주인이 바뀐 다음이었다. 지물포의 새 주인은 전 주인 이름이 우대산이 아니라고 했다. 키 큰 것은 맞소만 우씨가 아니라 정씨였소. 어찌되는 사이요? 나도 그자를 시방 찾고 있는데. 카페의 새 주인은 한술 더 떠서 내가 마치 그와 한 패거리라도 되는 양 말꼬리에 칼을 달았다. 사술을 발휘해 가게를 넘기고 잠적한 모양이었다.

이번에 붙잡으면 예전 그 돈도 받아내요.

아내는 전사처럼 팔을 들었다가 놓았다.

쓸데없는 소리 하고 있네. 아, 그 일은 없었던 걸로 하자고 당신이 먼저 말했잖아.

떼먹고 떨어지라는 뜻이었잖아요.

떼먹고 떨어져?

악연이니깐요. 앞으로 더 큰 피해를 입힐 사람이니 그 돈 삼백만 원 먹고 끊어지면, 인연 끊는 값으로 치고 잊어버리자고, 당신 위로하려고 한 소리였다구요. 그전에도 크고 작은 피해가 어디 한두 가지였어요.

크고 작은 무슨 피해?

이것만 해도요, 이거……라고 말하며 아내가 탁자 위의 재떨이를 가리켰다. 오래 묵은 듯한 청자 모양의 접시였다. 그때 우리가 얼마나 어렵게 살았는데, 세상에 벼룩의 간을 내먹지. 뭐, 신안 앞바다에서 출토된 보물? 나는 또다시 허허 웃었다. 신안 앞바다에서 출토된 것으로 남몰래 동료 문인에게 팔아달라며 접시며 청자 항아리 두어 개를 그가 들고 온 것이 언제였던가. 동료 문인을 소개하긴 뭐해서 접시 하나에 오만 원인가 얼마인가, 그때로선 내게 금쪽같은 돈을 주고 받아둔 일을 아내는 용하게 잊지 않고 있었다. 그게 정말 신안 앞바다에서 출토된 송대宋代의 유물인가 하고, 아내가 재작년인가, 인사동에 들고 갔다 온 적이 있었는데, 예상했던 대로 가짜였다. 이번에도 당신이 어벌쩡 넘기면 앞으로도 평생 별 해괴한 일이 다 생길 거예요. 이참에 아예 붙잡아서 우리한테 사기친 삼백만 원까지 받아내라구요. 그때 삼백만 원이면 얼마나 큰돈인데.

그거야 뭐, 우리도 더 벌자고 덤빈 건데.

덤비긴 누가 덤벼……라고, 아내는 단번에 잔뜩 독이 올라 눈을 하얗게 흘겼다. 하긴 1970년대 말에 삼백만 원이면 미상불 적은 돈이 아니었다. 산동네 블록 집에 살면서 먹을 거 못 먹고 입을 거 못 입고, 오로지 갖고 싶은 한 가지, 문패 턱 걸 내 집 장만을 위해 아내가 모았던 눈물겨운 돈이었다. 투자만 했다 하면 적어도 일 년 이내 두 배 이상 오를 상가 하나 있는데, 셋집 전전하며 이 고생 그만하고 부디 삼백만 원만 손에 쥐여달라는 반복된 꾐에 그만 빠지고 만 것이었다. 의도적인 꾐이었을까, 생각하면 여태껏 그 점은 분명하지 않았다. 신축중인 시장 건물에 투자를 그가 하긴 했는데 기초 공사 끝낸 시장 건물에 여러 사단이 붙어 그만 투자액 전부를 못 건졌으니까. 에이구우, 그러니까 당신은 예나 이제나 백면서생이란 소리를 듣지……라고, 아내가 내 말에 오금을 콱 박았다. 애당초 투자한 것도 아니었다구요. 사기꾼들이 득실거리는 그 판에 자기도 한 다리 끼어 놀다가 돈 떼먹고 도망간 주제에 투자는 무슨.

그렇지 않아.

나는 진지하게 도리질을 했다.

그 친구 사기를 치긴 쳤지만, 나한텐 진정이 있었어. 그 시장 건물만 해도 잘못됐으니까 그렇지 잘됐더라면 정말 돈을 배로 불려주었을 거야. 나한테만은, 진짜, 진짜로 달랐다니까.

이 전화 요금 미납은 어떡하고요?

그 친구가 아닐 거라잖아. 만약 그 친구라면 그만한 사정이 있을 것이고. 나는 어정쩡하게 대답했다. 1978년에 개설된 전화라면 내 심중에도 십중팔구 그 친구 짓이겠구나 싶기는 했다. 아마 무슨 핑계를 대고 주민등록등본이나 인감증명 따위를 떼어

달라고 했을 것이었다. 무엇보다도 이십여 년이나 끈질기고 교묘하게 내 이름 그대로 수많은 설치 장소를 끌고 다닌 것만 봐도 그랬다. 마지막 요금이 체납되기 직전까지, 전화 요금은 꼬박꼬박 내면서, 내 도장까지 파들고 다니며 과연 누가 계속 그 명의의 전화를 굳이 사용하겠는가. 그라면, 특별한 어떤 의도가 있어서가 아닐망정 그 특유의 비뚤어진 호사 취미, 혹은 자기 신분에 대한 끝없는 불안감 때문이라도 소설가 아무개라는 이름을 교묘히 끌고 다닐 만했다.

나는 담배를 비벼 껐다.

군데군데 닳아빠진 티가 나는 청자 재떨이는, 말인즉 가짜라지만, 보면 볼수록 풍상을 오래 견뎌낸 고풍스러운 의지와 소박한 절제미가 담겨 있어 보였다. 신안 앞바다에서 몰래 건져낸 송대의 유물인가 아닌가는 이제 내게 아무 문제도 되지 않았다. 나는 이십여 년이나 그것을 재떨이로 썼고, 그것은 나의 담뱃재를 이십여 년이나 묵묵히 받아내고 있었다. 이 재떨이가 왜 가짜라는 거야……라고 나는 무심결에 아내에게 말했다. 아내가 발끈해진 눈빛이 되어, 아 인사동에 내가 들고 가 감정을 해봤잖아요……라고 대답했고, 감정사라는 사람의 말은 뭘로 믿누……내가 대꾸했다. 나와 재떨이의 관계에서 재떨이는 진짜였는데, 아내는 한사코 감정사를 등에 업고 그것을 부정하려 하고 있었다. 더구나 재떨이로 쓰는 청자가 가짜라고 해도 그것만으로 그가 내게 사기를 쳤다고 단정할 수는 없었다. 끝없이 작은 속임수를 교묘히 창안해내면서도 어떤 한구석엔 바보라고 할 만큼 천진한 구석이 깃들여 있는 그의 양면성을 고려해보면 더욱 그랬다. 아마도 그 자신부터 이 청자 재떨이가 송대의 유물이므로 갖고 있으면 도움이 될 거라고 굳게 믿고서 다른 누구 아닌, 바로 가난했던 내게 들고 왔던 것일지도 몰랐다.

가짜가 아니면.

아내가 말했다.

당신은 왜 첨부터 이걸 재떨이로 썼어요? 재떨이로 쓸 때부터 당신 머릿속엔 가짜다, 이렇게 생각했던 거라구요. 내가 뭐 그만한 눈치도 없는 줄 아세요. 신안 앞바다 보물였어봐요. 진열장 안에 정중히 모셨을 텐데.

그랬을까, 내가……

나는 애매한 표정으로 고개를 갸웃했다.

암튼 다음날부터 나는 그를 은밀히 찾아 나섰다. 체납된 전화 요금을 꼭 받아내야 한다거나, 다시는 이런 피해를 입히지 않도록 아내의 말대로 붙잡아 혼쭐을 내야겠다거나 하는 생각은 애당초 없었다. 마지막 두 달치 전화 요금을 체납했다면 어차피 그에겐 그만한 돈이 없을 터였다. 아니 돈 문제보다도, 이십여 년이나 소설가 아무개의 이름으로 유지해온 전화를, 단지 요금을 낼 수 없어 내박칠 때, 그는 얼마나 마음이 아팠을까. 그러므로 굳이 그를 찾아 나선 이유를 대라고 한다면, 그가 내게 오만 원을 받고 넘긴 내 청자 재떨이, 이십여 년 동안 내 담뱃재를 말없이 받아준, 묵어 정답고 진짜인 듯 가짜인, 그런 것에 대한 나의 소박한 그리움 때문이었다.

나는 먼저 아는 파출소를 찾아갔다.

그의 주민등록번호는 물론 알 수 없었다. 내가 아는 것은 그의 고향과 그의 이름과 그의 생년월 정도였다. 소장은 그 정도의 정보라면 충분히 찾을 수 있다고 장담부터 했다. 그러나 컴퓨터 모니터에 떠오른 우대산이라는 이름 중 그와 생년월이 같은 사람은 아무도 없었다. 생년월은 고사하고 본적이 같은 사람도 없었으며, 가장 가까운 나이가 여섯 살이나 차이가 났다. 없는데요. 주민등록이 말소됐거나 이민을 갔거나 한 거 같아요. 파출소장은 미안한 얼굴이 돼서 말했다. 전국역술인협회로 문의를 해봐도 오리무중인 것은 마찬가지였다.

큰산철학관은 등록된 적이 없는 이름이에요.

역술인협회 여직원이 또렷이 말해주었다.

예전에 그와 함께 부동산업을 하던 몇몇 사람이 떠오르긴 했지만 이름 석 자도 분명하지 않으니 헛일이었다. 내가 아는바 그는 고등학교 1학년 중퇴자였다. 그의 근황을 알 만한 학교 친구들을 찾아보는 수밖에 없었다. 애당초 그를 내게 소개했던 친구는 이미 오래전 연탄가스 중독으로 사망했기 때문에 다른 인맥을 수소문해야 했다. 그가 다닌 중고교는 내가 다닌 학교와 인접해 있어서 그를 알 만한 사람 몇몇을 찾아내는 건 어려운 일이 아니었다.

아무도 연락처를 아는 사람이 없을걸요.

그와 친했다는 어떤 이는 시큰둥하게 대답했다. 그는 동창회에 나온 적도 없었고, 가까웠던 친구들과 연락을 끊고 산 지가 오래됐다고 했다. 지가 무슨 낯짝으로 동창회에 나오겠어요……라고, 또 어떤 사람은 노골적으로 불쾌한 표정을 지으며 말했다. 가까웠던 친구들은 이미 오래전에 너나없이 작고 큰 피해를 본 모양이었다. 사기를 많이 쳤나보죠? 내가 물었고, 사기도 좀 친 것은 사실이지만 그거야 뭐 그렇다고 하더라도……라고, 그와 학교 때 유난히 친했다는 외과의사는 말꼬리를 흐렸다. 다른 일도 있었나보군요. 내가 또 물었다. 있었지요. 외과의사는 한숨을 쉬었다. 건축업 하던 친구가 1980년대 중반인가 교통사고로 죽었지요. 늦장가를 든 친구였는데 부인이 젊고 예뻤어요. 늦게 얻은 어린애가 둘 있었다고 했다. 그는 그 무렵에 이미 이것저것 작고 큰 죄가 많아 동창 사회에 전혀 나타나지 못하는 처지였지만, 학교 시절 비교적 가까웠던 친구가 객사한 걸 듣곤, 비통함에 이끌려 불문곡직 상가로 찾아왔나보았다. 사흘장이었는데요…… 하고, 외과의사는 계속 말했다. 장례가 끝날 때까지 한시도 거길 안 떠나고 온갖 궂은일을 앞서 했어요. 비통해하는 것은 더더욱 말할 것도 없고요. 대산이 그 친구, 그런 진정만은 거짓이 아닌 놈이거든요. 기왕에 피해를 당했던 다른 친구들도 그것을 보곤 이러쿵저러쿵 과거지사를 따져 묻지 못했어요.

그런데 문제는 장례 후였다.

미망인을 도와준다고 빈번히 그 집을 출입하면서 사고 처리 보상에 관계된 일을 대행하다시피 했는데, 그 과정에서 그가 나쁜 마음을 먹고 있다고 의심하는 친구들이 많았나보았다. 글쎄, 여관에서 그 부인과 함께 나오는 걸 보았다는 사람도 있다지만 내가 직접 들은 적은 없어요. 암튼, 부인은 몇 달 후 사망 보상금으로 낙원상가에서 악기점을 차렸다가 망해먹고 말았는데요, 다들 대산이가 계획적으로, 그러니까 처음부터 보상금을 노리고 접근해 빼먹었다고 알고 있지요. 그때쯤 인테리어 사무실인가 지물폰가 뭐 그런 가게를 냈다고 들었어요. 악기점을 내준다 어쩐다 해서 보상금을 교묘히 빼돌려 제 가게를 차렸다, 뭐 스토리가 그래요. 이쪽 동네에서 완전히 파문당할밖에요. 그후론 여태껏 한 번도 연락이 없었어요.

계획적이라는 거, 그거 오해 아닐까요?

글쎄요……라고 말하며, 외과의사는 고개를 갸웃갸웃했다.

나도 그 생각을 안 해본 건 아니에요. 예전에도 그 친구 자주 그런 말을 했거든요. 자신은 남을 위해 무슨 일을 하면 꼭 결과가 나쁘다고요. 자기 진정이 매양 곡해되니 사람 환장하겠다고요. 중학교 때였는데요, 한번은 그 친구가 시내 동물병원 앞에서 죽은 개를 안고 막 어린애처럼 울고 있는 걸 봤어요. 외과의사는 그 대목에서부터 몹시 우울한 표정을 했다. 마치 자신이 수술을 집도한 환자가 죽어버렸을 때처럼요. 중학생인 그가 엉엉 울고 있었던 것은 단순히 키우던 강아지가 죽어서만이 아니었다고 했다. 처음 강아지 한 마리를 구해왔을 때 그의 어머니는 그에게 강아지를 묶어 길러야 사나워진다고 말했던가보았다. 그렇지만 어린 강아지가 불과 이 미터밖에 안 되는 쇠줄에 묶여 하루종일 제자리만 뱅뱅 도는 것을 그는 도저히 볼 수 없었다. 그의 어머니는 강신무降神巫였다. 어머니가 굿을 하러 출타하고 나면 그는 달려가 강아지를 풀어 대문 밖에 놓아주었다. 그 강아지는 결국 급성장염으로 죽었나봐요……라고, 외과의사는 이마의 땀을 닦으며 말을 이었다. 어린 걸 대문 밖에 풀어놓으니까 아무거나 주워먹을 건 뻔한 이치고요. 강아지가 장염 걸리면 못 살리잖아요. 어머니한테 굉장히 혼이 났지요. 네가 풀어놔서 강아지를 죽였다고. 풀어놓는 것만이 사랑인 줄 아느냐고요. 그리고 얼마 후 또 강아지를 한 마리 샀대요. 그 친구, 동물 좀 좋아해요? 이번엔 어머니 말을 들었다. 그의 집은 마당이 거의 없었고, 그나마 시멘트로 바른 손바닥만한 공간뿐이었다. 어린 강아지는 쇠줄에 묶여 시멘트 바닥에 똥과 오줌을 쌌다. 강아지가 답답해서 끙끙거리면 너무나 가슴이 아팠지만 그는 이제 강아지를 바르게 사랑하는 방법을 터득했으므로 결코 풀어주는 법이 없었다. 바로 그 강아지가 죽을병이 또 든 거죠. 수의사가 그에게 말하기를 어린 강아지를 시멘트 위에서만 살게 했으니 병에 걸릴 수밖에 없었다고요. 가끔이라도 풀어주지 그랬냐고요. 대체 뭐가 진짠지, 사랑인지 모르겠다면서, 죽은 개를 안고 울던 모습이 눈에 선하네요. 외과의사는 거기까지 말하곤 완전히 지친 얼굴이 되어 눈을 꼭 감았다.

봄이 무르익고 있었다.

파릇파릇한 새순이 힘있게 돋아나는 가로수 그늘에서 나는 한참 동안 막막한 기분으로 서 있었다. 기억의 촉수는 삼십여 년 저 너머로 뻗어 있었다. 악기상들이 몰려 있는 낙원상가 쪽으로 가는 길이었다. 1960년대의 내 젊은 날을 돌이켜보면, 언제나 마음에 꽉 차오르는 것은, 그때의 내가 머무르고 또 떠났던 부랑의 동굴들, 남루하고 쓸쓸했던 나의 어둠침침한 방들과, 어느 방에서든, 때론 좁고 때론 넓은 창 위로 솟아오른 벗은 나뭇가지 끝마다 불의 섬광에 눈뜨고서 파릇파릇, 삐죽삐죽, 상처받기 쉬우나 힘찬 자아들이 솟아오르는 걸 보았던 순간들에 대한 추상적 집합이었다.

마장동 청계천변, 판잣집의 '칼방'에도 그런 창이 하나 있었다.

한쪽 면은 길고 다른 한쪽 면은 너무 좁아서 두 사람이 누우면 꽉 차버리고 마는 그 방을 나는 칼방이라 불렀다. 삼세끼를 모조리 굶는 날도 자주 있었다. 말수 적고 눈은 깊었으며 머리숱만 많았던 청년인 나는, 어둠침침한 칼방에 누워, 환풍기만한 창 가득, 미루나무 가지마다 파릇파릇한 새순의 섬광이 얹히는 것만을 하루종일 바라보았다. 봄이면, 하루가 다르게 파죽지세로 번져가는 그 섬광과 밤낮 어두컴컴할 뿐인 내 칼방 속의 자아 사이에서, 나는 때로 몸서리를 쳤었던가. 글쓰기는 처음의 내겐 온통 그 거리의 문제였다. 어두컴컴한 여기와 빛나는 저기 사이에 엎디어 나는 매일 시를 썼다. 글쓰기와 나의 관계가 평생을 관통하여 끈질기고도 잔인하게 계속되리라는 예감을 그때의 나는 이미 충분히 받아 안고 있었다. 잔인하고 날카로운 나의 사랑은 날로 깊어갔다. 다만 나는 스물 몇 살이 되었으면서도 여전히 세상에서 먼 거리에 놓여 있었고, 그 먼 거리를, 나만 아는 암호를 따라 나만 아는 길로 위태롭게 넘나들고 있었다. 그 사이로 슬그머니

끼어든 게 바로 그, 우대산이었다.

기차 방이네.

내 방에 처음 온 날 그는 말했다.

내가 칼이라고 불렀던 것을 그는 기차라고 불렀다. 그는 가방 하나 들지 않은 채 헐렁한 스즈키 차림으로 내 방의 문턱을 쑥 넘어 들어오더니, 라면 없어……라고 말했다. 내가 고등학교를 마친 익산시에서 친구의 소개로 두어 번 만난 일밖에 없던 친구였다. 반말을 쓰는 것만도 어색할 정도로 별 관계가 없는 사람이 마장동 귀퉁이까지 밤중에 찾아온 것도 신기했고, 들어오자마자 라면 없느냐 먹을 것부터 찾는 것도 신기했다. 이건 숫제 뭐, 굶고 사는 인생이네. 라면이 없다니까 휑하니 나가서 라면 두 개를 금방 사들고 들어온 그가 말했다. 그는 라면을 연탄불에 끓여 방바닥에 앉은 채 후지럭후지럭 먹었다.

시골에 있는 줄 알았는데?

올라왔어. 기차 타고. 영장이 나왔더라고. 난 있지, 군대 가는 거 정말 싫어. 그래서 영장 받고 냅다 도망 온 거야.

기피자로 어떻게 살아, 대한민국에서?

앞으로 걱정 마……라고, 그는 동문서답을 했다. 앞으로는 걱정 말라고. 내가 왔으니 라면 하나만이라도 콱콱 채워놓고 먹고 살게 해줄게. 하루나 이틀쯤 지나면 갈까 했는데 일주일 열흘이

가도 떠날 기색을 보이지 않았다. 터무니없는 찰거머리였지만 그렇다고 가달라고 말할 수도 없었다. 방이 좁은 건 참을 수 있었지만, 참을 수 없는 것은 굶주림이었다. 혼자 굶던 걸 둘이서 함께 굶었다. 좋은 날이 올 거야. 두고봐. 형은 시를 쓰니까 어차피 돈은 못 벌 테지만 난 달라. 한번 뜨면 팔자 확 뒤집히는 거야. 라면을 콱콱 채워놓기는커녕 시내로 나갈 버스비도 없는 그는 굶고 누워서 곧잘 호기롭게 말하곤 했다.

가수가 그의 꿈이었다.

본래는 피아니스트가 되려고 했는데 환경이 따라주지 않으니 일단 가수로서, 단숨에 붕 떠올라 세상의 중심에 서겠다는 것이었다. 다행히, 때맞추어 나는 월급 구천 원을 받기로 하고 선배의 소개로 어떤 대중 잡지사에 취직을 하게 되었다. 주간지도 없고 여성지도 거의 없었던바 그만그만한 대중 잡지들이 그나마 대중문화의 파이프라인을 자임하던 시절이었다.

아침을 거의 굶고서 나는 출근했다.

내가 출근하려고 신발끈을 졸라매면 그는 등뒤에서 우두커니 그것을 내려다보았다. 그의 표정은 그럴 때 꼭 길 떠날 채비를 서두르는 어머니를 바라보는 어린아이 같았다. 어떤 순간 설핏하게 습기의 막이 드리워질 때도 있었다. 서로 쓸쓸하고 배고픈 것을 익히 아는지라 출근하는 내 심정 또한 매한가지였다. 배고픈 것은 우리를 급속하게 연인처럼 만들어놓았다. 선배 기자들이 사주는 순두부 한 그릇을 점심으로 먹다보면 컴컴한 방에서 굶고 누워 있을 그가 떠올라 목이 메기까지 했다. 월급 구천원은 어차피 밥값조차 되지 않는 급료였다. 살아남으려면 가수나 영화배우의 홍보 기사를 써서 언필칭 촌지로 알려진 뒷돈을 받아야 하는데 그런 차례는 햇병아리 기자인 내게까지 차지가 오는 법이 없었다. 선배 기자들은 순진하고 부지런한 내게 겨우 취재 노트만 내밀면서 자넨 문장력 기차게 좋잖아……라고 말하고, 이것 좀 밤에 써서 아침에 가져다줘……라고 또 덧붙이곤 했다. 온갖 기사는 내가 혼자 맡아 쓰다시피 했지만 생기는 것은 겨우 점심 한 끼였다. 나는 그러나 문장력 기차게 좋잖아…… 그 말만 들으면 아물아물 신열이 솟았고, 그리하여 밤새워 밥 굶고 칼방에 엎드려 선배들의 기사까지 썼다. 여배우의 인생 편력도 쓰고, 트로트 가수의 뻔한 스캔들도 쓰고, 거짓으로 꾸며서 독자 투고란의 고백 수기도 쓰고, 겨드랑이에서 냄새가 나는데 어떡하면 좋을까요…… 독자와의 허위 문답도 쓰고, 그리고 때로는 울면서 발표할 데 없는 시도 쓰고 그랬다. 나의 시가 유일한 진실이라고 믿고 사는 것은 행복했다. 나는 진짜라고 말해야 할 것들이, 진실이라고 믿어야 할 것들이 세상의 중심에 굳게 심지로 박혀 있다고 믿고 살았다.

그의 꿈은 나와 달리 구체적이었다.

피아니스트에서 가수로, 가수에서 색소폰 주자로, 또 음반회사 사장으로, 큰 거 한두 건으로 자라나는 그의 꿈들은 나의 그것보다 언제나 구체적이고 확실했다. 나는 그의 구체적인 꿈들이 부러웠다. 그러나 이제 돌이켜보면, 그 역시 구체적으로 뭔가를 이루어보고 싶어한 것이 아니라, 시간의 자연스러운 순환을 따라 평생을 가인歌人처럼 살고 싶어했던 것 같다. 그는 붙임성이 있었고, 환경이 그러했음에도 불구하고 아무에게도, 세상에조차 전혀 적개심을 갖지 않았다.

목욕 좀 하고 살아, 형.

어느 날 저녁에 그는 말했다.

시를 쓰는 사람이 일주일 다 가도록 제 몸의 때도 안 씻고 어떻게 시를 쓰는지 원. 어서 일어나 가자구, 목욕탕에. 먹을 돈도 없는데 목욕탕을 어찌 가누. 상관없어, 내가 외상을 터놨어. 목욕탕을 외상으로 다니는 사람을 본 건 그가 처음이고 마지막이었다. 이 친구가, 앞으로 세상을 좌지우지할, 내가 말한 박기자예요……라고, 그는 늙수그레한 목욕탕 주인 남자에게 말했다. 어느 날은 날계란을 얼굴에 온통 바르고 누워 있어 나를 놀라게 한 일도 있었다. 계란 마사지 하는 거, 형 첨 봤나보네. 우리 어머니는 틈만 나면 이러고 누워 있었는데. 괴물 같은 얼굴을 하고도 그는 천진하게 웃었다. 먹지도 못하는 계란을 얼굴에 바르냐고 내가 힐난하자, 배부른 것보다 얼굴 예쁜 게 낫지. 배 너무 부르면 난 오히려 기분 언짢아지던데. 그는 알 수 없다는 표정을 지어 보였다. 턱의 수염도 깎기보다 일일이 족집게로 뽑았다. 깨끗하고 아름다운 것은 그의 세계에서 가장 우위에 있는 가치였다. 덕분에 구멍가게, 이발소, 목욕탕 등 그가 밀어놓은 외상값을 갚아주고 나면 월급 구천 원은 금방 바닥이 났다.

색소폰을 닦고 싶어.

닦고 싶어? 불고 싶은 게 아니고?

불 때도 행복하지만, 불기 전 그놈을 세밀히 문질러 닦고 쓰다듬을 때, 말도 마. 아주 짜릿해져. 여자를 쓰다듬고 만지는 거보다 나아.

악기를 다루는 데 있어 그는 천재에 가까웠다.

흔한 악기는 이미 대강 연주할 줄 알았는데, 놀라운 것은 그가 연주법을 특별히 배운 적이 없다는 사실이었다. 교습소를 다녀본 건 피아노뿐이었다. 처음 보는 악기도 두어 시간 만지고 나면 이내 음률을 잡았고 하룻밤만 지나면 연주를 했다. 만약 그에게 연주자의 길을 걸을 수 있는 환경이 뒷받침되었다면 아마도 그는 굉장한 성취를 거두었을 터였다. 내가 그의 재능에 놀라자, 하도 어렸을 때부터 가락을 타고 놀아서 그렇지 암것도 아냐……라고, 그는 모처럼 자신을 낮추었다.

가락을 타고 놀았다는 것은 굿판에서 자랐다는 뜻이었다.

우리 어머니 점괘는 신통치 않은데 굿가락 하나는 잘 타는 편이었거든. 그 가락에 얹혀 자랐다구, 내가. 그는 아버지에 대해선 아는 것이 없다고 했다. 웬만해선 자신이 겪고 산 과거에 대해 말하는 법이 없던 그로서는 파격적인 고백이었다. 고향의, 경찰서장 했던 양반이 아버지라는 소문도 있었고 박수로 따라다니던 아무개 아저씨가 아버지라는 소문도 있었고 동란 때 공산당 앞잡이 노릇을 하다가 난리 끝나고 반 죽었다 살아난 어떤 양반이 아버지라는 소문도 있었는데, 씨발 것, 울 어머니 그거 하나 말해줄 새 없이 어떤 날 새벽에 갑자기 피를 토하고 콩 팔러 가더라구. 굿하다 말고 애아부지여, 애아부지가 부르고 있당게, 하면서 맨발로 산을 향해 달려나갔다가 하루 만에 돌아와 눕더니 곧 피를 쏟고 죽었는데, 죽으면서 니 아부지가…… 하다 말고 눈을 감았지 뭐. 고등학교 1학년 때였어. 어릴 때부터 사복경찰이 가끔 우리집 드나든 걸 생각해보면 서장 했다는 그 사람이 정말 내 아버지였나 싶기도 하고, 빨갱이였다는 그 양반인가 싶기도 하고 그래. 하기사 뭐 누가 아버지였든 뭐하겠어. 그런 건 관심도 없고 궁금하지도 않아. 그날 밤은 마장동 천변 동네에 물이 들어찰 만큼 폭우가 쏟아지던 날이었고, 상경하여 처음으로 그가 밥벌이하러 나갔다가 돌아온 날이었다. 연예계에 발 넓은 선배 기자의 기사를 코피 날 만큼 대신 써주고 부탁해 마련한 그의 일자리는 낙원동 뒤편에 있던 '오진암'이라는 요정의 기타 연주자 자리였다.

나 명함 박았어.

오디션을 보고 나서 그가 말했다.

아직 일터에 출근도 안 해본 기타 연주자가 명함부터 부탁했다는 데 어안이 벙벙해져 나는 입을 벌리고 그를 바라보았다. 요정이라고 박은 건 아니야. 오진암주식회사 흥행사업부라고 했어. 뭔가 있어 뵈잖아, 흥행사업부. 그는 천연스럽게 자랑을 했다. 명함값 형한테 달래지 않을 테니 겁먹지 마. 주문해놨으니 나중에 월급 받아서 찾을 거야!

명함에 관해선 그것이 시작에 불과했다.

나중엔 점점 더 많은 명함을 박아가지고 다녔다. 내가 서울 생활을 견디지 못하고 고향에 내려가 있을 때마저 그는 새 명함을 박으면 몇 장씩이나 편지봉투에 넣어 보내주었다. 디자인도 가지가지였고 직함도 가지가지였다. 1970년대 말쯤이던가. 우연히 그의 지갑 속을 본 일이 있는데 명함이 다섯 가지나 되었다. 신분만 다른 게 아니라 이름이 아예 다른 명함도 있었다.

난 본래의 내 이름이 싫거든. 가짜 이름이 좋아. 그럼도 그래.

가짜 그림이 더 좋아 뵐 때가 많다고, 그는 친절히 설명해주었다. 그가 사기를 치기 위해 각각 다른 신분의 여러 종류 명함을 갖고 다녔는지는 분명하지 않았다. 사기성의 조짐이 보이기 훨씬 전부터 그는 이상할 정도로 명함에 집착했다. 명함의 연장선상에 옷과 장신구와 소품 따위로 정해지는 스타일에 대한 다양한 선호가 또 있었다. 그는 때에 따라서 권위 있는 지식인의 상을, 재능과 열정이 넘치는 예술가의 상을, 돈 많은 갑부의 상을 비교적 완벽하게 연출했다. 라이터 하나까지 의상과 장신구에 맞추어 갖고 다녔다. 진짜 영국제 바바리를 입었는데 국산 라이터를 들고 있으면 가짜 부자가 되지만 영국제 바바리코트를 입고 던힐 라이터로 담뱃불을 붙이면 진짜 부자가 된다는 식이었다. 오므라이스 한 그릇 먹을 돈도 없는 내게, 내 겉만 보고서 레스토랑 웨이터가 값비싼 세트 메뉴를 보여주며 머리를 조아릴 때 얼마나 짜릿한 줄 모를 거야. 형은 항상 꾀죄죄하게 하고 다니니까. 사람들은 있지, 보통 가짜에 감동을 느끼더라구. 내가 진짜를 말하면 대개 안 믿어. 그는 주장했다. 그렇다고 그가 유난히 신분 상승에 대한 욕심이 많았다고도 할 수 없었다. 단순한 수직 상승에의 욕구보다 가짜로 연출한 것에 대한 사람들의 굴복을 즐겼다고나 할까, 유명 작가인 내 이름으로 된 전화를 이십여 년이나 이곳저곳 끌고 다닌 것도 미상불 그의 이런 성향과 관계 맺고 있을 것이었다.

나는 낙원상가로 들어갔다.

어차피 그가 자신의 본명만을 사용하진 않았을 것이므로 나는 가급적 그의 체격과 인상을 설명하려고 애썼다. 색소폰과 전자오르간을 주로 취급하는 악기점부터 들르기 시작했다. 전자오르간으로 그는 1970년대 초반 이래 밥을 먹었고, 색소폰은 그가 좋아하는 악기이기 때문이었다. 지금 어디서 어떻게 살고 있든지, 설령 죄지은 게 많아서 주민등록까지 스스로 말소해놓고 이리저리 숨어산다고 하더라도, 아니 삶이 그만큼 더 어려워 피폐해졌다면 그럴수록, 고향에 가는 마음으로 그는 악기상들을 기웃거렸을 것이라고 나는 생각했다. 예상은 들어맞았다. 세번째 들른 악기상의 여주인은 내 설명을 듣더니 서우빈씨 같은데…… 하고 말했다. 그가 속임수를 써서 인계하고 달아난 게 거의 틀림없는 카페의 주인은 그를 정씨라고 했는데, 여기선 서우빈이었다.

본 지 한 이삼 년 됐나봐요.

전엔 자주 왔었나요?

자주는 아니라도 가끔 왔지요. 물건을 사 간 적은 별로 없지만 악기를 워낙 좋아해서 들르면 한나절씩 앉아 우리집 악기들 모두 반질반질하게 닦아놓고 가요. 마지막 왔을 땐 사는 게 힘든지 행색이 좀 그래서 요즘 뭐하고 지내냐니까, 뭐라더라, 대학원도 다니고 시도 쓰고 그런다고.

시? 시를 써요?

네. 자기가 쓴 시 좀 들어보라고 암송까지 해 보였는걸요. 대학원이야 그 사람 고정 레퍼토리지만 시 쓴다는 얘긴 처음 했기 때문에 인상에 남았어요. 악기점 여주인은 시를 쓴다거나 대학원엘 다닌다거나, 모두 전혀 믿지 않는 눈치였다. 대학원 다닌다는 건 사실이었을 거라고 내가 말하자, 아주 예전에도 대학원 소리를 했는데, 무슨 대학원을 평생 다녀요, 하고 악기점 여주인은 시큰둥하게 대꾸했다.

왜 그 생각을 못했을까.

다른 건 몰라도 대학원 얘기는 사실일 터였다. 1970년대 초반, 그는 전자오르간 단독 주자로 벌이가 쏠쏠했을 때 처음 대학원을 다녔다. 어떻게어떻게 해서 연구 과정에 등록을 했던가보았다. 고등학교 1학년 중퇴자니 학력은 위조했을 가능성이 많았다. 연구 과정이니 학력이 그리 중요했던 건 아닐 터였다. 그때 나는 고향에 내려가 있었는데 장문의 편지와 함께 대학원 건물 앞에서 찍은 사진까지 동봉해 보냈다. 나 대학원생이야. 그런 구절이 첫 문장이었다. 문장마다 대학원생으로서 환호작약하는 그의 외침이 푸르게 배어 있었다.

그리고 그것은 시작에 불과했다.

사는 게 어렵든 말든, 어디에 흘러가 무슨 일을 어떻게 하고 있든, 그후부터 줄기차게 그는 대학원에 다녔다. 말로만 다니는 게 아니라 진짜 이 대학 저 대학 끝없이 옮겨가며 연구생으로 등록했다. 가끔 낯선 사람을 데리고 와, 우리 경영대학원 동창생이야……라고 소개를 한 적도 있었다. 어느 특수대학원 동창회 일을 직접 맡기도 했다. 학력에 대한 콤플렉스나 신분에 대한 위장술로만 해석하기엔 너무 이상하고 끈기 있는 추구가 아닐 수 없었다. 대학원과 함께 영어 학원도 그는 열심히 다녔다. 1980년대 초반에 만났을 때 그는 곧 미국으로 이민을 간다고 했다. 이것 하나 갖고 가……라고 말하며 그는 소책자 하나를 주었다. 들고 와서 봤더니 저자가 그 자신으로 된 초보 회화책이었다. 이 책 저 책에서 조금씩 빼내다가 적당히 편집한 백 페이지 미만의 책이었다. 그때도 그는 어느 특수대학원에 적을 두고 있었다.

이 기타 얼마예요?

기타 하나를 가리키며 내가 물었다.

악기점 여주인은, 서우빈씨 친구라니까 싸게 드리겠다고 했다. 나는 칠 줄도 모르는 기타를 사들고 악기점을 나왔다. 그를 찾아 나서기 전보다 훨씬 더 짭짜름한 그리움이 내 가슴에 차 있었다. 배고프고 외로웠던 1960년대 후반의 그 젊은 날, 그가 동숙자로서 내 곁에 없었다면, 어둠침침한 방 속에 밀폐된 채 단지

분열하여 피 흘리던 내 자아가 어떻게 창을 뚫고 나가, 창 너머, 타오르는 세상 가운데, 파릇파릇한 섬광의 새순으로 갈 수 있었겠는가. 그 어둡고도 밝은, 멀고도 가까운 거리를 문학이라는 이름 하나로 견디고 조율해온 내 삶의 낡은 책갈피에서, 그가 여전히 가만가만 기타를 치며 노래를 부르고 있는 느낌이 나를 사로잡고 있었다.

나 요정 그거 관뒀어.

어느 날 술에 취해 돌아와 그가 말했다.

선배 기자에게 부탁하여 기타 연주자로 요정 오진암에 첫 일자리를 얻고 한 달도 채 되지 않았을 때였다. 그는 술을 한 잔도 못 마시는데, 얼마나 마셨는지 방에 들어오더니 발가벗고 칼방구석구석을 헤집고 돌았다. 그러다가 그는 내 품에서 울었다.

요정 현관에 새장이 하나 있어.

슬픔과 분노에 찬 어조로 그는 말했다.

카나리아 한 쌍 말야……라고 말할 때, 내 눈에 동그란 철망의 새장이 떠올랐다. 요정 현관은 고풍스러운 아치형으로 쏙 나앉은 형태였다. 카나리아 한 쌍이 현관 한쪽에 대롱대롱 걸려 있었다. 내가 받는 월급의 스무 배, 서른 배를 하룻밤에 먹고 마시며 노래 부를 수 있는 선택받은 삶의 주인공인 요정 손님들이 들어서면, 카나리아는 그 날렵하고도 맵시 있는 자태를 뽐내며 쫑

쫑쫑, 청랑한 목소리로 인사했다. 허어, 고놈 차암 이쁘구나, 옳지 옳지, 목소리 한번 맑네그려, 사랑한다, 어서 오세요, 그 말이렷다? 그래, 이 녀석, 나도 널 사랑한다 등, 선택받은 손님들 또한 카나리아에게 이런 식으로 화답하는 게 보통이었다. 형, 카나리아제도諸島라고 들어봤어? 요정에 출근하고 일주일쯤 후에 그가 말한 것도 나는 기억했다. 글쎄 있지, 카나리아 본래 고향이 아프리카 먼바다에 있는 카나리아 섬이래……라고 말할 때 그의 눈빛은 서기로 가득찼다. 카나리아 고향이면 카나리아처럼 예쁘겠지? 깊은 밤이면 혹 섬 전체가 카나리아처럼 울지도 몰라. 돈 벌면 거기 가서 살겠어. 카나리아 같은 섬에서 카나리아들과 함께 살 거라구. 내가 뭐 아무리 유명한 가수가 돼도 그렇지, 카나리아처럼 청명하게 울 수야 있겠어? 그와 내가 부딪쳤던 열악한 삶의 조건들과 아무 상관없이, 그 무렵 요정의 방들에선 밤마다 늘 노랫소리가 드높고, 기타와 색소폰과 전자오르간은 아우성을 쳤으며, 기름진 먹을 것은 언제나 넘쳐흘렀다. 내가 누운 어둡고 외로운 자의식의 방과는 너무도 다른 방이었다. 이따금 그가 먹어본 적이 없는 진귀한 음식을 싸오는 일도 있었다. 먹어봐. 씨발, 우리가 먹는 건 음식도 아냐. 훔쳐왔어. 그는 키득키득 웃었다. 내가 돈 벌어 카나리아 섬에 갈 때 있지, 형도 데려갈게. 거기 가서 시 써. 여기가 어디 시 쓸 데야? 이런 데서도 시를 쓰다니, 형은 천재야. 그는 카나리아에 아주 빠져 있었다. 금사조金絲鳥 카나리아는 청랑한 목소리 이외에도 허리부터 배로 내려온 노란 띠 때문에 보기만 해도, 그 청랑한 노랫소리가 울려나올 것 같은 새였다.

그 카나리아가 죽었어, 형. 죽었다고. 오늘 죽어 있더라구!

죽다니, 왜?

왜는 뭐 왜야. 굶어서 죽은 거지……라고, 그는 술에 취해 발가벗고 기다가 소리를 꽥 질렀다. 손님은 많고, 일도 밀리고, 그래서 카나리아 밥 주는 건 너도나도 잊고 살았다는 것이었다. 씨발 것, 나도 그랬어, 형. 형한테 줄 뭐, 맛있는 거 훔쳐올 궁리는 하면서도 카나리아 모이통에 좁쌀 껍질만 쌓여 있는 건 헤아려 보지 못했다니까. 다들 카나리아를 보고 예쁘다, 사랑한다, 귀엽다, 입에 침이 마르면서…… 걔들이 굶어 죽어가고 있는 건 몰랐던 거야. 예쁘다, 사랑한다, 다 가짜였어. 가짜였다구! 그는 어두컴컴한 방구석에 꾸역꾸역 오물들을 토해놓았다. 그때에도 마장동 천변의 동굴 같은 칼방, 환풍기만한 창 너머의 미루나무 가지에선 새순의 섬광이 혹 빛나고 있었던가.

그는 더이상 요정으로 출근하지 않았다.

명함을 부탁만 해놓고서 찾아보지도 못했으며, 그후부터 그가 기타를 손에 잡는 걸 본 일이 없었다. 기타엔 더러운 죄업이 묻어 있다고 그는 말했다. 출근할 때, 퇴근할 때, 또 휴식하는 짬짬이, 하루에도 몇 번씩 그는 현관으로 달려나와 은밀하고도 애틋한 애정으로 카나리아와 만났던 모양이었다. 나야, 사랑하는 내가 왔어……라고 눈 맞추어 속삭이면, 언제나 청명한 목소리로 우짖어 반기던 카나리아가, 수북이 쌓였으나 알맹이는 없는 좁쌀 껍질에 코를 박고 끝내 굶어죽어갈 때, 기름진 음식과 풍성한 가짜 사랑의 말과 혼 없는 노래를 좇아 요정의 샹들리에 반짝이는 방을 돌며, 그는 오직 전자기타의 자지러지는 고음에 자신의 사랑을 맡겼었다고 자탄했다. 알겠어……라고, 그는 외쳤다. 내 기타는 씨팔, 죄가 많아. 죄가 많은 기타야! 부숴버려야 해! 그는 그리고 얼마 후부터 기타 대신 전자오르간으로 밥을 먹었다. 전자오르간 연주 자리가 많이 늘어나던 시절이었다. 한 업소에서 오래 견디는 일은 없었다. 이곳저곳 자주 옮겨다니는 게 그의 스타일이었다. 그가 사기꾼다운 징후의 일단을 보여준 최초의 사건은 업소의 스피커를 바꿔치기한 일이었다. 명동 한복판의 한 고급 레스토랑이었다. 그에겐 아주 좋은 직장이었다. 오르간 연주자 겸 음악기사로 취직한 그 레스토랑은 오랜 전통을 가졌을 뿐 아니라 사장도 후덕한 사람이어서 사건만 일으키지 않았다면 오래 안정된 삶을 그는 누렸을 것이었다. 문화적인 콤플렉스에 사로잡힌 졸부들과 자만심에 차 있는 지식인들과 우아하게 자신을 연출할 줄 아는 멋쟁이 젊은 여자들이 주로 드나드는 집이었다. 그 집 스피커가 제이비엘이거든…… 하고, 그는 설명했다. 제이비엘이 특별히 비싸고 좋은 스피커인 줄 나는 알지 못했다. 역시 제이비엘은 다르다느니, 음질이 남성적이라느니, 음악에 대해 쥐뿔도 모르는 것들이 걸레 같은 계집애들 데려다놓고 폼 잡고 앉아 한마디씩 하는 거 보면 있지, 정말 가관이야, 형. 그가 그런 분위기에 반감을 느껴 한 짓인지는 알 수 없었다. 그는 업주에게 스피커에 이상이 생겨 고쳐 와야 되겠다고 말했고, 그의 성실한 태도에 레스토랑 업주는 당연히 고개를 끄덕거렸다. 제이비엘은 비싼 스피커였다. 그는 수리공에게 외양은 똑같으나 내용은 전혀 다른 것으로 스피커를 바꿔달라 주문했다. 대형 제이비엘 스피커는 중고라고 해도 제값을 옹골지게 받을 수 있었다. 겉만 제이비엘이지 속은 싸구려로 내장된 스피커를 레스토랑에 갖다놓고 알짜배기 제이비엘은 중고상에 비싼 값으로 팔아 그는 그 돈으로 최고급 양복을 한 벌 맞춰 입었다. 히힛, 정말 재미있었어. 그는 킬킬거리고 계속 웃으며 말했다. 가짜 스피커인 줄도 모르고 높은 양반이나 교수나 새침 떠는 년들이, 역시 다르다, 역시 제이비엘이야……라고 하면서 지그시 눈을 감는 걸 볼 때는 소름이 끼친다고 했다. 발각되기까지 그는 한 달여, 사람들이 가짜 스피커에 칭송을 아끼지 않는 그 절묘한 해학을 즐기고 있었다. 그가 밤업소 연주자의 길을 때려치운 직접적 동기가 된 사건이었다. 다른 업소에까지 소문이 퍼져 쓸 만한 곳에선 자리를 얻을 수 없게 됐기 때문이다.

웬 기타예요?

아내가 눈을 크게 뜨고 물었다.

그저, 하나 샀어. 틈나면 배우려고.

당신이 기타를 배워요……라고 아내는 혀를 날름해 보였다. 나는 사들고 온 기타를 서재 한 귀퉁이에 세워놓았다.

이것 좀 봐요.

아내가 따라 들어와 서류 같은 걸 쫙 펼쳐 들었다. 전화국에 또 갔었거든요. 국내 전화 기록은 없어졌고요, 이건 문제의 그 전화로 외국과 통화한 기록이에요. 그런데 세상에, 뉴욕, 파리, 시드니, 요하네스버그, 바르셀로나, 아바나…… 하이고오, 생전 첨 듣는 지명도 있다구요. 이래서 요금이 이백오십만 원이나 됐던 거예요. 우대산 그 사람이 어디 외국말이나 해요? 유럽부터 남미까지 오대양 육대주, 세계 곳곳에…… 어린애라서 장난전화를 했다고 할 수도 없고, 무슨 영문인지 원.

카나리아제도는 없어?

내 목소리가 턱없이 높아졌다.

어디요? 카나, 뭐?

아냐. 그냥…… 됐어. 나는 다시 소파에 벌렁 눕고, 눈을 감았다. 그는 무엇을 찾아 떠도는 것일까. 원인 불명의 화재로 어둠침침했던 청계천변 '칼방'이 한줌 재로 사라지고 나서야 그와 나의 사랑도 끝이 났다. 너무도 지치고 쓸쓸해서 불과 오십삼 킬로그램까지 몸무게가 빠진 뒤, 허깨비 같은 몸을 이끌고 내가 고향으로 내려온 게 동숙자 관계의 마지막이었다. 그는 가방을 서울역 대합실까지 들어다주고 우두커니 서 있다가 개찰 시간까지 기다리지 않고 휘적휘적 걸어서 다시 도시의 거리로 돌아갔다. 햇빛이 어찌나 밝은 날이었던지 수수깡처럼 키만 높이 솟은 그의 몸이 쭐렁쭐렁 햇빛에 실려가는 것 같았다.

나는 고향에 내려온 뒤부터 시를 버리고 소설을 썼다.

우리는 민족중흥의 역사적 사명을 띠고 이 땅에 태어났다…… 라고 시작되어 국가와 개인의 일체감을 통해 참된 민주 복지 국가의 꽃을 피우자고 강조한 국민교육헌장이 그해 섣달에 선포됐다. 종로 일대의 사창가가 나비작전이라는 환상적인 작전명으로 소탕된 것도 그 무렵이었고, 전국경제인연합회에서 개악이라는 비난을 무릅쓰고 근로기준법 개정을 건의하고 나선 것도 그해, 1969년이었다.

소설을 쓰긴 했지만, 내 인물들은 번번이 나를 배신했다.

늘 시작만 하고 끝을 맺지 못하는 불구의 글들을 나는 썼다.

자주 카나리아가 죽어나갔고, 그는 스피커를 바꿔치기하며 킬킬거리고 웃었으며, 종로에서 쫓겨난 밤 색시들이 목을 매거나 청계천 천변 부락의 어두운 골목을 기웃거리는 꿈을 나는 자주 꾸었다. 그의 새 명함 한 장을 우편으로 받던 날, 나는 칼바람에 잔뜩 기가 질려 엎드린 텅 빈 읍 거리를 지나서 퇴락한 시골 극장 그 컴컴한 동굴에 앉아 정소영 감독의 영화 〈미워도 다시 한번〉을 보면서 많이 울었다.

그해 겨울은 칼바람이 자주자주 불었다.

여기서 세워주세요.

나는 택시 운전기사에게 말했다. 탁 트인 만경평야를 지나온 훈풍이 뺨에 닿고 있었다. 대지는 아주 부드럽고 따뜻이 열려 있었다. 김제에서 택시를 타고 정확히 십오 분 거리였다. 나는 낯선 마을을 지나 뒤편 언덕으로 올라갔다. 열시에 시작된다는 행사가 열한시가 다 된 지금껏 아직 끝나지 않았는지, 야트막한 언덕배기 송림 사이에서 드문드문 박수 소리가 솟아나왔다. 새벽부터 서둘렀는데도 해는 벌써 중천에 떠 있었다.

마침내 모든 정경이 눈에 들어왔다.

나는 되도록 사람들 눈에 뵈지 않으려고 벙거지를 깊이 눌러쓰고 다가가 소나무 기둥에 은신하듯 서서 그것을 보았다. 송림 사이로 흐드러지게 핀 산꽃들이 화사했다. 고깔을 쓴 풍물패가 보였고, 행사 뒤풀이를 위해 부산하게 진행되는 상차림의 정경도 보였다. 사람들은 예상보다 많지 않았다. 풍상의 때가 잔뜩 내려앉아 골 깊은 얼굴을 한 촌로들이 기웃기웃 모여 있는 가운데, 흰 천으로 둘러쳐진 화강석의 일부가 삐죽 맨살을 드러내고 있었고, 그 뒤쪽의 나무의자에 몇몇 양복쟁이들이 앉아 있었다. 여태껏 일어서서 말하고 있던 사람은 아마 면장인 것 같았다. 박수 소리가 터져나왔고, 면장님의 감동적인 축사를 끝으로 이제 본행사의 하이라이트, 시비 제막의 순서가 되었습니다……라고, 사회자가 말하고 있었다.

그가 앉은 자리에서 일어났다.

어느새 반백의 머리였다. 예전보다 살이 좀더 올라 늙어 뵈긴 했으나, 아직도 귀티의 잔영이 다 가시지 않은 얼굴에 온화한 미소를 가득 담은 그가, 우대산이, 좌우의 양복쟁이들을 권유해 함께 화강석 앞으로 나서고 있었다. 흰 두루마기 차림이었다. 평생 하나의 길을 면면히 지켜온 풍모가 돋보이는 차림새였다. 그들은 곧 화강석을 씌운 천에 달아맨 줄을 더불어 잡고 사회자의 구령 소리에 맞춰 일제히 끌어당겼다. 박수가 또 터졌고, 한순간 흰 천이 좌우로 미끄러져 자르르 흘러내렸다. 기단과 비문은 모두 음각으로 새겨져 있었다. 화강석의 높이를 합치면 거의 삼 미터쯤 되는 풍채 좋은 석비였다. 햇빛이 석비의 미끄러운 맨살에 닿아 눈부시게 미끄럼을 타고 있는 걸 나는 보았다. 그의 눈빛에 아련한 바람이 지나갔다. 그가 시인으로서 연년세세年年歲歲, 이 땅의 한편, 기름진 만경평야에 굳게 박혀 서는 순간이었다.

시비 제막식 소식을 알게 된 것은 바로 어제의 일이었다.

틀림없이 시비란 말이오? 나는 거듭해서 물었다. 대학원이란 대학원을 차례차례 수소문해오다가 이윽고 어떤 특수대학원에 들렀을 때, 직원은 그가 그 대학원 연구생으로 벌써 삼 년째 드나들고 있다고 말해주었다. 그곳에서 알려진 이름 역시 서우빈이었다. 본명은 아니구요, 시인으로 쓰는 필명이 서우빈인 줄 알고 있습니다만……이라고 젊은 직원은 말하면서, 사물함을 뒤적뒤적하더니 초청장 하나를 내게 내밀어주었다. 놀랍게도 초청장엔 남강 서우빈 선생의 시비 제막식…… 그렇게 쓰여 있었다. 이곳이 어딘데요. 내가 물었고, 서우빈 선생 어머니의 고향이라던데요…… 직원은 친절히 설명해주었다. 초청장엔 그가 그동안 출간했다는 세 권이나 되는 시집의 제목도 들어 있었는데, 저녁 내내 시인과 시집 제목을 들먹이며 아는 시인마다 출판사 사장마다 물어봤지만 전혀 모르겠다는 대답뿐이었다. 나는 그래서 새벽같이 출발해, 내가 한 번도 본 적이 없는 그의 어머니 고향이라는 이곳까지 불원천리 찾아 내려온 것이었다.

이제 마지막 순서올습니다.

사회자가 감격한 어조로 말했다.

에 또, 이번 시비에 깊이 아로새겨진 이 시로 말하자면, 최근에 펴낸 남강 서우빈 선생의 세번째 시집에 실려 있는데요, 시집을 여러분들께 다 증정해드릴 것입니다만, 좌우간 이 감동적인 시로 말하자면, 선생이 일찍이 청운의 뜻을 품고 상경해 일부러 밑바닥 삶을 체험하실 때, 그리운 어머님께 바치는 심정으로 처음 쓴 것을 오랜 세월 다듬어 완성한 것으로 우리 문학사에 길이 남을 작품입니다.

사회자의 목소리는 점점 더 카랑카랑해졌다.

눈부신 두루마기를 단아하게 입고 앉은 그는 만감이 교차한다는 듯 눈을 지그시 감고 있었다. 선생의 자당께서는 우리가 아는 바처럼 바로 이곳에서 태어나셨고, 이곳에서 어린 시절을 보내셨습니다……라고 사회자가 말할 때 까치들이 한바탕 송림 안쪽에서 울었다. 까치들까지 축사를 보내는군요. 사회자로선 덕담을 끼워넣었지만 청중의 반응은 없었다. 좌우간, 동료 시인들의 모금운동까지 강력히 마다하시고, 선생께서 직접 사재를 내놓아 바로 이곳에 시비를 세우는 것 또한 어머니에 대한 선생의 효심이 워낙 깊기 때문이라는 걸 말씀드리면서, 선생의 육성으로 직접 시를 듣도록 하겠습니다.

그가 시비 앞으로 천천히 나와 섰다.

무르익은 봄빛은 너무 정갈해서 그의 눈빛에 닿을 때 차라리 슬퍼 보였다. 그는 너무도 슬프고, 그러나 듣는 이의 마음에 충분히 울림이 남을 만한 힘찬 어조로 화강석에 땀땀이 아로새겨진 시를 읽기 시작했다.

어머니,

시의 첫 행은 어머니였다.

어머니,
내 기타는 죄가 많아요.
죄 때문에 오늘밤도 노래할 수 없어요.

나는 그가 육성에 혼을 다 담은 듯이 낭송하는 시를 끝까지 들을 수 없었다. 벌거벗은 채 오물들을 토해내고 있는 청계천변의 칼방, 젊은 내가 끌어안고 있던 어두컴컴한 자의식의 동굴들, 환풍기만한 창 너머 불길처럼 내닫던 봄의 잔인한 섬광, 그리고 그 거리 사이를 위태롭게 오가며 나는 그때 무엇을 꿈꾸고 또 무엇을 썼던가. 시는 아름다운 것만이 아니라고 짐짓 부정하면서, 그러나 깊은 밤 지붕 위에 얹힌 루핑 조각이, 따르르르 따르르르 비명으로 목매다는 소리가 늑골 사이로 화살처럼 꽂혀들어올 때, 읽어줄 사람이 전혀 없는 시를 쓰다가 돌아누울 때, 그 무망했던 연대에, 나는 그러나 나의 순정을 믿고 있었다. 그것은 희망 없는 나날을 살던 내 젊은 날의 놀라운 힘이었다고 나는 회상했다. 생의 중심에 가짜가 아닌, 진짜라고만 불러도 좋을 것들이 오롯이 들어차 빛나게 될 날들을 나는 감히 무엇으로 그때 꿈꾸고 믿었단 말인가.

그것은 내가 쓴 시였다.

그의 시집으로 되어 있는 책 속의 모든 시편들이 그랬다.

모두 1960년대 후반 서울의 침침한 어두운 방들을 떠돌며 내가 대학 노트 세 권에 빼곡히 썼던 시들이 그에 의해서 햇빛 아래로 끌려나와 있었다. '칼방'이 불탈 때 함께 없어진 줄로만 알았던 습작 노트를 그가 나 몰래, 지금까지 보관해오고 있었던가 보았다. 나는 풍물 소리와 함께 사람들이 잔칫상으로 우르르 몰려가는 것을 뒤로하고 조용히 그 마을을 걸어나왔다. 날라리젓대의 청명한 고음이 기름진 만경평야 위로 막힘없이 달려나가고 있었다. 동구 밖까지 나와 뒤돌아보았더니, 아지랑이 사이로 저 멀리, 흰옷 입은 한 사람, 늙은 소나무 아래, 내 쪽을 향해 가만히 서 있는 게 보였다. 나를 보는지 어쩐지도 알 수 없었고, 그가 우대산인지 어쩐지도 구별할 수 없었다.

그는 우대산인가.

나는 차에 오르면서 혼자 중얼거렸다.

아니, 그는…… 우대산인가, 서우빈인가.

그리고 또 화강석에 아로새겨져 영원히 봉안된, 내 기타는 죄가 많아요…… 그 시는 과연 내가 쓴 나의 시인가, 그의 시인가. 아니 우대산의 시인가, 서우빈의 시인가. 시인 서우빈은 대체 어디서 온 누구인가. 진짜, 진짜인가.

一

그해 가장 길었던 하루

—들길 1

1

빽 지르는 풍장 소리가 고샅을 훑고 지나간 것은 아침이었다. 순임이 길어 온 물을 물항아리에 붓고 나서 막 허리를 들어올리는데 그 풍장 소리가 났다. 아래뜸에서 위뜸으로 올라가고 있었다. 까들막거리며 앞장서나가는 꽹과리 소리는 보나마나 강씨네에서 담살이 하는 절름발이가 내고 있을 터였다. 꽹과리를 잘 쳐서 사람들은 그를 '꽹매기'라고 불렀다.

"뭔 놈으 풍장 소리라냐."

어머니가 투가리 깨지는 말본새로 물었다.

부뚜막에 삐뚝하게 앉아서 어머니는 깻묵죽을 젓고 있었다.

깻묵죽이라고 하지만, 뭐 제대로 생겨먹은 깻묵으로 죽을 끓이는 것도 아니었다. 면에서 가진 논의 넓고 좁음에 따라 집집마다 배급해준 그것은, 본래 논에 거름으로 쓰라고 나눠준 콩깻묵이었다. 만주에서 가져온다고 말하는 사람도 있었고, 일본에서 들여온다고 말하는 사람도 있었다. 강경포구엔 일장기를 높다랗게 매단 일본 배가 자주 들어오는데, 일본 배를 직접 보고 돌아온 영순네 큰아버지 째보 아저씨 말로는, 그 배의 키가 하늘에 닿고, 양편으로 어기차게 벌어진 게 거짓말 참말 할 것 없이, 앞 재빼기 들녘만큼 넓더라고 했다. 덴노 헤이카가 우리를 위해 콩깻묵을 보내주는 것이라고 째보 아저씨는 말해주었다.

귀신 씻나락 까먹는 소리 허고 자빠졌네.

어머니는 혼잣말을 하듯 대거리를 했다. 콩깻묵을 내려놓은 일본 배는 콩깻묵 대신 구경하기조차 어려운 쌀가마니를 바리바리 싣고 일본으로 간다는 것이었다. 모지락스럽게 공출로 걷은 볏가마들이 장날마다 둑길로 줄지어 실려나가는 것을 순임은 늘상 보았다. 어머니는 논에다 비료를 주라고 나눠준 콩깻묵을 이틀쯤 물에 담가두었다가 밀기울을 넣고 죽을 끓였다. 누르딩딩한 깻묵죽에선 이상한 기름 냄새 같은 게 나서, 순임은 숟가락질을 할 때마다 콧잔등을 오감스럽게 찡그리곤 했다. 처먹으면서 코쭝배기 찌그러뜨리는 년은 뒈져 귀신이 되믄 코가 없다, 라고 어머니는 어깃장을 놓았다. 코쭝배기 없으면 성은 달걀귀신 되겠네, 잉. 토를 붙이고 항용 나서는 것은 순명이였다.

"엄니, 엄니."

숨넘어가는 소리가 안마당을 가로질러왔다.

어머니 말에 아무런 대꾸 없이 물동이를 이고 정지를 나서려던 순임의 옆구리를 바비쳐들어온 것 역시 순명이였다. 순임과 세 살 터울로 이제 열두 살인데, 매사에 느리고 말수 적은데다가 생긴 것부터 숫되고 펑퍼짐한 순임과 달리, 순명은 재빠르고 야무진데다가 생긴 것 또한 앙당그러진 것이, 한눈에 어기찬 구석이 있어 뵀다. 풍장 소리는 위뜸으로 올라가고 있는 중이었다. 순명이 숨을 새새거리면서 말했다.

"엄니, 나 갈겨. 경성 간당게."

"썩을 년이 무신 자다가 봉창 뜯는 소리를 허고 자빠졌댜. 새똥빠지게, 경성이 워딘데 니깟 년이 거길 간다는 겨?"

"방직 공장 말여. 나도 갈 수 있댜. 영순네 큰아부지가 그렸어."

"째보 그 양반이……"

"갈 사람은 아침 먹고 뒷솔밭 회당으로 뫼랬어. 엄니허고 같이 와야 헌댜. 증말여. 그것 땜새 풍장 치고 허는 거랑게. 방직 공장에서 사람이 왔는디 댕, 댕기를 팔에다 맸단 말여. 그 사람 따라

가기만 허믄 쌀밥에 괴기반찬 배창사구 터지게 먹는댜. 증말로 나 갈겨, 엄니."

순임은 사립문을 나섰다.

이제 막 떠오른 해가 고내곡재 위에 쇳물 뒤집어쓴 맨머리로 떠 있었다. 오늘 역시 오지게 더울 모양이었다. 봄보리조차 채 여물지 않은 늦봄이지만 벌써 며칠째 참숯불 피워놓은 듯한 불볕더위가 이어지고 있었다. 순임은 공연히 가슴이 두근두근해져서 양손으로 빈 물동이의 옆귀를 꽉 붙들어 잡고 짐짓 아창거리며 걸었다. 똬리 위에 한 자 반은 됨직한 물동이를 얹어놓았으나, 물동이 꼭대기가 겨우 고샅 한쪽의 토담 꼭대기와 키 대기를 한 형세였다. 세 살이나 어린 순명이 키가 조만간 자신의 키를 넘볼 것이라고 생각하니 한숨이 나왔다. 미상불 아침마다 십여 번씩이나 물동이를 머리에 이고 동네 우물과 정지를 오가고 있으니, 깻묵죽일망정, 먹은 것이 키로 갈 리 만무했다.

우물가엔 때맞추어 영순네 큰어머니 째보댁이 나와 있었다.

째보댁은 물을 긷는 중이었고, 첫애기를 잃고 나서 더욱더 수척해진 꽹매기 젊은 각시는 보리죽을 끓일 요량인지 겉보리를 씻고 있었고, 유난히 방귀를 잘 뀐다고 해서 똥뀔댁이라고 불리는 분숙이 어머니는 사철나무 그늘에 오종쫑하게 앉아 쌀바가지에서 뉘를 가려내고 있었다. 요즘 같은 보릿고개에 곱삶이라도 그렇지, 보리밥일망정 원 없이 먹을 수 있는 집은 손가락을 꼽을 정도였다. 그런데 싸라기도 아닌 쌀이라니. 은근히 부아가 치밀어올라 있던 째보댁이 두레박줄을 잡아올리다 말고 순임을 보더니 냉큼 오금을 쥐어박듯 말하는 것이었다.

"순임이, 너도 가라, 잉. 너도 가."

철푸덕, 우물물에 떨어지는 두레박 소리가 났다.

풍장 소리는 위뜸을 한 바퀴 돌고 났는지 다시 아래뜸으로 다가오고 있었다. 아래뜸과 위뜸이 만나는 곳에서, 주머니 같은 형국을 하고 서편으로 불쑥 나앉은 뒷솔밭으로 다시 내려올 모양이었다. 우물가에선 탁 트인 벌판과 함께 소나무들이 우뚝우뚝 서 있는 뒷솔밭이 한눈에 바라보였다. 이태 전인가, 솔밭 사잇길로 떠나던 동갑내기 분숙의 뒤꼭지가 순임에게 환히 뵈는 듯했다. 분숙의 큰언니 분순이가 일찍 방직 공장으로 가 자리를 잡고서 분숙이를 불러올린다고들 했다.

"그러엄. 가야 허고말고."

똥뀔댁이 맞장구를 치고 나왔다.

순임은 자신도 몰래 아래위 입술을 모두어 내밀고, 째보댁이 건네는 두레박줄을 힘주어 잡았다. 우물은 웅숭깊어 한낮에 코를 박아봐도 그 속이 들여다보이지 않았다. 여름철엔 서늘하고 겨울엔 따뜻한 김이 서리는 게 근동에서 물맛이 제일간다고들

했다. 가슴팍이 달음박질로 뛰는 것이, 철벙 하고 거꾸로 박힌 두레박을, 순임은 도무지 끌어당길 힘이 나지 않았다.

"내 말에 저년, 조동아리 십 리는 나왔네그려."

"아이구, 이년아. 예서 허구한 날 멀건 풀떼죽으로 살다가 배창사구 접붙으면 워쩔려고 그러냐. 니미 신세도 참 팔자소관이다, 잉. 남정네는 장사헌다는 핑계로 팔도를 떠돌다가 바람같이 와서는 새깽이나 맹글고 가고, 땅뙈기도 없는 살림에 나오는 것이 족족 지집애지, 하이구, 못살어, 나는 순임이 니 나이 때 민며느리로 들어와서, 새깽이 낳던 날에도 피 뽑으러 무논에 들었다, 잉. 줄줄이 딸린 지집애 넷이 모다 구들장 지키고 있으믄, 니미 워찌케 살 것이냐. 방직 공장에 들어가기만 혀봐. 밥이 걱정이냐 옷이 걱정이냐. 그거래도 다 동네 사람 음덕여. 상진네 아부지가 진즉에 방직 공장 들어가 박혔응게 망정이지, 이 들녘까지 워디 차지가 돌아오겄냐. 이참에 독헌 맘 먹고 나서라, 잉. 아, 분숙이 년은 너허고 동갑인디 벌써 공장 간 지 이태째잖여?"

"금방여. 내년이믄 감독이 된댜."

똥꿜댁이 쓱쓱 쌀바가지를 문질렀다.

똥꿜댁네가 딸 셋을 내리닫이로 방직 공장에 보내서, 작년엔 골답 다섯 마지기나 더 샀다는 말을 순임이도 들은 적이 있었다. 분숙이 아버지는 얽빼기인데 사흘을 굶다가 술재강을 얻어먹고 죽을 뻔한 일도 있는 위인이었다. 본시 가진 것 없는데다가, 아둔하기론 젓가락으로 김칫국을 집으려 하고, 싱겁기는 황새 똥구멍이니, 살림이 펼 리가 없었다. 순임이네처럼 딸만 넷을 얻고 아들 하나 얻은 것도 그렇거니와, 몇 년 전만 해도, 그야말로 생쥐 볼가심할 것도 없는 집이 바로 분숙이네였다. 그러나 바로 그 딸들 덕에 요즘의 얽빼기는 광목 바지저고리에 분통 같은 도포까지 해 입고, 일 년이면 몇 차례씩 경성 나들이를 했다.

"분순이는 워찌 산댜?"

째보댁이 슬쩍 심술바가지를 들고 나왔다.

소문에 따르자면 분숙이 큰언니 분순이는 공장 남자와 배가 맞아 애를 낳았는데, 그 바람에 공장에서도 쫓겨났고 남정네마저 훌쩍 떠났다고 했다. 알고 보니 남정네 조강지처가 전라도 부안이라던가, 연년생으로 새끼를 둘이나 두고 시퍼렇게 살아 있더라는 것이었다. 째보댁은 소문을 다 알면서 짐짓 의뭉을 떨고 있었다. 똥꿜댁의 눈이 새치름해졌다.

"우리 분순이 저물녘엔 올 것여."

"지난 설에도 코빼기를 못 봤는디."

"장사 일이 바빠서 그런 겨. 걔가 공장 나와서 공장 앞에 밥집을 냈는디, 아이구, 돈을 갈퀴로 긁는댜. 내일이 지 아부지 귀빠진 날이라고 이따 올 것인게, 워떻게 빼입고 오는지를 봐봐. 걔는 꺼먹 고무신 같은 거, 안 신고 살어. 가죽신 신고 산 게로."

"들었지, 이년아!"

갑자기 째보댁이 순임에게 퉁바리를 놓았다.

"너도 가기만 혔다 허믄, 팔자 확, 피는 겨. 니 엄니 니 동상들 팔자도 피고. 니년이 문을 잘못 열고 나왔응게 니 꼬랑지도 줄줄이 지집애뿐이고, 잉, 그라고 말이 나왔응게 말이다만, 니 키가 난쟁이 좆질이맹키로 생긴 것만 혀도 그려. 허구한 날 아침마닥 어린 게 물 길어 대느라고 키가 클 수가 있어야지. 나 같으면 야, 시키지 않아도 그깟 놈의 물동이 홱 내던지고 단박에 단봇짐 싸겄다."

"싫어유!"

기어코 삐질삐질 눈물이 나왔다.

물동이를 이고 일어섰으나 잘름잘름 물이 키질을 해서 쏟아지니 발걸음 내딛는 게 도무지 허당을 짚는 것 같았다. 우물을 둘러친 사철나무 너머로 보이는 성동벌판이 어릿어릿, 뿌옇게 멀었다. 순명이가 정것간으로 뱌비쳐들어올 때부터, 아니 난데없이 풍장 소리가 고샅을 빽 지르고 지날 때부터 가슴이 방망이질쳐 일어났던 것이, 모두 이런저런 요량 때문이었음을 순임은 비로소 알았다.

못혀. 난 못 가!

불퉁맞게 소리쳐봤자 말은 입속에 있었다.

이십 리 밖 강경포구는 고사하고, 열다섯 살 먹은 이날 입때까지 순임이가 동네를 벗어나본 것은, 지난봄에, 오 리 밖 선돌 부락에 있는 소학교에 이틀 가본 것이 전부였다. 그때도 그렇게 가기 싫은 걸 구장 어른의 언죽번죽한 치렛말에 넘어간 어머니가 부지깽이를 들고 포달지게 쫓는 바람에 순명이 손에 끌려갔던 것인데, 사흘째 되면서는 차라리 어머니 부지깽이에 맞아 죽지, 하면서 빼득빼득 버티었더니 어머니는 보낼 때와 달리, 그려, 새퉁빠지게 지집애가 핵교는 무신, 하고 말았다. 순명이도 가다 말다 한 달쯤 다니다 말았는데, 그나마 배웠다고 걸핏하면 기미가요와 지요니야 지요니…… 야지랑스럽게 목청을 높이곤 했다. 방직 공장에 가면 아침저녁으로 모여 서서 일장기를 쳐다보며 그 노래를 해야 한다는 말을 들은 적이 있었다. 목청이 나오지 않으면 그곳에서도 안경 쓴 소학교 선생 같은 사람이 뒷덜미를 회초리로 후려칠 터였다. 어리뜩한 순임으로선 노랫말을 다 외우기 전에 대나무 회초리로 목이 갈려 죽을 것이었다.

"이 썩을 년이 뭔 지랄을 허고 왔댜."

죽을 퍼 담다 말고 어머니가 말했다.

물동이의 물은, 울면서 찔뚝찔뚝 걸어온 끝이라서 반밖에 남아 있지 않았다. 물 긷는 일이 순전히 순임이 차지가 된 것은 어머니가 애를 배고부터였다. 순임이, 순명이, 순실이, 월자月子까지 딸만 내리닫이로 넷을 낳고 난 어머니로선 뱃속의 아이가 원願의 전부였다. 또 지집애면 무조건으로다가 엎어놓아뻔질 겨, 라고 어머니는, 당신이 딸만 넷을 낳은 것이 순전히 순임이가 처음 길을 잘못 들여놔 그랬다는 듯이, 걸핏하면 순임에게 종주먹을 들이대곤 했다. 허리를 곧추세운 어머니의 배는 물동이를 옆으로 굴려놓은 것처럼 불렀다.

"지미 죽으라고 고사헐 년이지. 아침부터 웬 눈물바람여?"

"어, 엄니."

다짜고짜 달려든 순임의 손이 어머니 몸빼 자락을 와락 붙잡았다.

"아, 이 썩을 년이 시방……"

어머니의 옹골진 주먹이 대뜸 쥐어박혔다.

순명이에게 끄덩이를 붙잡혔는지 어쨌는지, 때맞추어 방안에선 네 살배기 월자가 앵돌아지는 울음소리를 쏟아놓았다. 어머니의 주먹에 아무리 쥐어박혀도 순임은 몸빼 자락을 놓을 수가 없었다. 생초목에 불붙는다고, 어머니 몸빼 자락을 놓쳤다 하면 그 즉시 움씰, 어디 우물 같은 허당으로 주저앉혀져 죽을 것만 같았다.

"글쎄, 웬 지랄병여, 이 썩을 년아."

"엄니…… 나…… 안 가유…… 안 가유……"
겨우 내지른 말은 그것뿐이었다.

2

길을 떠난 것은 한나절이 다 돼서였다. 벌써 여러 해 전 솔가해 마을을 떠난 상진네 아버지가 자전거를 타고 앞장섰고, 째보 아저씨와 쨍매기가 뒤를 따랐으며, 고만고만한 동네 처녀 여남은과 강경역까지 굳이 배웅을 하겠다고 나선 몇몇 어머니들이 사뭇 재게 발걸음을 떼어놓고 있었다. 걸어가는 사람은 나 몰라라, 자기 혼자 자전거에 높이 앉아 흥타령까지 흥얼거리며 앞서가는 상진이 아버지를 쫓아가려면, 다들 발탄강아지같이 걸을 수밖에 없었다. 자전거는 강경 읍내 포목상에서 빌린 것이라고 했다. 자전거 바큇살에 챙강챙강 퉁겨나오는 햇빛이 자꾸 눈을 찔렀다. 강경 읍내까진 휑하게 열린 둑길로 짱짱한 이십 리 길이었다. 위뜸의 동구를 나서면 이내 저수지 수문이 나오고, 그곳에서부터 금강 원류로 이어지는 개천을 따라 활대처럼 휘어져간 이십 리 둑길 오른편은 아슴아슴, 지평선까지 탁 트인 성동벌판으로 이어졌다. 들판 서북 편엔 강경, 논산을 잇고 경성까지 내닫는 호남선 철로가 놓여 있었다.

"아저씨는 기차 많이 타봤남유?"

"암. 싫도록 타봤지."

묻는 건 순명이고 대답하는 쪽은 상진이 아버지였다.

바람 한 점 없었고, 햇빛은 풀 먹인 백목白木같이 까랑까랑했다. 어머니가 싸준 보퉁이를 등허리에 질끈 묶어 맨 순명이는, 직수굿이 입다물고 걷는데도 땀이 질질 흐르는 판에, 상진이 아버지 자전거 뒤를 붙잡고서 사뭇 깡창깡창 뛰고 있었다. 나이가 제일 어리고 키 또한 제일 작은 순명이가 첫째로 앞서가는 것과 달리, 순임은 맨 뒤에 처져 걸었다. 본래 느리기도 하거니와, 마을을 떠나고 벌써 오 리 길은 왔건만 눈물이 마르지 않으니 도통 걸을 수가 없었다.

"기차 타믄 일본도 가남유?"

"바다가 있어 배를 타야 혀."

"바다가 워떤디유?"

"땅 끝 하늘 끝까지 물로 채워져 있는 디가 바다여. 우리 동네 저수지의 천 배 만 배가 된다면 말 다 혔지 뭐. 왜, 일본까지래도 가보고 싶어 그러냐."

"이담에 크면 갈 거유, 세상 끝까지."

옥니를 암팡지게 깨무는 듯한 순명의 말본새였다.

어쩌다 밤에 뒤란으로 나가 멀리 내다보면, 벌판 끝에 아스라하게, 기차가 어둠 속으로 내달리는 게 보였다. 너무 멀어서 기차는 뵈지 않고 불빛만 수평으로 흐르는데, 그 불빛을 내다볼 때마다 순명은 지금처럼 채잡는 말투로, 크면 기차 타고 멀리 가서 부자돼갖고 올 겨, 쫑알쫑알 혼잣소리를 했다. 어린것이 무섬증도 없이, 도시 무엇 때문에 그토록 멀리 가고 싶다는 것인지, 순임으로선 알다가도 모를 일이었다. 평소 벙어리처럼 입다물고 지내는 순임이지만, 순명의 그 말을 듣고 나면, 속이 흔들려 끝내 참지 못하고, 안 되어, 큰일나, 죽을 겨, 했다. 어머니와 떨어져서 어찌 살아갈 수 있단 말인가. 순명이 년이 철없어 그렇지, 낯선 곳으로 가고 말면, 하루도 못 지내고 악귀가 붙잡아다 우물 속으로 처넣거나, 그도 아니면 문둥이들이 배를 갈라 간을 빼먹을 터였다. 하루 열 번 스무 번이 아니라 백 번 천 번 물을 긷더라도 상관없었다. 그까짓 키 좀더 자라지 않으면 어떠랴. 어머니 옆에서 살 수만 있다면야 아무래도 좋다고 순임은 생각했다. 재작년인가 분숙이가 방직 공장으로 떠나며 함께 가자고 했을 때, 죽어라고 사립문 문설주를 붙잡고 버텼던 것도 모두 그런 속내가 있어서였다.

"아, 싸게싸게 좀 와, 순임아."

쨍매기가 뒤를 돌아다보며 말했다.

"원래 저년 울음 밑이 길어."

화답하고 나선 건 영순이 어머니였다.

"이년아, 니미가 아까먹새 송편으로라도 멱따고 죽겄다 설레발치다가 벌렁 나가자빠지는 것, 벌써 잊어뻔졌냐. 니년 고집 센 건 동네방네 다 안다만, 이왕지사 나선 건디, 지발 좀 울음 밑을 씻어라, 잉. 그렇게 처지다가 상진이 아부지 열불이 나갖고, 너는 안 데려가겄다 허믄 워쩔려고 그러는 겨? 니미 생으로다 쥑이지 않으려거든 싸게 와. 니 눈엔 저 앞에 가는 순명이도 안 뵈냐. 순명이 반만 좀 혀라, 잉."

길엔 잡초가 한창 자라나고 있었다.

장날에 장꾼들이 오갈 뿐 평시에 거의 비어 있는 길이었다. 소달구지 바큇자국을 밟아가면 좋으련만 눈물 때문에 바닥이 뵈는 둥 마는 둥 하니까 자꾸 풀섶에 발이 걸렸다. 더구나 뒤축이 찢어진 고무신을 끈으로 동여매고 걸으니, 발을 잘못 내디딜 때마다 뒤꿈치가 고무신 밖으로 삐쭉삐쭉 빠져나갈 수밖에 없었다.

고향집은 자꾸 멀어졌다.

칼 물고 칵 죽어버리겠다고 날뛰질을 하던 어머니의 모습이, 가물가물 멀어지는 고향집 어귀에 그대로 붙박여 뵈는 듯했다. 재작년에 분숙이 따라가라 할 때만 해도 안 간다고 사립문 붙잡고 늘어지자, 그려, 나도 뭐 딸년 팔아먹는 것 같아서 못 보내겄

네, 하고 돌아서던 어머니가 그처럼 날뛰질을 할 줄은 정말 몰랐다. 어머니가 영락없이 실성을 한 것 같았고, 저러다가 정말 어머니가 기함해 죽겠구나 싶어 얼결에 보따리를 받아 안고 떠나온 길인데, 다시 생각하니, 설마 아무려면 죽기야 하려구, 이제라도 달음박질로 한달음에 되돌아가, 엄니, 나유, 끝끝내 못 가겄슈, 어머니 치마끈에 찰거머리같이 목매달고 싶었다.

"이봐유."

누군가 앞서가는 상진이 아버지를 불렀다.

"반이나 왔응게 숨 좀 돌려유."

상진이 아버지가 자전거를 세워놓고 느티나무 그늘로 들어갔다. 고향 마을에서 강경 읍내까지 이어진 이십 리 둑길에 딸려 있는 유일한 마을이 바로 거기였다. 둑으로부터 완만하고 펑퍼짐하게 들녘 바닥으로 내려앉은 경사면에 스무 호쯤이나 될까 말까 한 초가들이 키 대기 하듯이 어깨를 마주대고 모여 있었다. 사람들이 우르르 방앗간 옆의 공동 우물로 몰려 내려갔다.

"비켜. 으른들이 먼저 잡숴야지."

꽹매기가 새 쫓는 것처럼 손짓을 했다.

꽹매기는 곧 물바가지에 가득 물을 담아다가 상진이 아버지에게 바쳤고, 상진이 아버지는 마시는 둥 마는 둥 하고 남은 물을 짐짓 순임이가 퍼대고 앉은 데를 향해 확 쏟아내었다. 모두 우물

가로 몰려갔는데도 혼자 둑가에 앉아 고향집을 바라보고 있는 순임이가 못마땅했던가보았다. 바싹 마른 황토 바람의 물먹은 먼지들이 순임이의 앞자락으로 날아왔다. 쨍매기가 목을 움찔하다 말고 이내 새실거리면서 말했다.

"조년이 본디 소고집에다가 울음 밑이 워낙 길어놔서유."

"그렇게 쟈가 각설이놈 큰딸이지?"

"맞어유. 저기 저놈, 순명이가 둘째딸이구유."

"애비를 안 닮었네, 하나도."

멈출 듯하던 울음 밑이 또 터져나왔다.

아버지를 각설이라고 부르는 게 분하다기보다는 차라리 서러웠다. 아버지를 각설이라고 부르는 것은 아버지가 거지이기 때문이 아니라, 각설이타령을 잘하기 때문이라고 어머니는 일러주었다. 니 아부지 따라갈 만헌 소리가 세상에 읎지, 라고 어머니는 말했다. 암. 지난번 추석날에도, 니 아부지가 북 잡고 소리 헌게로, 왼 동네 사람덜이 모다 나와 둥실 두둥실, 구름 타고 노는 것맹키로 놀지 않더냐. 신명나는 소리도 좋긴 하지만 아버지가 슬픈 노래를 하면 순임은 더더욱 좋았다. 영구 할아버지가 죽었을 때, 상여틀을 붙잡고 부르던 아버지의 향도가香徒歌를 순임은 잊을 수가 없었다. 문전옥답 다 버리고 만당 같은 내 집 두고, 간다 간다 나는 간다, 라는 대목에서 순임은 기어코 눈물을 쏟았다. 순임의 울음 밑이 질기다고 동네방네 소문이 난 것도 따져보면 그때부터였다. 솔밭 사이로 희디흰 앙장仰帳이 펄럭이는 것도 서러웠고, 끝 간 데 없이 드넓은 성동벌판의 된새바람도 서러웠으나, 그중 서럽기로는 아버지의 끊일 듯하다가 솟아나고 솟아났다 하면 곧 내려앉고 마는 향도가 소리가 으뜸이었다. 말뜻이야 모두 풀어 알지 못하나, 소리에 담긴 우물 속같이 깊고 깊은 그 울림이 속속들이, 뼛골까지 파고들었던 것이다. 순임은 그래서 온종일 이 구석 저 구석에 박혀 울었다. 영구 할애비 혼백이 씌웠나벼. 오죽 울었으면 째보댁이 그런 소리를 다 했을까. 어떤 애들은 아버지가 장돌뱅이로 떠돌아다니는 게 아니라 알고 보면 거지꼴 되어 팔도를 떠돈다고 종애곯리지만, 상진이 아버지가 자전거를 탄다고 해서 순사나 면직원이 아니듯, 아버지가 아무리 각설이타령을 구성지게 잘한다고 해도 결단코 거지 노릇을 할 리는 없었다.

"성, 순임이 성!"

순명이가 어깨를 잡고 흔들었다.

"이거 마셔, 잉. 우리 샴물보다 씨원헌게."

우리 샘물이라는 말에 서러움이 더 복받쳤다. 어머니는 지금쯤 우물가에 나와 있을까. 눈물과 땀이 뒤섞인 눈가를 아무리 주먹으로 훔쳐봐도, 고향 마을은 너무도 멀어, 우물가가 어디고 집이 어딘지 따로 떼어 볼 수가 없었다. 집은 집들끼리 붙어 있고 나무는 나무들끼리 접붙어 있는데, 겨우 나눠 볼 수 있는 것이라곤, 옳거니, 저기가 솔밭이구나, 할 뿐이었다. 어머니는 우물가도 아니고 집 뒤란도 아니고, 영락없이 솔밭 끄트머리에 나와 퍼대고 앉아서 햇빛 아래 둑길을 눈길로 더듬어가다가 아릿아릿, 이 동네 키 큰 느티나무에 붙잡혀 있을 것만 같았다. 아버지가 길 떠날 때마다 그랬듯이.

"서엉, 기미가요, 내가 일러줄게."

"……"

"아자씨헌티 물어봤는디, 기미가요 못헌다고 회초리로 때리고 허는 것 아니랴. 공장 가믄 기미가요도 새로 가르쳐준댜. 글씨, 공장 가믄 있잖어, 성하고 한군디 넣어준댔다. 그렇게 성허고 나허고 같이 자는 겨. 맨날 쌀밥 준댜. 광목도 너무 흔혀서 코푸는디 쓴다는디 뭐. 증말여. 멫 번씩이나 물어봤당게. 엄니헌티 광목이랑 이만큼 갖다줄 거여."

순명이가 아무리 다부닐게 굴어도 소용없었다.

어린아이라 데생각해서 그렇지, 그 귀한 광목을 코 풀게 두는 세상이 어디 있단 말인가. 기미가요를 새로 가르쳐준다는 것만 해도 그랬다. 새로 가르쳐준다는 것은 반드시 기미가요를 불러야 한다는 뜻일 터였다. 그렇게 초성 좋은 노래꾼 아버지도 이날 입때까지 단 한 번일망정 기미가요를 부르는 걸 본 적이 없었다. 차라리 침 먹은 지네가 되는 게 낫지, 그런 건 소리도 뭣도 아녀, 라고 아버지가 말하는 걸 들은 적이 있었다. 순명이가 걸핏하면 기미가요, 하는 게 못마땅해서 아버지 혼자 앙세게 중얼거리는 소리를 뒤란에 있던 순임이 들었던 것이었다.

그곳에선 다리를 넘어야 했다.

다리를 넘고 건너편 둑길로 들어서자 더이상 고향 마을이 뵈지 않았다. 한 떼의 무당새들이 둑 아래의 보리밭에서 찌이지크 찌이지크 하고 울다가 빠르르르 빠르르르, 하늘로 날아올랐다. 무당새들이 날아가는 방향에서 강경 읍내가 갑자기 둥 떠올라왔다. 흐르는 아지랑이에 눌려 아직은 윤곽이 어중간해 뵀지만, 네모난 집들이 들쭉날쭉, 혹은 솟고 혹은 길쭉이 퍼져 있는 게, 미상불 생전 처음 보는 큰 동네가 아닐 수 없었다.

"저게 갱갱이江景다. 갱갱이여."

쨍매기가 달뜬 목소리로 말했다.

행여 아버지를 만날까, 하는 생각이 들자 울음 밑이 쑥 빠져 내려앉았다. 천지에 안 가는 데 없다지만 아버지가 주로 머무는 곳이 강경포구라는 걸 순임은 알고 있었다. 니 아부지가 갱갱이 시장에서 담뱃대 장사를 허더라, 하고 장에 다녀온 째보 아저씨가 말한 적이 있었다. 보자기 위에 장죽長竹 몇 개를 펴놓고, 막걸리에 취한 채 벌렁 드러누워 각설이타령을 왜장쳐 부르고 있더라고 했다. 아버지는 기미가요를 좋아하지 않으니까 일본 사람들이 한다는 방직 공장엔 절대로 가지 말라고 할 수도 있었다.

읍내에 다가갈수록 개천 폭은 넓어졌다.

비록 가뭄이 들어 물은 많지 않았으나 금강 원류와 곧 만나게 되는 천변엔 키 큰 갈대들이 무성하게 무리져 솟아 있었고, 종다리, 멧새, 참새, 박새, 오목눈이 할 것 없이, 새떼들이 들고 나며 오두방정을 떨고 있었으며, 몸뚱어리는 까맣고 발은 은회색인 물까마귀 몇 마리는 둑길 위까지 올라와 풀 사이로 부리를 박다 말고, 사람 소리에 고갯짓을 희뜩희뜩 하다가 푸르르륵, 갈대 속으로 파묻혀 들어갔다.

"허이 허이, 허어이!"

소리치고 내닫는 건 순명이였다.

어떤 이들은 발이 부르트고 어떤 이들은 오금이 저려 새떼들이 머리 위로 흐르거나 말거나 직수굿이 걸을 뿐인데, 유독 순명이만은 아직껏 기운이 남아도는지, 새떼를 따라 이리 뛰고 저리 내달리며, 때론 개천 바닥까지 돌팔매를 쏘곤 했다.

"저것이 그 유명한 갱갱이 상업학교다, 잉."

째보 아저씨가 영순이에게 말하고 있었다. 아직도 반 마장은 실하게 남았음직한데 째보 아저씨가 가리키는 상업학교 붉은 건

물은 너무 커서 입이 저절로 벌어졌다. 철로가 상업학교 앞을 가로질러 지나고 있었다. 멀리 지나가는 기차는 보았지만, 개천 위로까지 풍채 좋게 걸려 있는 철다리를 가까이 보는 건 물론 생전 처음 있는 일이었다. 침목 하나하나까지 세세히 뵐 만큼 철다리로 가까워졌을 때, 갑자기 철다리 어귀의 키 큰 잡풀들 너머에서 무슨 소리가 들렸다. 순임은 보퉁이를 죽어라 안고 잔뜩 몸을 오그려뜨렸다. 궁둥이에서 비파 소리 날 만큼, 구르듯이, 맨 앞에서부터 맨 뒤의 순임이에게까지 달려온 순명이가 순임의 팔을 잡고 흔들며 소리쳤다.

"성. 기차여. 기차가 온당게!"

철다리가 부르르 떠는 듯했다.

순명이가 순임의 팔을 놓고 또다시 앞으로 굴러 달음박질칠 때, 천지를 뒤흔드는 소리와 함께 검은 연기를 내뿜으며 기차가 나타났다. 상업학교 운동장 끝을 가로질러 내닫는 기차가 뚜우, 뚜우우, 기적 소리를 두어 차례 악쓰고 쏟아놓았다. 기차 머리에 치받힌 햇빛이 눈구멍이라도 호되게 찌른 것일까. 순임은 자신도 모르게 두 눈을 질끈 감고 둑길의 경사면에 몸을 대고 납작 엎드렸다. 삼경에 만난 액厄이라도 이처럼 무서울 수가 없고, 마른하늘에 벼락이 친다 해도 이처럼 놀랄 수가 없을 터였다. 생살을 찢는 것 같은 기적 소리가 끝나고도 한참 만에야 고개만 빼꼼

들고 눈을 떠보니, 철롯가엔 잡초들만 산들거리며 흔들리고 있을 뿐이었다.

"아이고오, 엄, 엄니……"

한숨을 쉬려는데 한숨 대신 엄니 소리가 나왔다. 나, 죽어도, 죽어도 못 가유, 라는 말이 뒤쫓아 나왔으나 혓바닥이 불탄 북어 껍질처럼 오그라들었는지 어쨌는지, 도무지 말이 입밖으로 나오질 않았다. 어머니가 죽는다면 어머니를 따라 죽고, 어머니가 개구리처럼 태질을 해서 죽인다면 혼자 어머니 발치에 자빠져 죽는 게 낫지, 이대로 떠나 방직 공장으로 갈 수는 없었다. 누르스름한 흰색 배를 내민 저 새를 말똥가리라고 하던가. 커다란 날개를 쫙 펴고 철다리 아래로 곤두박질하듯 날아내리는 새 몇 마리가 눈에 뛰어들어왔다.

햇빛은 여전히 풀 먹인 백목 같았다.

3

우물가로 접어들기 위해 동편으로 꺾어 돌자 그림자가 발 앞으로 앞서가 누웠는데, 제법 길었다. 발바닥이 여기저기 부르터서 한 발 한 발 떼어놓을 때마다 쓰라리고 아픈 게 이만저만이 아니었다. 우물가 사철나무 그늘엔 몇몇 동네 아주머니들이 철퍼덕 주저앉아서 빨래를 하고 있었다.

"얼레, 아까먹새 떠났던 순임이가 웬일여?"

옆집 사는 여산댁이 눈살을 짓고 말했다.

"하이고오, 저년 똥고집, 말도 말어."

손사래를 치면서 두레박줄 잡은 손을 재게 놀리는 것은 강경에서부터 마을까지 내내 앞장서 걸어온 영순이 어머니였다. 강경 역전에다가 영순이를 떼어놓고 오는 것이 서러웠던지, 아니면 끝끝내 몽니라도 부리듯이 따라붙은 순임이가 미웠던지, 영순이 어머니는 짱짱한 이십 리 길을 한 번도 쉬지 않고 내처 걸어온 것이었다. 발이 부르트고 땀에 전 속적삼이 살가죽에 붙어 있기론 순임이나 영순이 어머니나 마찬가지였다. 벌컥벌컥, 우물물을 한참이나 들이마신 영순이 어머니가 두레박을 순임이에게 내던지듯이 건네주었다.

"아따 이년, 낙태한 고양이상 그만허고 물이나 처먹어."

"쯧쯧쯧, 끝끝내 여길 못 뜨고, 어린 게 뙤약볕 밑에서 오고 가고 사십 리 길을 걸었네그랴. 눈구녁은 퉁퉁 붓고 몸뚱이는 새카맣게 쪼그라든 것이 에이구, 애상스러운 것."

"말도 말어."

영순이 어머니가 여산댁 옆에 아예 궁둥이를 붙이고 앉았다.

"조년이 원체 말이 읎고, 어린것이 동상들 봐야지, 물 길어야지, 살림허야지, 그러고도 유난스러운 즈 엄니 지청구는 혼자 다 듣는 게 불쌍혀서, 가라고, 대처에 나가서 팔자 한번 고쳐보라고, 그렇게 종주먹을 들이댔건만, 말로는 다 못혀. 고집 고집, 저런 쇠고집은 보다보다 첨이랑게. 갱갱이 다 갈 때까지 울고, 역전 마당에서는 퍼대고 앉아 울고, 다른 애들보다 좀 못나 뵈도 성미가 무시근혀서 그렇다고만 여겼는디, 아녀, 쇠고집여. 보다보다못헌 상진이 아부지가 날보고 데불고 가라 혔다면 말 다했지 뭐. 그나저나 니 엄니, 속 터져 기함허고 죽는 꼴 또 워떻게 본다냐?"

"즈 엄니, 삯메기 나가고 읎을 틴디."

삯메기 나가고 없다는 말에 발이 떨어졌다.

"남산만헌 배를 허고 삯메기를 나가다니 징상허네, 잉."

영순이 어머니의 마지막 말이 뒤꼭지를 따라왔다. 굳게 다져진 고살 황톳길은 불볕에 달궈져 끓는 무쇠의 소두방 뚜껑 매한가지였다. 찢어진 신발 한 짝은 벗어서 보퉁이에 묶어놨으므로, 물집까지 벌써 터져버린 맨발바닥은 밟을 때마다 단근질을 받는 듯 진저리가 쳐지곤 했다. 네 살배기 월자가 토방 밑에 나자빠져 앙앙거리며 울고 있었고, 셋째 순실이는 외돌아 앉아 어디서 따왔는지 덜 익은 앵두를 아그작아그작 씹고 있었다.

"워째 동상을 울리고 지랄여!"

순실이는 그러나 핀둥이를 먹고도 태연자약했다. 집안도 온통 난장질을 해놔서 엉망진창이었다. 너무도 먼길을 가슴 졸이며 걸은 뒤끝이라서, 다리가 떨리고 눈앞이 회똑회똑했지만 순임은 주저앉아 숨 돌릴 짬도 없었다. 어머니가 돌아와 집안 꼴을 보면 순실이가 무엇보다 요절날 것이기 때문이었다. 한 손으론 연신 툇마루에 나와 있는 반짇고리며, 노오라기며, 달창난 옹망추니 숟가락 따위를 줍고, 또다른 한 손으로, 더더욱 서럽게 울면서 품속으로 달려드는 월자를 추슬러 안았다. 흙을 주워먹었는지 눈물과 콧물로 맥질이 되다시피 한 월자의 입가엔 흙가루가 잔뜩 묻어 있었다.

"우지 마. 성이 밥 끓여줄겨."

보퉁이를 헤집자 주먹밥이 나왔다.

기차를 기다린다고 역전 변소간 뒤꼍 그늘에 앉아 있을 때, 상진이 아버지를 뒤따라온 어떤 아주머니가 함지박에 담아 내온 주먹밥이었다. 아무리 서러워 눈물 마르지 않을망정, 소금물로 쥐어 무친 그까짓 주먹밥 하나쯤이야 울음 새로도 게 눈 감추듯 먹을 수 있지만, 쌀과 보리가 어상반하게 섞인 주먹밥을 받고 보자, 먹고 싶기는커녕, 어머니와 어린 월자가 먼저 떠올라 보퉁이 안에 잽싸게 집어넣은 것이었다. 아침녘에 깻묵죽 한 그릇 먹은 것이야 물론 온데간데없고, 뱃속이 짚불 꺼지듯 내려앉아 배가 등가죽에 붙었으나, 순임은 참고 참았다. 식구들이 쌀알 맛본 것이 언제던가. 경성 가는 기차를 타도 그렇고 안 타도 그렇지, 어머니와 어린 동생들을 두고 구경조차 하기 어려운 쌀밥 덩어리를 두꺼비 파리 채먹듯 하고 말면, 그게 어디 사람 도리냐 생각했다. 주먹밥을 본 월자가 울음을 뚝 끊었고, 순실이는 아예 허기진 강아지가 물개똥에 덤비듯 덤벼들었다.

"안 되어."

순임은 얼른 주먹밥을 쥐고 몸을 돌렸다.

"엄니도 잡숴야 헌게로 물 붓고 끓일 거여. 성이 후딱 끓여서 줄 팅게 쬐메만 지달려."

"물 쬐끔만 붓고 끓여, 성."

순실이가 생침을 삼키면서 정짓간으로 뒤쫓아 들어왔다. 어머니까지 한 대접씩 곡기를 하려면 최소한 물을 세 대접은 부어야 했다. 겉은 땟국물이 잔뜩 묻은 주먹밥을 무쇠솥에 넣고 물을 붓는데, 순실이는 벌써부터 아궁이에 불을 붙인다 어쩐다 새실스럽게 움직이고 있었다.

내가 자알 왔지.

순임은 속으로 생각했다.

자신이 없으면, 사철 남의 집 종살이하듯, 이 집 저 집 허드렛

일 도맡아 하고 다니는 어머니 대신, 누가 있어 어린 순실이, 월자에게 피죽이라도 쑤어 먹이겠느냐 했다. 더구나 어머니는 곧 아이를 또 낳을 것이었다. 언감생심 끼니마다 고기 넣은 미역국은 끓이지 못할망정, 어디서든 보리쌀 됫박이라도 빌려다가 밥하고 국 끓여 올려야 할 것은 순임이 자신밖에 없었다. 어머니 생각을 하면 순명이라도 강경역에 두고 온 것은 잘한 일이다 싶었다. 하나는 대처로 가고, 또하나는 남고, 이렇게 저렇게 따져 아귀 맞춰보면, 어머니도 결국은 자신을 옆에 두는 게 낫다는 걸 곧 알아차리게 될 터였다. 그까짓 것, 어머니한테 끄덩이를 잡히고 옴쌀하도록 모질게 쥐어박힌 거야 어디 한두 번이었던가.

"성, 방직 공장 워찌 안 갔어?"

"느그덜 보고 잡허 안 갔지."

"갱갱이 가서 뭐 봤댜?"

"기차 봤지. 아따, 엄청 큰 그것이, 지네맹키로 시커멓게 하고 달음박질허는디, 성 간이 통째로 떨어질 뻔혔어. 기차가 지나가믄 땅이 막 울려야, 칼 찬 일본 순사덜이, 수백 수천…… 떼로 달음박질허면 아마 그럴까 몰러."

"칼 찬 순사도 많이 본 겨?"

"봤당게."

"무섭지?"

"으응. 그냥 그려……"

세 자매가 땀을 비 오듯 흘리면서도 아궁이 앞을 떠나지 않고 있었다. 뜨거운 불기에 통통 살찐 이들이 순실이 월자 앞섶으로 빨빨거리고 기어나왔다. 뵈는 대로 잡아서 엄지손톱 사이에 넣고 톡, 톡, 눌러 죽이는데 너무 곤해서 막 잠이 쏟아졌다. 어느 집에선가 방정맞게 낮닭이 울고 있었다. 졸음을 못 이기고 부지깽이 붙안은 채로 몇 차례 머리를 끄덕이고 앉았는데, 누가 사립문 부리나케 여는 소리가 나더니, 곧 정짓간에 여산댁이 나타났다.

"순임아, 순임아!"

여산댁은 숨넘어가는 소리를 냈다.

"아이구 이것아, 후딱 뒤란으로 나가서 워디 숨어라, 잉. 니 엄니가 너 왔단 말 듣고 시방 쌔근발딱, 쫓아 들어오고 있응게. 호맹이까지 들고 있어 이것아. 일내기 전에 싸게, 싸게싸게 일어서라, 잉. 얼렁 일어서서, 하여튼지간에, 내빼랑게 그러네."

철버덩하고 가슴이 내려앉았다.

올 것이 왔구나 했지만, 막상 당하고 보니 온몸이 사시나무같이 떨리고 오금이 저려 도무지 앉은 자리에서 일어설 수도 없었다. 기차처럼, 한달음에 내달아온 어머니가 정짓간을 가로막는 여산댁을 홱 밀어낸 것은 다음 순간의 일이었다. 월자가 경기하듯이 자지러지는 울음소리를 낸 것과 어머니의 우악스러운 손아귀에 끄덩이가 잡힌 순임이의 몸이 질질 끌려나와 정짓간 앞으로 내팽개쳐진 것은 거의 동시였다.

"이 썩을 년, 오살할 년!"

어머니의 목소리는 가히 쇳소리였다.

"못 가고 올 것이믄…… 동상도 데불고 올 것이지…… 애새깽이 씻기다 쥑일 년이 이년이지…… 세상에…… 세상에 이 멍청헌 년아, 워찌 어린 동상을 두고 혼자 온단 말이냐. 이…… 이…… 밥통 같은 썩을 년, 이 미련퉁이 맷가마리야…… 그 어린 걸 혼자…… 거기 놔두고…… 성이라는 것이…… 발이 떨어지데?"

우박처럼 부지깽이가 온몸에 떨어졌다.

옆으로 쓰러져 몸을 불에 탄 개가죽같이 오므려 안고 있는데도, 어깨 허리 등짝 할 것 없이, 이 구석 저 구석에서 멍석 두들기는 소리가 나고 있었다. 매도 매거니와, 오갈이 들어 정신이 아득해지는 게 어머니 부지깽이에 오늘 맞아죽는구나 하는데, 그래도 용하게 귓구멍 쑤시고 들어와 속 깊이 박히는 말 한마디는, 그 어린 걸 거기 놔두고…… 성이라는 것이…… 발이 떨어지데, 하는 것이었다. 어머니는 뜻밖에 자신이 돌아온 걸 잡도리하는 게 아니라, 순명이만 놔두고 혼자 돌아온 것을 잡도리하고 있었다.

"그러다…… 어린것 죽이겄어."

여산댁이 한사코 어머니의 허리를 부둥켜안았다.

"지발…… 고정혀. 순임이 엄니, 고정허랑게."

소 씨름하듯 엉켜 있던 여산댁과 어머니가 함께 토방 밑으로 쓰러질 때 누군가 순임의 어깨를 잡아 잽싸게 일으켰다. 영순이 어머니였다. 어머니가 버르적버르적 다시 부지깽이를 들고 일어서는 것을 팔 벌려 막아서면서 영순이 어머니는 연신 순임을 향해 밖으로 도망치라고 턱짓을 했다. 실기죽거리는 걸음새로 순임이 고샅으로 빠져나왔다.

"순임이 울어쌓는 게 안돼 봬서 내가 오자고 한 겨."

영순이 어머니의 목소리가 울 밖으로 들렸다.

"날 봐서라도, 잉, 참어. 아따메, 큰딸년은 살림 밑천 아닝게비. 갸, 집에 읎어봐. 우선 당장 해산바라지 누가 있어 헐 겨? 물은 누가 길어다 먹고? 생각을 혀봐. 차라리 잘된 겨. 아따, 내가 순임이 데려오믄 상 받을 줄 알었는디 웬 날벼락이랴. 한 년은 나가 벌고 한 년은 살림허고, 안성맞춤인 겨. 한 이태만 있으믄 순실이도 보낼 수 있을 거고……"

"우리 순명이…… 그 어린 걸 두고……"

어머니의 마지막 말은 울음에 잠겨 간신히 들렸다.

순임은 비틀거리며 솔밭으로 나왔다. 까막까치들이 소나무 위에 앉아 있다가 홰를 치고 날아올랐다. 땟국 전 치맛단은 어머니 손에 붙잡혀 드르륵 터져 있었고 댕기머리는 산발해 올라갔는데, 물집들이 터져나간 한쪽 발은 맨살갗에 신발도 없었다. 복받치긴 했지만 말라붙었는지 어쨌는지 눈물은 나오지 않았다. 한참을 소나무 밑의 토끼풀밭에 앉아 있으려니까, 비로소 오갈이 좀 풀리면서 고향 마을을 동그라미의 가운데 둔 듯, 멀리 휘돌아져 나간 둑길이 보였다.

아주 길고 긴 낮이었다.

많이 서쪽으로 기울었다곤 하지만 성긴 새털구름 너머에 떠 있는 해는 아직도 그 빛살이 짱짱했다. 정말 깐깐오월의 오후였다. 둑방 끝엔 올 때 갈 때 목을 축였던 신리마을 어귀의 우물 옆 느티나무가 아스라했고, 그 너머 강경 쪽 하늘은 뿌옇게 운무 같은 게 잔뜩 끼어 있었다.

갔다 올 거유, 엄니!

그런 말이, 순임의 목울대를 타고 넘어왔다.

역에서 상진이 아버지와 째보 아저씨가 하는 말을 우연히 들은 바로는, 다른 동네에서 모집한 처자들이 모두 모여야 기차를 탄다고 했다. 상진이 아버지 같은 몇몇 사람들이 근동으로 흩어져 처자들을 데리러 갔나보았다. 순명이가 타고 떠날 기차가 아직 안 왔을 수도 있고, 어떤 다른 마을에서 구한 처자들이 아직 강경까지 당도하지 않을 수도 있었다. 왜 순명이의 생각을 어머니처럼 못했는지, 역시 나는 소 죽은 귀신이구나, 했다. 저 뙤약볕 아래의 먼 둑길을 다시 간다는 게 생각만으로도 죽을 맛이지만, 가다가 쓰러져 죽거나 어머니 부지깽이에 맞아죽거나 매일반이었다. 차라리 순명이를 데리러 가다가 죽는 것이, 혼백이 된다고 해도 원망이 적을 터였다. 어찌 어머니의 속깊은 뜻도 모르고, 순명이나마 떠나게 되었으니 다행이라고 칠푼이처럼 데생각을 할 수 있단 말인가.

이, 이 새, 새대가리……

순임은 제 손으로 이마를 쿡쿡 쥐어박았다.

먼 서편으로 당겨져 흐르는 둑길보다 아예 다리가 놓인 신리마을 느티나무를 겨냥하고 들을 건너 논틀밭틀 따라가면 좀더 빠를 터였다. 들 가운데 학교가 있는 선돌마을이 있으나, 직선으로 내달으면 선돌마을을 오른편에 비켜두고 곧바로 느티나무에 당도할 수 있었다. 터진 치맛단을 여며 질끈 붙잡고, 순임은 솔밭 사잇길을 지나 이내 밭두둑에 자리잡은 상엿집 앞을 스쳐갔다. 강씨네 보리밭에 겉보리가 잔뜩 패어 있었다. 순임은 겉보리를 양손으로 훑어서 앞니로 다빡다빡 까먹으며 걸었다. 한쪽 발은 맨발이었으나, 차라리 질경이며 토끼풀이며 독새풀이 잔뜩 자라고 있는 논두렁길이 훨씬 나았다. 보퉁이를 쌌던 백목 보자기를 얼결에 들고 나온 게 그나마 다행이었다. 물집 터진 자리가 워낙 쓰라렸기 때문에 순임은 보자기로 발을 동여매고 걸었다. 강씨네 보리밭 둔덕을 내려서자 끝 간 데 없이 논이었다. 본래 고향집 부근의 논들은 물둠벙이라서 장마가 오면 하얗게 들물이 차 농사를 망치곤 하는 곳이지만, 봄 가뭄 끝이라서 논바닥조차 물은 째잴째잴했다. 메뚜기들이 순임의 걷는 서슬에 놀라 푸륵푸르륵, 논 가운데로 뛰어들었다. 독새풀 씨와 피 씨를 훑으러 순명이와 함께 선돌마을 너머까지도 가본 일이 있었다. 독새풀 씨나 피 씨를 훑어다가 죽을 끓이면, 맛은 없더라도 오늘 먹은 콩깻묵죽처럼 냄새가 나지 않아 좋았다. 순명이를 데려오면 독새풀 씨와 피 씨를 훑으러 나가기 전까지, 이쪽 들에 나와 메뚜기랑 우렁이도 잡고, 나물도 캘 터였다. 순명이는 들판에만 나오면 만날 한다는 말이, 이르웋게 들판 넓은디, 워째 우리집만 논이 읎어, 하고 이퉁을 부리지만, 순임은 논이야 있든 없든, 봄녘 들 가운데 나오면 공연히 속이 쫙 열리는 듯 마음이 안온해졌다. 아침저녁 샛바람이라도 스리슬슬 불었다 하면, 벼는 벼끼리, 피는 피끼리 부딪쳐 수런대는 소리를 냈고, 토끼풀들은 발랑발랑 까뒤집히기 일쑤였고, 비름, 쇠귀나물, 질경이, 수뤼나물, 쑥부쟁이, 씀바귀, 애기마름, 쇠별꽃, 온갖 먹어도 좋은 풀들은 생긋거리며 다가섰다. 허기가 져도 들에 나오기만 하면 시간 가는 줄 몰랐다. 암팡진 순명이는 메뚜기를 쫓아다니거나 논둑 구멍에 손을 집어넣어 한 자는 됨직한 웅지를 잡아내거나 하고 놀지만, 순임이는 한나절도 안 돼 소쿠리 가득 소나물을 캐 담았다. 안 먹어본 풀이 없었다. 쇠별꽃은 이름이 별처럼 예뻐서 먹어도 좋고 안 먹어도 꿈같이 좋았다. 쇠귀나물은 된장에 무쳐서 먹으니 좋고, 씀바귀는 장아찌를 담가 먹으니 좋고, 쑥부쟁이 오이풀 어린잎들은 전을 부쳐 먹고, 냉이는 국 끓여먹고, 민들레, 지칭개, 질경이, 모싯대잎은 무쳐서도 먹었다. 한번은 미나리 비슷한 풀을 미나리로 알고 생으로 고추장에 찍어 먹고서 죽다 말고 살아난 일도 있었다. 독미나리라고 했다. 들이 풍성하기로는 가을이 물론 으뜸이었다. 나락이 영글기 시작하면 들은 황금색으로 꽉 찼다. 바람이 불면 황금색 물결이 빈자리 한군데 없이 녹진하게 출렁거리고, 새떼들은 연신 뜰먹이면서 날아오르며, 들판 너머 성동벌판 가로질러가는 기차는 아스라이 멀었다. 이상한 일은, 지금 같은 보릿고개의 들녘에 섰을 때, 더 배가 고프다는 사실이었다. 허기만 지는 게 아니라, 뭔지 모르게, 속창아리가 휑뎅그렁 열리는 것 같아 때로 순임은 논두렁에 쭈그려앉아 혼자 소리 죽여 울곤 했다. 이렇게 들판 넓은데 왜 우리집만 논이 없느냐던 순명이의 말이, 속새로 쐐기같이 박혀오는 것도 가을이었다.

지발 순, 순명아. 성이 갈 팅게로 그냥 있어, 잉.

순임은 미끄러지고 넘어지며 걸었다.

논두렁길이 멀리 돌면 벼 포기 사이로 질러서 가고, 도랑이 나오면 아랫도리를 적시고 건넜다. 헌 살강 같아진 발은 너무 얼얼해서 아픈지 어쩐지도 느낄 수가 없었다. 이제는 굳이 어머니 때문이 아니라, 순명이 때문에, 아니 자기 자신 때문에, 반드시 순명이를 데려와야 한다고 생각했다. 생각이라곤 오로지 그것뿐이었다. 이 너른 들판에서 순명이가 없으면 누가 메뚜기를 잡고 움지를 잡고 미꾸라지를 잡겠는가. 자신이 나물을 캐고 순명이가 미꾸라지나 메뚜기를 잡아야 이쪽 귀 저쪽 귀가 딱 맞아 안성맞춤이 될 것이었다. 가다가 쓰러져 죽을 지경이 되더라도 순명이를 만나지 않고선 죽을 수가 없을 것 같았다. 어질병이 나는지 눈앞이 가물가물한데, 그러나 사방 천지에 꽉 차서 손 들까불며 성, 서엉, 하고 불러대는 순명이가 있으니, 발걸음을 종내 멈출 수가 없었다.

쓰스스슥.

물뱀 한 마리가 재빨리 논두렁을 넘어갔다.

4

강경역에 당도했을 땐 해가 기우뚱, 미루나무 밑동 쪽으로 내리박히고 있었다. 순임은 순전히 동냥아치 꼴이 되어 어질병에 걸린 듯 비칠비칠 걸어서 주먹밥을 나눠 받던 변소 뒤편으로 갔는데, 그곳엔 황아장수 두엇이 모로 포개져 낮잠에 빠져 있을 뿐이었다.

"순, 순명아……"

소리보다 참았던 울음이 또 복받쳐나왔다.

역 앞은, 강초시 어른네 바깥마당보다 널따란 공터를 중심으로 상밥집과 술막과 황아전과 대장간과 개고기를 파는 군치리 따위가 다닥다닥 붙어 있고, 서쪽 끝으론 일장기를 높이 올린 지서가 있었다. 역 마당엔 한낮보다 오히려 사람이 많아져서 마치 난장이라도 선 듯했다. 바꿈질을 하러 나온 사람도 여럿 있었고, 바리나무를 실은 소달구지도 있었고, 엄대를 들었다 놨다 하는 마병장수와 땜장이도 있었다. 장사치에 비해 손님이 될 만한 사람은 손가락을 꼽을 정도였다. 순임은 역사 안은 물론 역 마당 곳곳을 절룩이면서 샅샅이 돌았다. 술막과 상밥집을 기웃기웃하는데, 보따리를 싸고 있던 늙수그레한 마병장수가 물었다.

"뉠 찾는디 그릏게 울어쌓냐."

"순, 순명이라고 지 동상인듀, 열, 열두 살 먹었슈. 아까먹새는…… 우리 동네 지지배덜이…… 죄다…… 저짝에 모여 있었는디……"

"경성 방직 공장으로 팔려가는 것덜 말이냐?"

"예, 아자씨……"

그 대목에서 울음이 뚝 그쳤다.

마병장수 아저씨가 지서 쪽으로 턱짓을 했다. 경성 가는 기차를 타고 순명이가 그예 떠났으면, 모질게 맘먹고, 차라리 수문다리에서 치마폭 뒤집어쓴 채 물귀신이라도 되리라 작심하고 있던 터였다. 순명이를 보내고서야 스스로 가슴팍에 대못 하나 실하게 박힐 테니, 무슨 까들막거릴 일이 있다고 시시때때 풀떼죽이나 깻묵죽이라도 숟가락질할 것인가. 철없는 순명이야 삼세끼 밥 주고 돈도 준다는 상진이 아버지 말을 곧이곧대로 믿고 예까지 따라왔다지만, 지난 설에 왔다 간 분숙이 둘째 언니의 분통같이 희고 해골처럼 마른 몰골로 보건대, 삼세끼 밥은 무슨, 미상불 냄새나는 깻묵죽도 못 얻어먹는 푼수다 이거였다. 어른들 말로는 공장 다니다가 폐병인가 뭔가, 암튼 분숙이 둘째 언니는 죽을병에 걸렸다고 했다. 어째서 이런 일들이 이제 와서 생각나는지 모를 일이었다.

"지서 뒤로 가믄 개구녕이 있어야."

마병장수는 눅눅하게 토를 달았다.

"개구녕 지나갖고 쑥 들어가믄 곳간차 몇 개 나올 팅게로, 거그 찾아봐라, 잉. 얼핏 듣자 헝게 뾜 사람덜이 아직 들 모였는갑더라. 감독인가 뭣인가 허는 사람이 그 짝으로다 몰아넣는 걸 내 눈으로 봤다. 행여 한 놈이래도 맘 변혀서 삼십육계 놓을까 허고 수 쓰고 자빠졌더라만……"

마병장수의 뒷말은 귀에 들리지도 않았다.

지서 뒤편으로 나가자 철조망 사이로 붓꽃들이 흐벅지게 피어 있었다. 사금파리에 발이 찔렸는지 철조망 개구멍으로 허리 굽혀 들어가고 보니, 발가락 사이에서 피가 배어나오고 있었다. 곳간차라는 말이 무엇인지 잘 몰랐으나 안에 들자마자, 저것이 곳간차로구나, 대뜸 눈치가 가는 시커먼 것들이 여럿, 잇대어 서 있는 게 보였다.

"순임이 서엉!"

몇 발짝 떼어놓지도 않았는데 순명이 소리가 났다.

곳간차 바닥에 이리 엎어지고 저리 널브러져 잠든 사람들을 얼핏 보았다고 느낀 순간, 또랑한 순명이가 제 언니를 먼저 발견하곤 잽싸게 달려나오는 것이었다. 움 안에서 떡을 받은 것 같아 또 눈물이 나왔다. 순임이가 행여 누가 볼세라 순명이 손을 다잡아 쥐고 다짜고짜 개구멍으로 끌고 나오는데, 기적 소리가 쇳소리로 울리더니 검은 연기를 포악스럽게 내뿜으면서 기차가 역 안으로 쑤욱 들어섰다. 경성에서 내려오는 기차였다. 그렇거나 말거나, 순임은 죽어라 손아귀에 힘을 주고 순명이를 역 마당까지 끌고 나왔다.

"워찌 그려? 워찌 새로 온 겨, 성?"

"집에…… 집에 가아!"

"쬐매만 기다리믄 된댜, 인자."

"집에 가아!"

"째보 아저씨도 이참에 경성 가겄다고 댕기 맨 아저씨허고 술, 술막에 갔는디, 우리덜 보곤 꼼짝 말랬어. 칼 찬 순사가 잡어간다고 혔단 말여!"

"집에…… 집에 가야 헌당게."

"뭔 새퉁빠진 소리여, 시방?"

"엄니가…… 너…… 끌고 오랬어. 안 가믄…… 엄…… 엄니도 죽고…… 나도 고꾸라져 죽어. 우리 식구…… 다 죽는 겨."

악에 바친 순임의 눈에 흰자위만 하얗게 올라왔다.

저물녘까지 온종일 걷고 기다린데다가, 저물녘이 되니까 숨이 죽어 그런지, 아니면 평소 때와 달리 워낙 살똥스럽게 나오는 제 언니의 서슬에 기가 질렸는지, 순명은 다만 소 뒷걸음질치듯이 뻗대고 설 뿐, 뭐라고, 더이상 대거리는 하지 않았다. 기차에서 내린 사람들이 역사 안에서 쏟아져나오자 파장이던 역 마당이 다시 시끌시끌해졌다.

"저거…… 인력거랴, 인력거……"

뻗대던 순명의 눈에 빠짝 생기가 돌았다.

바큇살에 기름이 자르르 흐르는 인력거에 감색 모자까지 위엄 있게 눌러쓴 중년 신사가 막 올라타고 있었다. 잡아끌던 순임이와 뻗대던 순명이 사이의 당길 힘이 잠깐 느슨해졌을 때, 역사 안에서 제복에 칼까지 찬 일본 순사가 나왔다. 순임과 순명은 도둑질이라도 하다가 들킨 것처럼 본능적으로 목을 움츠렸다. 구척이나 됨직한 꺽다리에다가 얼굴 빛깔은 거무튀튀하고 인중에 물사마귀 하나 터억 찍힌 일본 순사는, 아기까지 둘러업었으나 겨우 순임의 키쯤 될까 말까 약삐한 한 여자를 뺏세게 끌고 나오는 중이었다. 몇몇 조무래기들이 우르르 몰려들었다.

"도로보? 도로보?"

어떤 조무래기는 소리쳐 물었다.

하다못해 바리나무를 실은 소달구지 뒤에라도 숨었어야 할 일인데, 그럴 겨를도 없이, 구척장신의 일본 순사가 하필이면 순임의 옆으로 성큼 다가오고 있었다. 철커덕철커덕 하고 옆구리 찬 칼 고리가 칼집에 부딪히는 소리가 났다. 시커먼 기차가 오는 것 같았다.

"앗치 이케, 앗치 이케……"

우렁우렁한 목소리였다.

순임은 코를 맨바닥에 박고서 눈만 가늘게 치뜬 채, 오갈이 잔

뚝 든 옆눈질로 다가드는 순사를 보았다. 금방이라도 머리끄덩이를 움켜쥐면서 이년, 할 것 같았으나 뜻밖에도 가까워지고 있는 순사의 표정은 심드렁했다. 순사에게 끌려가는 키 작은 여자의 눈과 순임의 눈이 딱 맞닥뜨린 것이 그때였다. 얼레, 저게 누구여? 말은 그러나 목젖에 걸려 나오지 않고, 그 대신 몸이 벌떡 들렸다.

"너…… 역시, 순임이구나, 순임이!"

분숙이 큰언니 분순이였다.

아침녘 우물가에서 만난 똥껄댁이 쓰윽쓰윽 문질러 닦던 쌀바가지가 눈앞을 재빨리 스쳐지나갔다. 얽빼기 분숙이 아버지의 귀빠진 날이라서 큰딸이 저물녘엔 올 것이라던 똥껄댁의 말 또한 순임은 잊지 않고 있었다. 갸는 꺼먹 고무신 같은 건 안 신고 살어, 라고 똥껄댁이 말한 대로 정말 분순이 언니는 반주그레한 가죽신을 신고 있었다. 좀 전에 도착한 기차에서 내려 나오다가, 무슨 사단이 났는지, 일본 순사에게 덜미를 잡힌 것 같았다. 분순이 언니가 일본 순사의 끄는 힘에 뒤로 뻗대면서 사정하는 푼수로 뭐라고 말했다. 조선말과 왜말이 마구잡이로 섞여 있어 순임으로선 시시콜콜 알아들을 수가 없었다.

"좃토 맛테…… 나리, 부탁해유……"

이런 식이었다.

보퉁이를 힘들게 머리에 인 분순이 언니의 등에선 어린것이 숨넘어가는 듯, 그러면서 기진한 울음소리를 내고 있었다. 중구난방인 조선말과 왜말을 대강 꿰어보자면 요컨대, 숨넘어가는 듯 울고 있는 어린것 문제였다. 분순이 언니는 사뭇 눈물바람을 하면서, 한 손으론 순임이와 순명을 가리키고, 또다른 손으로 아기를 업어 묶은 포대기 끈을 허리춤에서 허둥지둥 풀고 있었다. 그 바람에 머리에 인 보퉁이가 땅바닥으로 떨어졌는데 잡동사니 밑에서 비쭉이 올라온 것은 하얀 무명천이었다.

"야들이 지 동상이랑게유, 동상유."

분순이 언니는 허둥허둥 설명했다.

"지는 지서로 끌려갈 팅게유, 지발…… 이 어린것은 집으로 보내게 혀주세요. 이러다 어린것 죽겄유. 순, 순임아. 싸게 싸게 돌아서라, 잉. 업고 가. 가서 엄니…… 울 엄니헌티 주고 말혀. 별일 아닌게로 걱정 말라고!"

모든 것이 엉겁결에 일어난 일이었다.

아기를 받아 업고 포대기 끈을 묶으면서 허리를 들었을 땐 이미 분순이 언니는 저만큼 지서 앞까지 가 있었다. 어서 가라고, 분순이 언니는 필사적으로 손짓을 했다. 뒤쫓아가던 조무래기 한 명이 분순이 언니 뒤로 날쌔게 달려들어 얌전하게 내려온 긴 치맛자락을 홱 걷어올렸다. 그 순간, 순임은 분순이 언니의 속고쟁이 위로 살짝 드러난 허리춤에 광목이 친친 둘러매어져 있는 걸 보았다. 언뜻 본 것에 불과할지라도 누르께한 흰빛의 그것이 광목이라는 사실은 의심할 여지가 없었다. 가지고 내려올 광목이 많아 의심받을 것 같아 그중의 일부를 온몸에 친친 두르고 오다가 일본 순사에게 들킨 모양이었다.

얽빼기가 뭐허러 경성을 왔다갔다허간디?

어머니는 볼통하게 말한 적이 있었다. 방직 공장에 가면 광목 쪼가리를 훔쳐내는 게 일이라고 했다. 상진이 아버지는 공장 문간을 지키는 문지기였다. 순임이가 여기저기에서 귀동냥한 것을 한 묶음으로 꿰어보면, 공장 안에서 먹고 자고 하며 공장 문밖으로는 나오지 못하는 직공일지라도 한 달에 한두 번, 혹은 부모의 면회가 있을 때는 잠시 잠시 외출이 허락되는데, 그때마다 가슴과 허리춤과 넓적다리에 공장 안에서 훔친 광목들을 둘러 감고 나온다는 것이었다. 문지기들이 몸을 뒤지니까 그것도 모두 상진이 아버지와 짜고 하는 짓이었다. 광목 한 마를 가지고 나오면 삶은 계란 하나와 맞바꾼다고 했다. 아비 없는 자식을 낳고서 공장에서 쫓겨난 분순이 언니가 한다는 밥집도, 본업은 밥을 파는 게 아니라 직공들이 훔쳐내는 광목을 사고파는 일일 터였다. 어머니는 한바탕 딸 자랑을 하고 나가는 똥꿜댁 뒤통수에 혓바닥을 내밀어 뵈고 나서 덧붙여 말했다.

아나, 고게 워디 잘사는 거냐, 잉.

어머니의 말은 혼잣소리나 다름없었다.

딸년들을 씨릉등 다 도둑년 맹글고, 그 도둑질헌 거 받어다 살믄서도, 쪼쪼허니, 턱주가리 들고 다니는 꼴이, 증말, 사람 말종이 따로 읎당게. 워디 도둑년 맹근 거뿐인감? 큰딸년은 알로 까져서 조강지처 둔 놈 씨 받아 새깽이 낳았지, 둘째년은 실밥 하도 처묵어서 몹쓸 병에 걸렸지, 분숙이 고년도 월매나 성허게 살겄어?

해가 저물고 있었다.

분순이 언니가 순사에게 끌려가는 것을 보고 순명이도 충격을 받았나보았다. 그게 아니면 순임이의 앙칼진 눈빛에 질려, 내가 안 따라가면 언니가 정말 철다리에 목매달아 죽겠구나 하고 생각했는지도 모를 일이었다. 읍내를 빠져나와 상업학교 담장을 지나서 철다리 부근에 당도했을 때, 미루나무 밑동에 내려가 있던 해는 완전히 보이지 않았다. 새털구름은 제 선홍 빛깔에다 조금씩, 그러면서도 빠르게 먹물을 섞고 있었다. 이제 곧 어두워질 것이었다. 온갖 새떼들이 강안의 갈대밭에서 그악스럽게 우짖었다. 앵돌아진 얼굴로 내내 말없이 따라오던 순명이가 갈대밭을 향해 돌팔매질을 했다. 돌팔매는 갈대밭까지 가지도 못하고 둑길의 둔덕에 떨어졌다.

"다음이래도 난 방직 공장 꼭 갈 겨."

혼잣말처럼 하는 순명의 말이 아득히 들렸다.

한 걸음 한 걸음 떼어놓는 것도 도무지 의식이 없었고, 새소리와 순명의 혼잣말도 귓가에 어른댈 뿐 속으로 박혀오지 않았으며, 놀빛 고운 것 또한 이승의 그것이 아닌 듯 아스라하게 멀었다. 종일 굶고서 육십 리 길을 걸었는데 아직도 걸어가야 할 짱짱한 이십 리 둑길이 남아 있었다. 게다가 기운이 쪽 빠졌는지 앙앙거리고 울지도 못하고 간헐적으로 끙끙대는 어린것까지 업었으니, 갈 길이 곧 지옥 길이었다.

그래도 가야 혀.

순임은 꿈인 듯 생시인 듯 생각했다.

눈꺼풀은 자꾸 내려오는데다가 허리는 끊어지고 다리는 떨리며 발은 헌 살강 꼴인지라, 허뚱허뚱, 걷는 품이 꼭 소경 지팡이 잃고 진창길을 걷는 꼴인데, 그래도 감기는 눈 속에 보일 듯 보일 듯한 건 고향집 툇마루와 어머니였다. 신령님이 돌보아 다행히 순명이를 붙잡았으니 무엇을 더 바랄 것인가. 사는 게 워낙 질기고 고단해서 충동적으로 순임이 순명이를 떠나보냈다가, 스스로 후회해 속불이 나서, 만삭의 몸으로 삯메기를 나갔던 어머니로선, 순명이까지 데불고 나면 죽었던 나무에 꽃이 핀 듯할 터였다.

"성, 꽁지따기 허자."

순명이의 말씨가 한결 살가워졌다.

선홍빛이었던 새털구름에 먹물이 듬뿍 섞였다고 느끼자 사위는 이미 어두워졌다. 어두운 하늘 이곳저곳에서 풍, 풍, 풍, 물거품이 올라오듯이 별이 떴다. 서쪽 편의 어둠별은 하늘에 암갈색 놀빛의 잔영이 아직 남아 있는데도 함초롬하고 밝았다.

"말꽁지따기 허잖게로, 성. 내가 먼첨 헐 겨."

"그려. 혀봐, 작것아."

대거리가 간신히 나왔다.

"아이고 배야."

"무신 배?"

"자루 배."

"무신 자루?"

"업 자루."

"무신 업?"

"질, 질 업."

"무…… 무신…… 무신 질?"

"바누질."

"무신…… 무신…… 바…… 눌……"

청바늘이라고, 순임의 말이 떨어지기 무섭게 순명은 토를 달고 나왔다. 무신 청, 딸 청, 무신 딸, 명덕 딸, 무신 명덕, 두리 명덕, 무신 두리, 떡 두리…… 하고 이어질 터였다. 순명은 그러나 제 언니가 너무 지쳐 말대꾸할 힘도 없다는 걸 비로소 간파했는지, 명덕 딸, 해야 할 대목에서 불쑥 순임의 앞을 가로막으며 제 등을 돌려대었다. 아기를 제가 업겠다는 것이었다. 별똥별 하나가 고향집 방향으로 길게 졌고, 샛바람이 강안을 부드럽게 쓸면서 둑방길로 올라왔다. 수런수런 갈대들이 저희들끼리 몸 섞는 소리가 났다.

"괜찮어. 너는 쬐……쬐깐혀서 못 업어."

"월자도 업었는디 워째 못 업어?"

"냅두랑게. 니가, 니가 성이냐, 내가 성이지."

"싫어. 나도 성 되고 싶어!"

별똥별이 또 졌다. 이번엔 논산 방향으로 뻗은 철로 너머로 지는 별똥별이었다. 금강 원류가 그 너머 어디쯤 큰물로 직수굿이 흐르고 있을 터였다. 콩깻묵을 실은, 키가 하늘을 가린다는 일본 배가 행여 들어오고 있을까. 순임은 내일 아침엔 깻묵죽 대신 쇠별꽃잎을 따다 전을 부쳐 순명이에게 먹여야 되겠다고 잠깐 생각했다. 논두렁길로 질러오다가 선돌마을 옆댕이의 수로에 쇠별꽃이 무리져 자라고 있는 것을 보아두었기 때문이다. 자신은 쇠별꽃잎을 따고, 순명은 미꾸라지를 잡고, 그러다보면 아스라한 둑길 저 끝에, 아버지가 새로 산 자전거를 높다랗게 올라타고, 그 바큇살로 아지랑이를 통통 퉁겨내며 돌아올 것만 같았다.

5

비몽사몽 하는데 알싸한 쑥냄새가 났다. 순임은 눈을 뜨지 않고도 발의 물집마다 어머니가 쑥을 찧어 얹어주고 있다는 걸 알았다. 엄니, 라고 부르려고 했지만 말이 나오지도 않았다. 솔밭 어귀까지 나와 앉아 딸을 기다리고 있던 똥뀔댁이 분순이냐, 하는 소리를 어둠 속에서 듣고, 그대로 까무러쳐버린 것이 기억의 마지막이었다. 밤인지 낮인지도 알 수 없었다.

"하마트면 큰일날 뻔혔어."

어머니가 도란도란 말했다.

"세상에…… 징허다 징혀. 글쎄 고 어린 게, 숨통이 왼통 맥혀갖고 다 죽었더랑게. 삼신할매가 돌봐서 죽었다가 살어나긴 혔다만, 사람이 워찌 그렇게 살 것이냐. 아, 니가 업고 온 분순이 그 새깽이 말이여, 하얗게 죽은 애 옷을 벳기고 본 게로, 그 어린 가슴패기에다가도 광목을 똘똘 말아놨더라 그 말이다. 요즘 같은 불볕에, 그룹게 똘똘 말아놨응게, 애새깽이야 쪄죽을밖에. 내가 미쳤지. 아이고오, 신령님 고맙고…… 고맙고…… 고……고마워유……"

누구를 향해 하는 말인지도 알 수 없었다.

억장이 막히는 듯 어머니의 말끝은 까무룩하게 내려앉고, 그 대신 사방에서 개구리가 울기 시작했다. 개구리 저 울음소리 사이로, 솥적다 솥적다 하고 우는 새는 아마 소쩍새일까. 순임은 땅 끝으로 내려앉는 듯이 잠 속으로 내려앉으면서, 오가고 팔십 리 길을 걸은 가장 긴 날의 끄트머리에서, 아무도 몰래 아름다운 꿈 한 자락을 꾸고 있었다. 자신이, 들 가운데 무리진 쇠별꽃이 되어, 순명이, 순실이, 월자에게 골고루 뜯겨, 순명이, 순실이, 월자의 나물 바구니에, 살풋, 얹히는 꿈이었다.

그날 새벽, 어머니가 낳은 아이는 또 딸이었다.

ㅡ

손님
—들길 2

"에구머니."

섶나무 가지를 얼기설기 엮어 짠 사립문 너머에 어둑신한 모습으로 사람이 서 있는 걸 먼저 본 것은, 막 뒷간에 다녀오던 순임이였다. 한뎃뒷간이나 다름없이, 서남간 마당귀로 뚝 떨어져 나앉은 뒷간은, 동남간의 사립문과, 이제 막 가을 배추가 쓰렁쓰렁 익어가고 있는 일자형 터알을 사이에 두고 마주서 있는 꼴이었다. 사립문 너머의 검은 그림자를 뒷간에 다녀오던 순임이가 먼저 본 것도 그 때문이었다. 부춛돌을 찾아 앉을 새도 없이 잿더미 끝자락에다 오줌을 갈긴 순임이는, 컴컴한 뒷간 귀신이 갈퀴 같은 손으로 뒷덜미라도 움켜잡을 것 같은 기세를 느끼고, 고쟁이를 채 여미지도 못한 채 사뭇 앉은뱅이 걸음새로 어기적어기적 나오다가 그 검은 그림자를 발견하고 넉장거리라도 할 듯, 옴찔 주저앉은 것이었다. 툇마루에 앉아 네 살배기 동생 월자에게 실뜨기를 가르치고 있던 순명이의 눈정기가 자연 사립문께로 날아갔다. 툇마루에서 볼 때 사립문은 비스듬히 바라보이는데다 고샅이 벌써 어둑하니, 고샅을 등짐지고 서 있는 사람의 얼굴이야 제대로 보일 리 만무했다. 한눈에 보아 엄장인 것이, 큰 키에 삿갓 같은 걸 쓰고 있는 품으로 보아, 아버지가 아닌 건 확실했다.

"거기, 누구래유?"

본래 뱅충맞다 싶을 만큼 겁도 많고 느려터진 순임이를 앞질러 댕돌같은 순명이가 말했다. 서쪽 울타리 너머, 휑하니 빈 강경벌판을 지나쳐온 찬바람이 사립문을 가볍게 흔들고 지나갔다. 검은 그림자는 대답 대신 한차례 흠 하고 헛기침을 했다.

"얼레, 말도 읎이, 침 먹은 지네여 뭐여."

순명이의 말본새가 이쯤, 어기뚱하게 나갔다.

까마득한 새털구름 끝에 암갈색 놀이 살풋 얹혀 있긴 하지만, 어둠은 벌써 마당 가운데에도 수월수월 다 풀려 있었다. 아버지가 왔다면 진즉에 왔을 것이었다. 뒤란의 때죽나무에까지 내려와 앉은 까치 두 마리가 새벽부터 까랑까랑한 목소리로 우짖지 않았다면야, 아버지 길 떠난 지가 두 이레를 넘겼다 해도, 그리

온종일 기다리진 않았을 터였다. 까마귀를 쫓을 양으로 부엌 뒷문 격인 가마니때기를 걷어올리려는 순명이의 뒤꼭지를 채잡듯해서 주저앉힌 어머니가, 손님 올랑갑다…… 무심한 척 한마디 했던 아침에, 눈치라면 능히 절간에 가서도 새우젓 얻어먹고 남을 순명이의 눈앞에, 대뜸 아버지가 떠올랐다. 길어야 이레 안에 한 번쯤은 다녀가게 마련인 아버지가, 이번엔 두 이레 되고도 코빼기를 비치지 않았다는 걸 순명은 그제야 알았다. 아버지를 기다리는 어머니의 깊은 속내가, 이를테면 까치를 새벽부터 불러다가 때죽나무 가까운 가지에 앉혀놓았다 이거였다. 여산댁네로 일 나갔던 어머니가, 점심때는 물론이고 시도 때도 없이 사립문 열고 들어와 휙 사팔뜨기 눈뜨듯 둘러보고, 별일 읎냐, 꼬창 단지 덮었냐…… 어쩌고, 마치 콩밭에서 두부 찾는 형국으로 서대다가 가곤 했던 것도, 어머니 속을 버선목처럼 뒤집어보건대, 시초는 다 그놈의 아침 까치였다. 일이 그러한데, 기다리는 아버지는 감감무소식이고, 다 저물녘, 사립문 막아선 채 헛기침이나 대뜸 메다붙이면서, 이리 오너라, 얌통머리 없이 서 있는 저 화상은 대체 누구란 말인가.

순명이가 불퉁스럽게 토방으로 내려섰다.

다시 되물어도 화답이 없으니, 목마른 사람이 샘 판다고, 마당을 쪼르르르 가로질러가 사립문 홱 열어젖히고, 그 얌통머리 없는 낯짝을, 눈총 쏘아 확인할 요량이었다. 때마침 실뜨기 실은 어린 월자의 양손 엄지와 검지에 걸쳐져 있었고, 순명이의 손가락 하나도 실의 세모 구멍에 거꾸로 박혀 있던 참이어서, 토방으로 내려선다는 것이 그만, 실의 한쪽을 끊어먹고 말았다. 월자가 단번에 웽 하는, 기차 화통 삶아먹은 소리를 냈고, 그 서슬에 아랫방 문이 문틀에서 빠져나오더니 제 볼통한 심사를 이기지 못하고 흙벽에 가 탁 부딪쳤다.

"워째 또 지랄들이냐?"

어머니 고내곡댁의 얼굴이 쑥 안방 문밖으로 나왔다.

고내곡댁 또한 새벽 까치가 헛울음을 울었던 것이구나 해서, 심사가 뒤틀릴 대로 뒤틀려 있던 판이었다. 뒷간에 다녀오겠다는 순임이 대신 아홉 살짜리 순실이한테 남편의 백목 바지 끝자락을 들려 숯불 다림질을 하고 있던 고내곡댁은, 불거진 광대뼈와 오지게 솟아난 콧날에 등잔불을 거꾸로 받고 있어, 투가리 깨뜨리는 그 말소리의 서슬이 아닐지라도, 금방 숯불 다리미를 마당으로 내던질 기세였다.

"누가 왔슈, 엄니."

"잉, 누가 와, 이 밤중에?"

고내곡댁이 숯불 다리미를 얼른 내려놓았다.

"아부지는 아녀!"

쇠뿔도 단김에 빼랬다고, 기대감이 배어들며 쑥 내려앉는 어머니의 말에, 순명은 야멸차게 오금을 박았다. 그사이 가재걸음을 하고 다가온 순임이가 순명의 뒤로 숨듯이, 앙가조촘 섰다.

"썩을 년아, 그럼 후딱 나가봐."

고내곡댁이 금방 다시 쇳소리를 냈다.

새털구름 끝에 어리어 있던 암갈색 놀의 남은 빛도 스러지고, 컴컴한 사립문 너머로 어느덧, 퐁퐁퐁, 별들이 뜨고 있었다. 순명이가 찢어진 검정 고무신을 꿰신은 것과 사립문이 흙바닥에 끌리면서 일쭉얄쭉, 앞으로 밀려나온 것은 거의 동시였다. 지난 여름이던가, 아버지가 강경포구 아랫장터 황아전에서 구해왔다는 구리 방울 한 쌍이 사립문 한쪽에 매달려 있었다. 방울은 밀려나오는 사립문이 거들먹거리는 것에 따라 별이 뜨듯 아주 고운 소리를 냈다.

"나유, 구름뜰 홍서방……"

검은 그림자가 우렁우렁, 마당을 지나왔다.

툇마루로 나서던 어머니 고내곡댁의 발끝에 반짇고리가 채인 것은 검은 그림자가 마당을 반 이상 지나온 다음이었다. 실뜨기하려고, 실패를 찾느라 꺼내온 반짇고리를 툇마루 가운데 그냥 놔두었던 것이 화근이었다.

"워떤 오살할 것이 요걸 예 갖다놨댜."

마당을 다 지나쳐온 검은 그림자가 등에 멨던 바랑을 풀어 막 툇마루에 내려놓으려는 순간, 하필이면 그 바랑이 앉을 자리에 반짇고리를 메다붙인 것은, 부아통이 터져 우발적으로 그리된 일이 아니라, 어머니가 십분 맘먹은 요량대로 한 짓이라는 걸, 순명이는 단박에 알아차렸다. 삿갓에 승복을 걸치고 지팡이까지 든 검은 그림자는 바로 고내곡재 너머, 어머니 친정 동네에서 살고 있는 둘째 이모부였다. 다녀간 지 불과 서너 이레나 됐을까. 사실은 중도 아니면서, 중 복색을 하고 시주나 받으러 탁발을 돌고 있는 둘째 이모부는, 나뒹구는 반짇고리의 서슬에 멈칫했다가, 뻔뻔하기로 치면 본래부터 양푼 밑구멍이라, 엎드러진 반짇고리를 바로 앉혀놓고는 털썩, 바랑과 함께 마루 끝에 걸터앉았다.

"이모부님 오셨슈."

눈치도 없이 어연번듯하게 순실이가 인사를 했다.

"아이고오, 우리 순실이 그새 많이 컸네, 잉."

"저번에 오고 한 달도 안 됐는디 많이 크긴 무신 많이 컸다고……"

"아따, 고, 고 순명이 넌, 말소리 하나는 아즉도 빤빤허네."

엄장인 둘째 이모부의 솥뚜껑 같은 손이 번주그레, 머리를 쓰다듬자고 뻗어오는 걸 잽싸게 피해 나오는데, 사립문 너머로 슬몃 달이 떠올랐다. 때맞추어 귀뚜라미인지 여치인지, 밤의 숨탄 것들이 뒤란 때죽나무 근처에서부터 일제히 울기 시작했다.

"찬밥덩이래도 있으면 한술 주슈."

새 바지에 똥 싸는 푼수로 둘째 이모부가 넉살 좋게 말했다. 아이구, 내 팔자야…… 하면서 어머니가 질펀하게 주저앉아 마룻장을 치고 나오지 않은 것만 해도 다행이라면 다행이었다. 토방으로 내려서던 어머니가 마당에 패앵 코를 풀고 나서, 빙퉁그러지는 소리로 대거리를 놓았다.

"찬밥이 워딨슈, 이 숭년에. 피죽도 먹네 마네 허는 참인디."

"아따, 처형도 참, 서릿김 내릴 때 다 되얐는디 웬 피죽유. 이 동네에선 나락 베고 나서 피농사 새로 허는감?"

잠들어 있던 갓난것이 그때 앵돌아지는 울음소리를 냈다.

"뭐 하고 서 있어, 이년이. 후딱 가서 애 보잖고!"

어머니는 순임이 뒤꼭지를 호되게 쥐어박았다.

언제부터 둘째 이모부가 헛것으로 중질을 시작했는지 순명은 잘 알지 못했다. 업히고 걸으며, 어머니 괴춤에 매달려 까마득한 고내곡재를 넘어 외갓집을 자주 오가던 시절만 해도, 순명의 기억 속에서, 둘째 이모부는 다림질 잘된 광목 바지저고리에 물색 조끼를 입고 있었다. 볼 가운데로 곱게 얽은 손티가 좀 있었지만 보기 흉한 얽빼기도 아니었고, 산골 숯쟁이답지 않게 얼굴색이 희고 깨끗한데다가, 응달 수숫대처럼 키만 훤칠하게 컸지, 허리짬이나 손회목 같은 데는 잘록 파인 게, 지필묵 갖춰서 정좌하고 있으면 영락없이 서생으로 뵐 상이었다. 그 시절의 얼굴이 지금처럼 병색이 나는 거무튀튀한 것이 되고, 두 볼이 합죽하게 패어 들어간 대신 손티 자국이 더 거칠어진데다가, 잔주름이 턱없이 늘어나 물크러진 것은, 미상불 일본 주재소에 끌려가 뭇매를 맞고 두 달인가, 석 달인가, 감옥소에 다녀온 다음부터일 터였다. 숯가마를 갖고 있던 둘째 이모부가 주재소에 끌려간 죄는 나무를 함부로 베었기 때문이라 했다. 드넓은 벌판과 마주보고 있는 순명이 동네와는 달리, 외갓집 동네 구름뜰雲坪은, 이름 그대로 구름이라도 쉬어갈 듯 좁은 산협에 낀 산골이었다. 골답은 고사하고 산비탈을 일궈 만든 생논이나 산밭도 손바닥만하니, 자연 약초를 캐거나 숯을 굽거나 누에를 쳐서 살았다. 어머니는 그래도 늘 들동네라야 당나귀 귀 치레 하기지, 지금 사는 곳보다 친정집이 있는 구름뜰에서 살 때가 훨씬 풍족했다고 말하곤 했다. 신언서판身言書判을 두루 갖춘 큰외삼촌이 징용 나갔다가 뼛골로 돌아온 것이 어머니에겐 자나 깨나 한이었다. 그깟 놈덜, 우리 오라버니만 살았어봐……라고 어머니는, 억울한 꼴만 당하고 나면 대님 끈 머리에 질끈 동여매고 혼잣소리를 하는 것이었다. 둘째 이모부가 감옥소를 간 것만 해도 큰외삼촌이 없기 때문이라고 했다. 어머니가 친정 동네 나들이를 끊다시피 한 것도,

아귀 맞춰 생각해보면, 큰외삼촌이 뼛골 되어 돌아온 다음부터였다.

"엄니, 불 땔까?"

아궁이 앞에 앉은 순명이가 물었다.

거칠거칠한 보리쌀을 한 홉이나 될 둥 말 둥 썩썩 씻어서 솥에 안치고 난 어머니는 잠시 살강 한쪽에 올려놓은 키 작은 단지 앞에서 머뭇거리고 있었다. 부대 자루를 넣어둔 그 단지는 임시로 쓰는 일종의 뒤주였다. 무논 닷 마지기를 농사지은 나락이야 진즉에 베어내고 훑었지만, 아직 마당 한 귀퉁이 벼 퉁가리 속에 들었으니, 아이들 손 닿기 어려운 살강 귀의 단지 속 쌀은 보나마나 바닥을 가릴 정도였다. 아버지를 위해 아껴오던 쌀을 그놈의 까치 소리에 속아 행여 저물녘에라도 돌아올까, 저녁밥 지으며 과하게 쓰고 난 끝이니 더욱 그러했다. 어머니는 지금 솥에 안친 보리에 쌀을 얼만큼 씻어 보탤 것인지, 아니 쌀을 넣긴 넣을 것인지, 그걸 망설이고 있었다.

"갱갱이까지 다녀오는 길인디."

마루 끝에 걸터앉은 둘째 이모부가 말했다.

"옥녀봉 아래, 그 뭣이냐, 서편 부둣가로 일본 배가 닿는디 아따, 그 풍채가 옥녀봉 저리 가라여. 일본 사람덜, 배를 맹글어도 그롷게 맹글어뻐려. 일본으로 쌀가마니 실어 내갈라고 왔는

게벼. 쌀가마니 멘 장정들이 이 구석 저 구석에서 배로 올라타는디도 끄덕읎더랑게. 좋은 아끼바리쌀은 죄다 일본으로 가져가니 부처님한테 공양헐 것이 있어야지, 원. 참, 성님은 요새 뭐헌대유? 그런 디 붙어서 일본 것덜 지전이래도 팍팍 땡겨오잖고."

"그러는 이녁은 뭐허고 댕기간디?"

어머니가 쌀단지를 등지고 홱 돌아섰다.

온종일 배곯고 먼길 오가느라 지칠 대로 지쳐, 아예 파렴치로다 한 끼 입막음이라도 하려면, 짚불 꺼지듯 납작 엎드려 있는 것이 좋으련만, 둘째 이모부는 된소리 선소리 할 것 없이, 부엌 옆으로 바짝 붙어앉아, 그것이 제사상 다리 치는 일인지도 모르고, 싸라기밥 먹은 소리를 계속하고 있었다. 그 바람에 짚불이 타고 있는 아궁이 위의 무쇠솥에서 끓고 있는 건 아예 보리곱삶이였다.

"배추 속엣것이나 쬐매 따와라잉!"

어머니가 소쿠리 하나를 들려주었다.

지난 5월에 낳은 갓난쟁이 딸고마니는 순임이 등에 업혀 있는데도 여태껏 칭얼대고 있었다. 또 딸이라고 하도 구박을 해서 그런지, 아니면 어머니 젖이 모자라 근근이 암죽을 쑤어 먹여서 그런지, 빼빼 마른 것이 걸핏하면 경기로 죽어 자빠지기 일쑤였고, 암죽을 먹이고 나면 한나절도 못 가 물똥을 지려놓는 게 다반사였다. 터앝을 향해 마당을 건너가려는데 순실이가 쪼르르르, 뒤 쫓아왔다. 그새 서너 자나 됨직하게 솟아오른 달은, 쥐어박힌 것처럼 한쪽 귀퉁이가 쭈그러져 있었지만, 환하고 맑았다. 뒤틀린 심사로 보리곱삶이를 하고 있긴 했으나 속정이 많은 어머니로선 마음이 편하지 못할 것이었다. 김장배추도, 행여 딸들의 손을 탈까, 터앝 고랑 근처만 가도 꾹뒤 누르는 쇳소리를 내곤 했던 어머니가 배추 속잎을 따오라는 것도 그랬다. 어느 편이냐 하면, 어머니의 성미는 본래부터 겉과 속이 너무도 달라서, 겉으로는 매몰차고 입바른 말로 누구에게든 모질다는 소리를 듣지만 속정은 남달리 깊고 뜨거워서, 참말로 마음이 동하면 제 살을 깎아줄 사람이었다. 하다못해 거지가 와도 입으로는 온갖 험한 말로 악다구니를 쓰기 일쑤지만, 생쥐 볼가심할 것도 없는 살림일망정, 맨손으로 보내는 법이 없었다. 아마도 배추 속잎이나마 새로 따서 된장하고 짝 맞춰 상을 보아, 쌀밥 두고도 보리곱삶이 내놓는 당신 아픈 속을 다독거리자는 뜻일 터였다. 배추 속잎 뜯는 소리가 순실이 손끝에서 났다.

"막 따지 말고 하나씩 따, 이룧게."

"엄니는 워째 새 밥 헌댜, 성. 아부지 쌀밥……"

워낙 잽싸게 입을 막아서 그렇지, 하마터면 순실이 입에서 아버지의 쌀밥 얘기가 끝까지 모두 나올 뻔했다. 둘째 이모부는 순실이 말을 들었는지 안 들었는지, 부엌 쪽에 대고 딴소리를 하고 있었다. 저녁밥 할 때까지만 해도 어머니는 새벽에 우짖던 까치 소리에 잔뜩 기대를 갖고 있는 눈치였다. 그렇지 않고서야 두 홉은 실히 되는 쌀을 보리에 얹어 밥을 안칠 리가 없었다. 부뚜막에 나와 앉은 순실이 월자가 생침을 삼키거나 말거나, 어머니는 아버지를 위해 따로, 보리가 거의 섞이지 않게 쌀알 있는 데로만 밥을 퍼서 고봉으로 담았던 것이었다. 그 투구 같은 쌀밥 한 그릇이 지금 작은 솥단지 한가운데 놓여 있는데, 눈치 없이 순실이가 그것에 토를 달고 나왔다.

"암말 말어. 그건 아부지 거여, 이 바보야."

귀엣말로 오금을 박고서야 입 막은 손을 놓았다.

밥상이라고 해봤자 겨우 꽁보리밥과 곰삭은 새우젓에, 허여멀건한 무김치와 된장, 소쿠리에 담긴 배추 속잎이 전부였다. 들동네로 탁발 나올 때 들르기 때문에, 둘째 이모부는 매양 날이 까무룩 저물녘에야 사립문을 열고 들어와 어머니로 하여금 오늘처럼 새 밥상을 차리게 했다. 보릿고개를 넘길 땐 겨우 피죽을 쑤어준 적도 있었고, 지난봄엔 논에 거름으로 쓰라고 면사무소에서 나눠준 기름 먹은 콩깻묵죽을 끓여낸 적도 있었다. 뻔뻔하기로 양푼 밑구멍이라고 하나, 둘째 이모부는 최소한 음식 타박은 하지 않았다. 피죽이든 깻묵죽이든 간에, 그저 적은 것이 한이라는 듯 사발 밑바닥까지 박박 긁으며 언제나 맛있게 먹었다. 어머니 말로는 새우젓이 있어서 그렇다고 했다. 강경포구가 가까운 데다가 대처로 나도는 아버지가 있어서, 비록 서발 막대 거칠 것 없이 가난해도, 새우젓 한 가지는 밥상에서 떠나는 법이 없었는데, 그것도 생선이라고, 산골 숯쟁이 출신인 둘째 이모부는 그 비린내맛에 피죽조차 꿀같이 목구멍을 넘긴다는 것이었다.

밥상은 애기 업은 순임이가 들었다.

어머니 고내곡댁은 부뚜막에 펑퍼짐하게 앉아서 툇마루로 뚫린 쪽문을 통해 양반다리로 밥상을 받고 있는 둘째 이모부를 힐끔 바라보았다. 둘째 이모부가 자고 갈 요량인지, 밥만 게눈 감추듯 해치우고 밤길 도와 구름뜰로 돌아갈 요량인지, 그걸 생각하는 눈치였다. 둘째 이모부가 자고 가는 일은 드물었지만, 탁발이 시원찮아 바랑이 비어 있을 때는, 다음날 또 들동네를 돌 요량으로, 순명이 순실이가 나란히 눕기에도 비좁은, 온갖 잡동사니가 쌓인 윗방으로 찌럭소 소나무에 덤비듯 밀고 들어오기 때문이었다. 아마도 어머니는 그것만은 막아보자고 생각했던가보았다. 순임이가 밥상을 막 내려놓고 일어서는데 어머니가 이죽거리는 말본새로 한마디 콕, 살을 쏘았다.

"비렁뱅이 신세에 워째 맨날 밥은 못 얻어먹고 다닌댜."

"비렁뱅이라니?"

숟가락을 들다 말고 둘째 이모부가 와락 눈살을 찌푸렸다. 아무리 파렴치하다 한들 처형한테 듣는 비렁뱅이 소리만은 너무하다 싶은 것 같았다. 어머니로선 그러나 이왕지사 내친걸음, 뒷걸음질쳐 물러날 수도 없었다.

“아, 입은 비뚤어졌어도 말이사 뭐, 바른 말이지.”

“우리가 워떤 사이유, 처형. 동갑내기로 동네에서 같이 컸다곤 허나 이 몸이 그려도 처형의 제랑이고 대장부인디, 애들 앞에서 헐 말 못헐 말이 있지, 호박잎에 청개구락지 뛰어오르듯, 비렁뱅이라니, 그룹게 말허면 야들이 뭣이 돼유? 비렁뱅이 조카가 되지 않남유?”

“아따 뭐, 야들은 모를 줄 아는게비. 워디 야들뿐인감. 이녁이 가짜 중인 건 온 동네 사람덜이 다 아는 일여. 똥 뀐 사람이 외려 골낸다드니 영락읎이 그짝이네. 차라리 비렁뱅이가 더 낫어유. 염불도 제대로 헐 줄 모르고 순전히 가짜로다가 지어내서, 모가 사바하 어쩌구. 하이구우 참, 내가 남세스러워 못살어. 숯쟁들이사 그 염불에 깜박 속아넘어갈지 몰라도 여기 들동네 사람덜은 달러. 잡어 약 헐래도 읎을 것이구먼. 그 야바위짓에 속아넘어갈 천둥벌거숭이가 워딨다고.”

“말…… 다 혔슈?”

“워째, 못헐 말 혔남? 말이 나왔응게 말인디, 우리 오라버니가 징용 나간 것도 따져보면 누구 땜인디? 성님 똑똑헌게 나라님도 구제 못헌 가난, 가랑잎으로다가 똥 싸먹고 앉았지만 말고, 이룽게 저룽게 혀보라, 허구한 날 종주먹 들이댄 사람이 뉜지, 딴 사람덜은 몰러도 나는 알어. 왼갖 말로 슬까슬다가 자기는 뭐, 고내곡재 넘다 혼자 되돌아왔음서……"

"아, 말이면 다여, 시방."

둘째 이모부가 밥상을 손바닥으로 탁 쳤다.

시글시글 잠에 빠져들던 딸고마니와 월자가 이모부의 상 치는 소리에 앵돌아지는 울음소리를 냈다. 그렇게 검센 둘째 이모부의 눈빛을 보는 건 처음이었다. 금방이라도 밥상을 들어 어머니 고내곡댁을 향해 벌꺽, 내던질 기세였다. 한번 어긋났다 하면 말솜씨야 데퉁맞기 한없는 어머니지만, 원래 속은 심약한지라, 둘째 이모부의 서슬에 겁이 잔뜩 난 어머니가 부엌 안쪽 어둠 속으로 쏙 들어가 박히면서, 그렇다고 금방 오사바사해질 수도 없는 노릇이라, 잔뜩 기어들어가는 목소리로, 혼잣말처럼 구성없이 토를 달았다.

"꼴에 그려도 비렁뱅이란 말은 듣기 싫어서……"

"오냐, 그려. 비렁뱅이다 비렁뱅이여. 이 비렁뱅이 콩 팔러 가기 전엔 이 집 문지방 안 넘을 텅게, 워디, 잘나터진 들동네 사는 양반, 배창사구 터지게 한번 잘살어봐라, 잉."

이미 판은 갈 데까지 다 간 판이었다.

둘째 이모부는 부리나케 바랑을 찾아 메고, 삿갓이야 드는 둥 쓰는 둥, 걸싸게 마당을 가로질러가 사립문을 부서져라 열어젖히고 고샅의 달빛 속으로 잰걸음을 놓았다. 사립문에 매달린 구리 방울이 땡강땡강, 자지러지는 소리를 냈다.

"안 되어. 그릏게는 못 가……"

어머니가 부엌문을 열고 나서며 말했다.

그동안에도 여러 차례, 둘째 이모부 올 적마다 다부닐게 안아들인 일이 한 번도 없었거니와, 워낙 이쪽 편 성미 그런 줄 알고 저쪽 편은 꽹과리같이 얼굴 빤빤하니, 속 뒤집혀 무슨 험한 말이 오갈망정, 눈앞의 밥상을 놔두고 그리 시근벌떡 뛰쳐나가리라곤 어머니로서도 전혀 어림짐작을 못했던가보았다. 둘째 이모부를 따라 부엌을 뛰쳐나온 어머니는 잠시 미친 여자 달래 캐는 형국으로 두서가 없었다. 신발이 벗겨진 줄도 모르고 사립문께까지 갔다가 되돌아와, 입으로는 연신, 안 되어, 안 되어…… 하면서, 손도 안 댄 밥상 한번 보고, 토방으로 팽개쳐진 숟가락 집어들다가, 부엌문 앞으로 우르르 달려들어 벗겨져 있는 신발을 냉큼 주워들었다.

"이 썩을 넌덜, 불상 모양 서 있으믄 워쩌자는 겨?"

어머니의 고무신이 가까운 순임이 어깻죽지에 떨어졌다.

“아, 싸게 쫓아가. 쫓아가서 이모부 잡어! 잡으랑게!”

고무신짝으로 후려 맞은 것은 순임이었지만, 어머니 말이 떨어지자마자, 발탄강아지같이 잽싸게 사립문을 빠져나간 것은 순명이었다. 자신이 눈 똥 위에 털썩 주저앉은 꼴이지만, 어쨌든 순명이는 어머니의 속마음이 환히 손에 짚였다. 온 집안의 들보이자 세상에서 제일이라 여겼던 큰외삼촌이 죽고 나서부터 생긴 병이었다. 말 잘허는 니덜 큰외삼촌, 말만 허냐, 생긴 것도 근동에선 따를 놈이 읎응게……라고, 큰외삼촌에 대해 말할 때의 어머니 눈엔 늘 멀고도 눈부신 그 무엇을 보는 양, 서기가 어리곤 했다. 외갓집이 나날이 기울고 무너지는 것도 어머니로선 모두 큰외삼촌이 죽었기 때문이었다. 둘째 이모부의 가슴에다 칼침을 박는 것도, 알고 보면 상심한 자기 가슴에 칼침을 박자는 것이지, 아무리 가짜 중이라고 사람들 손가락질을 받을망정, 정작 둘째 이모부가 미워서 그런 것은 아닐 터였다.

“이, 이모부, 이모부님……”

순명이는 왜장쳐 부르며 고샅을 냅다 뛰었다.

장삼인지 도포인지, 옷자락 너울너울, 젖은 달빛 이리저리 흩뜨려놓으면서, 삿갓 쓴 둘째 이모부 키 큰 그림자가, 우물가를 지나 솔밭 어귀로 접어들고 있었다. 솔밭 어귀를 지나면 곧 위뜸이었고, 위뜸 어귀의 방앗간 앞 공터를 지나면 곧 둑길에 닿았다.

코에서 단내가 날 만큼 내달려 간신히 둘째 이모부의 옷자락을 붙잡은 것은 방앗간 앞 공터 가운데의 느티나무 아래에서였다.

"이, 이모부님, ……가지 마유."

"밤이 찬디, 쬐깐헌 니가 왜 이러냐."

"못 가유, 이모부님. 쌀밥도 있슈. 밥 먹고 자고 가유."

"송편으로 멕따 죽으면 죽었지, 니 엄니 혀주는 밥, 찰밥이든 보리곱삶이든 다신 안 먹는다."

"엄니가 붙잡어오랬슈. 엄니가 잘못혔대유."

"일읎다!."

둘째 이모부가 먼 데를 보는 듯했다.

"……들동네로 시집온 게 병이지, 니 엄니, 예전엔 그리 위세 떨고 헐 여자가 아녔어. 참허고 조촘헌 게 초승달 같었는디."

"그려. 나, 위세 떨어."

그사이 뒤쫓아온 어머니였다.

배추 속잎을 담았던 소쿠리인지, 어머니는 광목 보자기로 싼 것을 들고 한달음에 달려와 이모부 앞을 막아섰다. 느티나무 그늘이 어머니의 앞이마에서 툭 부러져 있었다.

"들동네는 이리 살어. 법도가 읎어. 그려도 이롷게는 못 가."

"비켜유!"

"못 간당게 그러네. 이롷게 갈라면 차라리 내 멱을 따고 가."

"……"

말없이, 이모부의 장삼이 번뜩 흔들렸다.

순명이가 허리춤을 잡고 어머니 또한 소매 끝을 잡았지만 소용없었다. 앞으로 나아가는 둘째 이모부의 앙센 기세에 어머니는 보자기에 싼 소쿠리를 안은 채 벌렁, 넉장거리를 했고, 순명이는 비칠비칠 옆걸음을 했다. 방앗간 앞에서 둑 너머 물문다리까지는 금방이었다. 겅중겅중 걷는데도 뛰는 듯 빨라서 도시 이모부를 따라잡을 수가 없었다. 둑길은 물문다리 앞에서 키 큰 갈대들이 잔뜩 늘어선 개천을 따라 활대같이 휘어져 강경 쪽으로 가뭇없이 사그라들었고, 둑을 내려서서 강경 쪽을 등지고 서면, 황화정리와 고내곡재로 이어지는 신작로였다. 물문다리 어귀에서 간신히 순명이가 둘째이모부의 장삼 자락을 한번 더 붙잡았으나 앙세게 가던 걸음을 세우기엔 턱없이 힘이 모자랐다.

"지 엄니 닮어 뻔센 것이, 워디다 감히 손모가지 대고 지랄여, 지랄이……"

둘째 이모부가 카악, 가래침을 뱉었다.

뿌리치는 서슬에 가재걸음으로 비틀거리다 주저앉고 보니 난간도 없는 물문다리 끝이었다. 작년 초봄이었던가, 맞은편 칠동 부락 사는 성부잣집네 열아홉 먹은 처녀가 치마폭 뒤집어쓰고 뛰어들어 죽은 데가 어림짐작으로 그 어디쯤이었다. 저수지의 물은 아직 다 차지 않았으나, 수문 앞만은 사시사철 그 깊이가 사람 열 길은 된다 했으니, 까딱했다간 영락없이 물귀신이 될 뻔한 셈이었다. 자빠지면서 손바닥이 쓸렸던지 거무죽죽한 피가 배어나오는데, 예까지 한달음에 쫓아오느라 숨은 가쁘지, 코밑에서 저수지 물은 들까불고 잡아당기지, 뿌리쳐온 둘째 이모부의 손팔매는 생각할수록 강파르고 야박하지, 순명은 앙다문 잇새로 터져나오는 울음을 어찌할 수가 없었다. 분통이 터져 우는 건지, 서러움이 복받쳐 우는 건지, 자신도 도시 알 수 없었다.

"집으로 가 있그라, 이 썩을 년."

뒤쫓아온 어머니가 풀쐐기를 쏘고 지나갔다.

당신이 쫓아가보라고 했으면서, 어머니는 왜 또 썩을 년이라고 뒤꼭지를 붙이는가. 앙다물고 참아보려던 울음 밑이 툭 터지는데, 바로 머리 위에서 과아한, 과아한 퀴이퀴, 하는 새소리가 들렸다. 먼 곳에 갔다가 해마다 이맘때쯤 저수지나 갈대숲으로 찾아들곤 하는 쇠기러기떼가 수문 위를 지나고 있었다.

"갈라믄 이, 이거라도…… 갖고 가야지…… 그냥은 못, 못가. 못 간당게."

어머니 숨넘어가는 소리가 까마득했다.

한참을 울다 일어서보니까 둘째 이모부 키 큰 그림자가 어느새 칠동 부락 어귀를 가고 있는데, 어머니는 둘째 이모부와 한참이나 뒤떨어져서, 그래도 일구월심 쇠고집으로다, 이것 봐유, 명순 아부지, 명순 아부지…… 숨넘어가는 소리로 빽 지르며 뒤를 쫓고 있었다. 물문다리에서 칠동 부락과 황화정리를 거쳐 고내곡재 초입까지만 해도 십 리 길이었고, 그곳에서부터 하늘에 닿은 고내곡재를 넘어 외갓집이 있는 구름뜰까지는 꽉 찬 시오리 길이었다. 가파른 고갯길 오르내려야 할 터, 장정 걸음으로 걸어도 한나절이 다 걸리는 거리였다. 수월수월, 흐르듯이 가고 있는 둘째 이모부의 걸음을, 팔다리 맥 풀리고 숨이 가빠, 장님 파밭 매듯 쫓는 어머니가 따라잡을 수는 없었다. 바라기로 치면야, 다 저물녘, 곯은 배 한 끼, 걸지게 채워보자는 그 한 가지 속셈으로, 걸핏하면 빈손 들고 찾아와선 입으로는 온갖 선소리를 늘어놓는 밉상맞은 둘째 이모부, 이제 아예 발그림자 안 할 터이니, 외려 잘됐다 치부하고 어머니가 그만 주저앉거나 뒤돌아서면 좋으련만, 속불 뜨거운데다가 쇠고집에 쌍심지까지 박혔것다, 죽으면 죽었지, 들고 나온 소쿠리를 그냥 갖고 돌아설 어머니가 아니었다.

저러다간 울 엄니 죽어.

순명이는 빨빨, 물문다리를 넘었다.

시커먼 고내곡재 허리쯤, 까마득한 벼랑 아래로 쑤셔박히는 어머니의 모습이 어른어른했다. 산 귀신이 나와 머리끄덩이를 잡아챌지도 모르고, 그도 아니면 저렇게, 실한 이십오 리 길, 어칠비칠 뛰다가 숨이 막혀 사지 버르적거리다 죽을지도 몰랐다.

"안 되어, 엄니. 나도 같이 갈껴. 엄니이!"

쇠기러기떼가 또 달을 향해 가고 있었다.

칠동 동네 어귀가 후딱 지나가고 송림 사이로 뚫린 야트막한 언덕길이 나타났다. 둘째 이모부가 앞서가며 잠 깨워놓은 동네 개들이 여기저기에서 짖고 있을 뿐, 잔솔밭 사이로 난 길은 여전히 하얗게 비어 있었다. 곧은 언덕길이라서, 멀찍이 앞선 둘째 이모부와 아까보다 더 처진 어머니가 앞선 듯 뒤선 듯 한눈에 바라보였는데, 어머니하고 그나마 거리를 많이 줄인 순명이가 그 꽁지를 일렬로 따라가느라 기를 쓰고 있었다. 달빛이 언덕 꼭대기에서부터 하얀 비탈길을 따라 내려오면서 둘째 이모부의 너풀거리는 장삼 자락을 적시고, 어머니의 몸뻬 가랑이를 적시고, 순명의 찢어진 검정 고무신 코를 적셨다. 먼 곳도 먼 곳처럼 뵈지 않고 가까운 것도 가까운 것처럼 뵈지 않으니, 코앞에서 쫄랑대는 어머니의 굽은 등이 밤 짐승같이 작았다.

"엄니, 갈려면…… 나랑…… 같이 가."

"저, 저 오살할…… 것…… 뭐허러 쫓아……오고 자빠졌댜."

"엄니 가는 디……까지…… 나도…… 갈…… 겨……"

"아나, 이……이 웬수 지지배덜…… 워디…… 구천까징…… 따……라오나보자, 잉. 아, 동……상덜도 있……있는디, 증말…… 안 돌아갈 겨?"

"그만…… 나허……고…… 집에 돌아가…… 엄……엄니."

"이 썩……썩을……"

어머니가 뒤돌아서서 순명이 쪽에 대고 자갈 한 개를 내던졌으나, 헛손질이나 다름없었다. 삐지직 하고 눈물이 났다. 가마도 못 타고 걸어서 고내곡재를 넘어 시집올 때, 그때는 소롯길, 풋나무 되알지게 짊어진 나무꾼들이나 오가던 이 언덕배기 오보록한 풀섶에, 그리도 할미꽃이 많아 절로 눈물이 솟더라고, 어머니가 말한 적이 있었다. 세상에, 니 아부지, 잔정이라곤 매미 눈물만큼도 읎는 니 아부지 말인디, 명색이 새 신부를 데려오믄서, 오나 안 오나 뒤돌아볼 것도 읎이, 자기 혼자 성큼성큼 밤도둑맹키로 내려가뻔지고, 아지랭이 새로, 들동네랍시고, 휑뎅그렁 벌판 끄트머리에, 맨머리로다 이 동네가 앉아 있는디 새퉁빠지게 어질어질, 아득해져서 할미꽃 뜯으며 우는디, 하이고오, 징상도 허지, 밑에서 누가 지게를 짊어지고 오길래, 나무꾼이겄지 혔는디, 나무꾼이겄지 헌 사람이 내 옆댕이로 쑥 지나갈 적에 봤더니만, 가마니때기를 덮어쓴 지게 이짝으로다 사람 발모가지 두 개가, 하이고 무서워, 가을 무맹키로 쑥 뻗쳐나와 있는디……라고, 어머니는 말했다. 이 언덕길 넘어, 황화정리에 이르는 굽잇길은 돌이 많아 돌무더기라고 불렀는데, 예전엔 묻지도 않고 시체를 갖다버리는 사람이 종종 있었다고 했다. 거그가 본디 고려장 터라드라…… 하고 어머니는 덧붙였다. 깐깐한 햇빛이 하얗게 쏟아져 눈뜨고 있기도 어려운 언덕길 맨 꼭대기로 지게가 쭐렁쭐렁 넘어가는 순간, 어디서부터 따라온 것인가, 노랑나비 한 마리, 가마니때기 밖으로 비어져나온 죽은 이 발가락 위에 사뿐히 앉아 있던 모습을, 어머니는 끝끝내 잊을 수 없었다고 했다.

"이봐유…… 며……명순 아부지이……"

어머니가 새 쫓듯 헛손질을 했다.

할미꽃 많이 피어 있었다던 오보록한 풀섶이 여기 어디쯤 됐을까. 순명은 와락 무섬증이 들어 희번덕 주위를 둘러보았다. 죽은 사람 발가락 위에 앉았다는 노랑나비가 금방이라도 귀신 형용으로 나타날 것만 같았다. 독립군 밀대 노릇을 했다고 황화정리 지서에 끌려가 맞아 죽은 칠동 부락 아무개도 염천의 돌무더기에 갖다버린 후 아무도 손 못 대게 했다는 소문을 들은 적도 있었다. 언덕길 꼭대기로 올라서기만 하면 고내곡재 발치와 함께 원통하게 죽은 귀신들이 득시글득시글할 돌무더기가 환히 건너다뵐 터였다.

"지발…… 나……나 좀 보고 가유…… 명……순 아부지이!"

"……"

"그냥…… 그릏게 가믄유…… 나…… 오널……밤…… 죽고 못산게로…… 아녀자가…… 보……복생선인지 뭔지 모르고서…… 배를 좀 갈……갈랐다고…… 복쟁이 알 먹겄다고…… 뎀비는 법이…… 워……워딨데유…… 절통혀서 애가 끓으믄…… 차……라리 머리끄뎅이를 붙잡어…… 패댕이를 칠 일이지……"

"증말 끄뎅이짓 당허덜 말고…… 그만 가슈잉."

언덕길 꼭대기에 이르러 이모부가 고개 돌리고 소리쳤다.

"못…… 간당게. 이리는…… 못 가유! 지발 좀…… 서봐유!."

콩 볶아 먹다가 가마솥 깨뜨리는 격이지, 둘째 이모부는 끝내 오늘밤 어머니가 숨넘어가는 꼴을 보고야 말 심산인가보았다. 그렇지 않고서야 애간장 다 녹이며 죽을 둥 살 둥, 목소리조차 쉬고 갈라져 숨넘어가는 소리만 겨우 나오는 어머니를 두고, 당신 혼자 가분가분, 어찌 언덕 너머로 신적 없이 사라질 수가 있단 말인가. 언덕이 둘째 이모부의 허리를 잡아당길 때, 어머니는 계속 명순이 아부지…… 목이 잠겨 제대로 나오지 않는 목소리로 왜장쳐 부르고 있었다.

"씨발놈, 둘째 이모부 씨발놈……"

약이 오른 순명이가 씨근씨근 중얼거렸다.

언덕길 꼭대기에 당도해서야 순명이는 겨우 어머니 고내곡댁의 몸빼 자락을 붙잡을 수 있었다. 썩을 넌…… 했지만 기운이 빠질 대로 빠져 어머니의 말소리는 그저 입속으로 웅얼대는 형세였다. 솔밭 사이로 약간 휘돌아져 흘러내려간 길 끝에 황화정리가 엎디어 있고, 그 뒤에서부터 우뚝, 하늘하고 키 대기 하듯 고내곡재가 앞을 가로막고 솟아 있었다. 골안개가 고내곡재 허리에서부터 황화정리 낮은 지붕께로 몸을 낮춰 흐르는 것이 한눈에 들어왔다.

"얼레, 니…… 이모부…… 워……워딨냐?"

숨을 그렁대며 어머니가 털썩 주저앉았다.

고내곡재까지 이어진 내리받이 신작로는 골안개 아래 까무룩 숨어드는데, 둘째 이모부 그림자는 흔적도 없고, 반 마장이나 됨직한 에움길엔 흐르고 젖는 것이 오직 달빛뿐이었다. 풀벌레 천지 가득 울어쌓지만, 광목천 깔아놓은 것처럼 하얀 길이 휑뎅그렁 비어 있기 때문인지, 갑자기 사위가 너무도 고요해서, 순명이는 슬그머니 어머니 등에다 몸을 들이댔다.

"워디 갔나 보랑게…… 느…… 이모부……"

"나…… 여깄슈."

낮은 목소리가 바로 옆의 솔밭 그늘에서 들렸다.

"순임이 엄니헌티 졌슈. 그 쇠고집 누가 말리겄슈. 그만 됐응게, 헐말 있으믄 예서 허고 가유."

"세상에…… 명순 아부지허고…… 내가……"

"그류. 나, 명순 아부지허고 거기, 순임이 엄니허고, 사적으로는 한동네 동갑내기고, 집안으로다 보믄 처형허고 동생의 남편새유. 답이 딱 나와 있는 걸갖고, 이룽게 저룽게, 맺고 풀고 헐 것이 읎는 거다 그 말유. 폐일언허고, 퍼대고 앉아서 울 양이믄 나, 그만 재 넘어갈규."

"그려. 터진 입으로 말 한번…… 번듯허네!"

팽, 하고 코 푼 어머니 손이 눈가로 올라갔다.

"울긴…… 누가 운다고 그려, 시방? 나…… 안 울어유. 명순 아부지 앞에 놓고…… 내가 뭣 땜시 안질에다 고춧가루 뿌린 거 맹키로 눈물바람 허겄슈. 그짝에서 폐일언헌게로, 나도 폐일언 허는디, 헐말이고 뭐고, 딴 뜻 읎슈. 그저, 요것이나 받아갖고 가유. 그 땜시 내, 예까지 따라왔응게로."

"가랑잎으로 똥도 싸먹는다고, 죄받을 건 목구녕이지 내가 아뉴. 나 인자부텀, 셧바닥을 물문다리 시멘트 벽에다 갈아 죽어도, 순임이 엄니 밥상 안 받어유. 끊었슈!"

"아따, 무신 놈의 사내가 그리 말이 많댜. 내 그런 줄 알고 있응게, 꺼적때기 문에다 돌쩌귀 다는 소리 그만혀유. 보랑게유. 여기, 무신 밥이 있슈? 배추 속잎 뜯은 거허고, 새우젓뿐유. 밥이 아닌게로, 찍소리 말고 이거나 들고 가유."

"허 참, 저 거시기, 그런게로……"

"거시기고 자시기고, 나 고만 가유!"

시간 끌다가 마음 변할까, 보자기로 싼 소쿠리를 둘째 이모부 앞으로 짐짓 암상 부려 밀어놓고, 어머니는 다부지게 일어섰다. 쫓아갈 때는 적어도 적바르게 빌거나, 빌지 않으면 둘째 이모부 장삼 자락이라도 붙안고서 울고불고하리라 여겼는데, 생급스럽게도 매섭고 살차게 돌아서니, 어머니 속내는 참 알다가도 모를 일이었다.

둘째 이모부는 앉은 자리 그대로 있었다.

순명이는 어머니에게 손목을 잡혀 언덕 꼭대기를 다시 넘었는데, 마지막 뒤돌아보았을 때, 그사이, 소나무 그늘 아래 둘째 이모부는 뵈지 않고, 달빛 젖은 신작로 한쪽, 오종종한 그림자를 거느린 소쿠리만 덩그러니 놓여 있는 게 보였다.

"쉬어 가자."

언덕길을 반쯤 내려와서 어머니가 말했다.

쫓아갈 때는 그런지 몰랐는데, 자못 냉기 서린 들바람이 강경 들판 쪽에서 불어왔다. 순명은 어머니 어깨짬에 귀를 바싹 갖다 붙이고 밤새 몇 마리가 등뒤에서 날아올랐다가 언덕 너머로 사라지는 걸 보고 있었다. 시집오던 날 이 언덕길에서 어머니가 보았다던 노랑나비가 밤새로 둔갑한 것일까. 상상은 달빛 따라, 젖은 길 하얀 길로 들까불려 오고 가는데, 어머니의 팔이 어깨를 감싸고 돌아와 슬몃, 순명이의 목에 닿는 게 과히 싫지 않았다.

"춥냐?"

어머니 목소리가 이렇게 깊고 보드랍기는 처음이었다.

"그러믄 엄니 손잡고 걷자. 걸으믄 괜찮을 겨."

"아까 그 소쿠리……"

내리받이 길을 달빛에 밀려 걸으며 순명이 물었다.

"증말로 배추 속잎뿐여?"

"헛, 어찌 그거뿐이겄냐. 배추 속잎이 니 아부지 쌀밥을 속에 이룽게 품고 있을 틴디."

"이모부, 미워!"

"아서. 세상 잘못 만나서 그려. 니 이모부도 머리 좋은게 배웠으믄 면서기 한자리는 혔을 사람인디."

"엄니 밥은 안 먹는다고 허잖어?"

"투구대가리로 퍼놨던 이밥인디, 반은 먹겄지."

"먹으믄 이모부, 두 그릇도 먹는디 무신 반?"

"히힛!"

어머니는 재미있다는 듯 남자처럼 웃었다.

"니 엄니가 말이다, 수를 써놨응게로."

"무신 수?"

"니 이모부는 거시기, 그 뭣이냐, 신 것은 입에도 대지 않는 성미여. 근디 니 이모는 달러야. 처녀 적부터 김치도 신김치만 골라갖고 먹었응게."

"무신 수를 썼냔 말여?"

"밥 한쪽에다 식초를 살짝 부려놨어야."

"식초를…… 워찌……"

"봐라, 잉, 식초 안 묻은 디는 당연지사 니 이모부가 먹을 것이다만, 식초 묻은 디는 니 이모부 신 거 싫어헌게로 안 먹을 것이고, 고럼 신 밥은 니 이모 차지 안 되겄냐. 히잇, 내가 수를 써서, 말허자면 나눠 멕이는 거지롱."

어머니는 웃음을 참느라 몸을 잠시 쫄렁쫄렁, 했다.

달이 고내곡재로 떠올랐으니 그림자가 앞에 놓일 수밖에 없었다. 들바람이 송림 속으로 자맥질해 들어가자 쑤아아 하고 솔숲에서 가마솥 물 끓는 소리가 났다. 이모는 식초맛이 나는 쌀밥을 먹으며, 어머니의 술수를 알아차릴까. 동글고 토실한 볼에 살짝 볼우물을 파놓고, 눈만 마주쳐도 박속같은 이를 내보이며 환하게 웃던 이모를 순명이는 잠깐 떠올렸다. 학이며 소나무며 산이며, 수를 유난히 잘 놔서 처녀 시절 이모의 별명이 수틀이었다고 했다. 어머니가 시집오며 가져온 베갯잇의 날아가는 학도 웃기 좋아하는 둘째 이모가 한 땀 한 땀 수를 놓아 만들었다고 어머니는 말했다. 순명이는 전에 없이 어머니가 좋아져서, 몸뻬 괴춤 안으로 손을 밀어넣고, 엉치뼈 만지작만지작, 더욱 바짝 붙어서 걸었다. 앞세운 그림자가 갈수록 얌얌, 길게 길게 늘어났고, 까마득한 벌판 끝 어디쯤, 경성 가는 밤 기차인지, 길쭉한 불빛이 북쪽으로 가고 있었다.

"우리 순명이, 아직도 기차 타고 싶냐?"

"응, 엄니. 다음번 상진이 아부지 내려오믄 꼭 옆댕이 붙어서 기차 타고 경성 갈겨. 방직 공장 들어가서 순쌀밥도 맨날맨날 먹고, 광목도 이만큼 갖다가 엄니 줄 겨. 순임이 성도 주고, 순실이, 월자, 딸고마니, 치마저고리 맹글어줄 겨. 증말여."

"글씨, 고게 말여."

어머니는 난데없이 한숨을 쉬었다.

"……이 엄니도 시집올 때, 콱 하고 앞뒤가 산으로 맥힌 구름뜰 떠나 저기, 고내곡재 넘어서 이 너른 들녘을 봤을 때는…… 사는 게 그저 훤혀질 줄 알었당게. 우리 동네에서 갱갱이로 둑길 헌칠허게 뚫릴 적에도 그랬어. 기차 화통이 칙칙폭폭, 잔뜩 골낸 형국으로다가 경성이다 워디다, 사람덜 수백씩 실어나르는 걸 보고 난 후는, 더욱이 말이 안 나오더랑게. 길이 쑥쑥 뚫리니, 사람살이 사는 것도, 음지가 양지 되듯, 그저 쑥쑥 뚫리겄지 혔단다. 그런디, 세상살이, 그게 아녀. 맘대로 안 되는 게 그거여. 너도 그걸 알 날이 올 틴디."

불현듯 멈춰 선 어머니가 먼 곳을 보았다.

칠동 부락을 그사이 막 지나왔으므로 물문다리와, 물문다리 너머의 방앗간과, 방앗간에서 시작해 이마를 맞댄 듯 조용히 엎드린 동네 초가들이 손을 뻗으면 닿을 것처럼 가까이 바라보였다. 달빛과 만난 저수지 물은 사근사근 숫접게 빛나고, 벌판 끝의 밤 기차는 어느새 사라지고 없었다.

"워딜 보는 겨, 엄니?"

"저기, 갱갱이 가는 둑길…… 본다."

어머니의 말은 혼잣말처럼 나지막했다.

"니가 지난번…… 방직 공장으로 돈 벌러 가겄다고 상진이 아부지 따러간 그 길여."

"그 길이 워쩌서?"

"우리 오라버니…… 살아서 가고…… 또 뼛골 되어 온 길인게……"

강경벌판 광활한 허리짬을 보듬어 활대같이 휘어진 둑길은 달빛에 두리뭉실 뭉개지며 뻗어나가다가 어디쯤부터일까, 둑길이 벌판 같고 벌판이 둑길 같고, 땅과 하늘과 물이 모두 하나로 만나, 네 것 내 것 없이 온통 달빛에 흠씬 젖어들고 있었다. 달빛 아래에선 멀고 가까운 것도 없고, 어둡고 밝은 것도 없었다. 순명이는 어머니의 시선을 좇아, 공연히 까치발까지 해가며, 보이는 데까지, 아주 멀리멀리 보았다.

"엄니, 거기 와유?"

"엄니이!"

갑자기 왜장쳐 부르는 소리가 물문다리에서 났다.

기다리다못해 물문다리까지 쫓아나와 있던 월자, 순실이, 순임이였다. 달빛을 얄궂게 밀어젖뜨리며 맨 앞장서 까들막거리고 뛰어오는 것은 순실이고, 순실이 손을 놓쳐 앵돌아지는 울음 밑을 확 열어놓고 떼구르르 굴러오듯 하는 것은 월자고, 맨 뒤에 처져 개신개신, 굼뜨게 걸어오고 있는 것은 갓난쟁이 딸고마니를 들쳐 업은 순임이였다.

"썩을 년덜, 집구석에 소 죽은 귀신으로 처박혀 있잖고선……"

매몰차게 허리춤에서 순명이의 손을 떼어놓고, 어머니가 살똥스럽게 말했다. 한순간에 내팽개쳐진 꼴이 된 순명은 생급스럽기도 하지, 어머니의 변덕에 그만 어리둥절, 멈칫 서고 말았다. 명주바람보다 따습던 좀 전의 어머니는 온데간데없었다.

작가의 말

초판은 2000년 창비에서 나왔다. 1998년부터 2000년까지 여러 문학지를 통해 발표한 소설들이다. 「그해 가장 길었던 하루」와 「손님」은 '들길 1, 2'라고 번호를 붙인 연작인데, 두 편만 쓰고 만 게 영 아쉽다. 뒤를 이어서 이 연작을 언젠가는 계속 쓰고 싶고, 쓸 생각이다. 「향기로운 우물이야기」는 〈TV 문학관〉에서 드라마로 만들어 방영한 적도 있고 해서, 제목을 그대로 두었다.

2015년 10월
박범신

| 작가 연보 |

1946년 8월 24일 충남 논산군 연무읍 봉동리 242번지(당시 전북 익산군 봉동리 두화부락)에서 아버지 박원용과 어머니 임부귀의 1남 4녀 중 막내(외아들)로 태어남.

1959년 황북초등학교 졸업. 아버지는 강경 읍내에서 포목점을 하고 있어 일주일에 한 번꼴로 집에 들름. 남편 없이 자식들을 키워야 했던 어머니와 네 누이들의 불화를 지켜보며 성장. 원초적 고독과 비극적 세계관이 이때 형성됨.

1960년 강경읍 채산동으로 이사.

1962년 강경중학교 졸업.

1965년 남성고등학교 졸업. 고등학교 2학년 때 수학여행비로 『사상계』를 정기구독. 쇼펜하우어 등 염세주의 철학자들의 영향을 크게 받음. 3학년 때부터 시 습작을 시작함. 오로지 독서와 영화에 탐닉. 염세주의에 깊이 빠져 두 차례 수면제로 자살을 시도함. 가정 형편상 전주교육대학 진학. 교내 문학동아리 '지하수'에서 활동. '남천교'라는 필명으로 대학신문에 콩트를 게재. 실존주의에 영향을 받아 실존주의 작품들과 철학서들을 두루 탐독.

1967년 전주교육대학 졸업. 무주 괴목초등학교 교사로 부임. 데뷔작

「여름의 잔해」의 초고인 「이 음산한 빛의 잔해」를 이곳에서 처음 씀.

1968년 무주 내도초등학교로 전임. 시와 소설을 습작. 『새교육』 『교육논단』 등에 시 발표.

1969년 교사직 사임하고 무작정 상경, 모래내 판자촌 큰누나 집, 신교동 친구네 다락방, 왕십리, 마장동 판자촌 등을 전전함. 버스 계수원, 중국집 주방 보조를 거쳐 월간 『청춘』 『민주여론』 등에서 잡지기자 일을 함. 치열한 생존경쟁 속에서 착취와 가난, 불평등한 부의 분배 등 인간을 소외시키는 도시의 생태를 이때 절실히 체감함. 원광대학교 국문학과로 편입.

1971년 염세적 세계관과 부조리한 세상에 대한 반항심으로 여관에서 동맥을 끊고 자살을 시도, 병원에서 깨어남. 원광대학교 국문학과 졸업. 상경하여 광고회사 스크립터, 『법률신문』 기자 등 여러 직업을 전전함.

1972년 강경여자중학교 국어 교사. 대학 1년 후배 황정원과 결혼함.

1973년 중앙일보 신춘문예에 단편 「여름의 잔해」가 당선되어 등단함. 원래의 제목은 「이 음산한 빛의 잔해」였음. 정릉동에 방 한 칸을 마련해서 아내와 함께 서울로 이사. 서울 문영여자중학교 국어 교사로 근무. 고려대학교 교육대학원 석사과정에 입학. 단편 「호우주의보」 「토끼와 잠수함」 발표.

1974년 단편 「아버지의 평화」 「논산댁」 발표. 장남 병수 출생.

1975년 단편 「우리들의 장례식」 「청운의 꿈」 발표.

1976년 단편 「안개 속의 보행」 「우화작법」 「겨울아이」 「식구」 「취중경기」 등 발표. 장녀 아름 출생.

1977년 단편 「겨울 환상」 「염소 목도리」 「열아홉 살의 겨울」 등 발표.

1978년 소설집 『토끼와 잠수함』(홍성사), 『아침에 날린 풍선』(윤진문화사) 출간. 중편 「시진읍」, 단편 「역신의 축제」 「말뚝쇠와 굴렁쇠」 「정직한 변신」 등 발표. 교사직 사임. 여성지 『엘레강스』에 첫 장편 『죽음보다 깊은 잠』 연재, 당시 큰 인기를 얻어 연재중에 여타의 원고 청탁이 밀려들기 시작함.

1979년 『죽음보다 깊은 잠』(문학예술사) 출간, 베스트셀러가 됨. 중편 「읍내 떡빙이」, 단편 「흉기 1」 「단검—흉기 2」 「밤열차」 등 발표. 중앙일보에 장편 『풀잎처럼 눕다』 연재 시작. 이 작품으로 독자들의 큰 사랑을 받게 됨. 『깨소금과 옥떨메』(여학생사), 『미지의 흰새』(동평사), 콩트집 『쪼다 파티』(풀빛출판사) 출간. 차남 병일 출생.

1980년 장편 『밤을 달리는 아이』(여학생사), 장편 『풀잎처럼 눕다』(금화출판사) 출간. 고려대학교 교육대학원 졸업(석사논문 『이익상 소설연구』).

1981년 소설집 『덫』(은애출판사), 장편 『돌아눕는 혼』(주부생활사), 『겨울江 하늬바람』(중앙일보사), 산문집 『무엇이 죽어 새가 되는가』(행림출판사) 출간. 장편 『겨울江 하늬바람』으로 대한민국문학상 신인부문 수상. 우울증이 깊어서 다시금 동맥을 끊고 자살을 시도, 입원치료 받음.

1982년 콩트집 『아내의 남자친구』(행림출판사), 중편선집 『그들은 그렇게 잊었다』(오상출판사), 장편 『형장의 신』(행림출판사) 출간.

1983년 장편 『태양제』(행림출판사. 1991년 서울문화사에서 『태양의 房』으로 제목을 바꿔 재출간), 『불꽃놀이』(청한문화사), 『밀월』(소설문학사), 『촛불의 집』(학원출판사. 1990년 인의출판사에서 『바람, 촛불 그리고 스무 살』로 제목 바꿔 재출간. 단편선집 『식구食口』(나남출판사) 출간.

1984년 소설선집 『도시의 이끼』(마당문고) 출간.

1985년 장편 『숲은 잠들지 않는다』(중앙일보사), 『꿈길밖에 길이 없어』(여학생사. 1990년 햇빛출판사에서 『사랑이 우리를 변화시킨다』로 제목을 바꿔 재출간) 출간.

1986년 장편 『꿈과 쇠못』(주부생활사), 『우리들 뜨거운 노래』(청한문화사), 산문집 『나의 사랑 나의 결별』(청한문화사) 출간. 오리지널 희곡 『그래도 우리는 볍씨를 뿌린다』 공연(극단 광장).

1987년 장편 『불의 나라』(평민사), 『수요일의 도적』(중앙일보사. 1991년 행림출판사에서 『수요일은 모차르트를 듣는다』로 제목을 바꿔 재출간), 중편소설 『시진읍』(고려원 소설문고) 출간.

1988년 장편 『물의 나라』(행림출판사) 출간.

1989년 장편 『잠들면 타인』(청한문화사) 출간. 장편 『틀』을 가도가와출판사角川書店에서 일어판으로 먼저 번역 출간.

1990년 연작소설집 『흉기』(현대문학사. 장편 『틀』의 일어판 출간 직후 월간 『현대문학』에 발표된 한국어판 원고를 함께 수록), 장편 『황야』

(청한문화사) 출간.

1991년 콩트집 『있잖아, 난 슬픈 이야길 좋아해』(푸른숲) 출간. 명지대학교 문예창작학과 객원교수, 문화일보 객원논설위원.

1992년 장편 『마지막 연인』(자유문학사), 『잃은 꿈 남은 시간』(중앙일보사. 1997년 해냄에서 『킬리만자로의 눈꽃』으로 제목을 바꿔 재출간) 출간.

1993년 장편 『틀』(세계사)의 한국어판 출간. 명지대학교 문예창작학과 교수로 부임. 문화일보에 장편 『외등』을 연재중 소설에 대한 깊은 고민으로 절필 선언. 이후 3년 동안 용인 외딴집에 은거하며 어떤 글도 쓰지 않고 침묵.

1994년 장편 『개뿔』(세계사), 산문집 『적게 소유하는 자가 자유롭다』(자유문학사) 출간.

1996년 산문집 『숙에게 보내는 서른여섯 통의 편지』(자유문학사) 출간. 『문학동네』 가을호에 중편 「흰소가 끄는 수레」를 발표하며 작품활동 재개.

1997년 3년 침묵 기간의 경험을 토대로 한 자전적 연작소설집 『흰소가 끄는 수레』(창작과비평사) 출간.

1998년 문화일보에 장편 『신생의 폭설』 연재 시작. 단편 「가라앉는 불빛」(『작가세계』 여름호), 「내 기타는 죄가 많아요, 어머니」(『창작과비평』 여름호) 발표.

1999년 계간 『시와 함께』 봄호에 「놀」 외 19편의 시를 발표. 이후 『작가세계』 『문학동네』 『문학과 의식』 등에 연달아 시를 발표함. 문화일보 연재소설 『신생의 폭설』을 『침묵의 집』으로 제목을 바꿔 문학동네에서 출간. 단편 「별똥별」(『문학과 의식』 봄호), 「세상의 바깥」(『현대문학』 8월호), 「그해 가장 길었던 하루—들길 1」(『창작과비평』 가을호) 발표.

2000년 단편 「소음」(『문학동네』 봄호) 발표. 소설집 『토끼와 잠수함』을 제1권, 장편 『죽음보다 깊은 잠 1·2』(장편 『죽음보다 깊은 잠』을 『죽음보다 깊은 잠 1』로, 장편 『꿈과 쇠못』을 『죽음보다 깊은 잠 2』로 제목을 바꿔)를 제2·3권으로 '박범신 문학전집'(세계사) 출간 시작. 단편 「향기로운 우물 이야기」(『현대문학』 8월호), 「손님—들길 2」(『작가세계』 가을호) 발표. 소설집 『향기로운 우물 이야기』(창작과비평사) 출간.

2001년 오디오북 육성낭송소설 『바이칼 그 높고 깊은』(소리공화국)을 두 장의 CD와 테이프에 담아 출간. 장편 『외등』(이룸) 출간. 단편 「빈방」(『문학사상』 7월호) 발표. 박범신 문학전집 제4·5권 장편 『풀잎처럼 눕다 1·2』(세계사) 출간. 『작가세계』 가을호에 장편 『내 책상 네 개의 영혼』 연재 시작. 소설집 『향기로운 우물 이야기』로 제4회 김동리문학상 수상.

2002년 산문집 『젊은 사슴에 관한 은유』(깊은강) 출간. 박범신 문학전집 제6권 장편 『겨울강 하늬바람』(세계사) 출간.

2003년 박범신 문학전집 제7권 소설집 『덫』, 제8·9권 장편 『숲은 잠들지 않는다 1·2』(세계사) 출간. 단편 「괜찮아, 정말 괜찮아」(『실천문학』 겨울호), 「항아리야 항아리야」(『창작과비평』 가을호) 발표. 문화일보에 연재한 산문을 중심으로 엮은 산문집 『사람으로 아름답게 사는 일』(이룸)을 딸 아름의 그림 작업을 곁들여 출간. 첫 시집 『산이 움직이고 물은 머문다』(문학동네) 출간. 『작가세계』에 연재한 장편 『내 책상 네 개의 영혼』을 『더러운 책상』으로 제목을 바꿔 문학동네에서 출간. 이 작품으로 제18회 만해문학상 수상. 민족문학작가회의 이사, 한국소설가협회 운영위원, KBS 이사 등으로 활동.

2004년 소설에 전념하겠다는 이유로 명지대 교수 사임. 소설집 『빈방』(이룸) 출간.

2005년 한겨레신문에 연재한 장편 『나마스테』(한겨레신문사) 출간. 박범신 문학전집 제10·11·12권 장편 『불의 나라 1·2·3』, 제13·14권 장편 『물의 나라 1·2』(세계사) 출간. 산문집 『남자들, 쓸쓸하다』(푸른숲) 출간. 『나마스테』로 제11회 한무숙문학상 수상. 소설선집 『제비나비의 꿈』(민음사) 출간.

2006년 산문집 『비우니 향기롭다』(랜덤하우스중앙) 출간. 장편 『침묵의 집』(문학동네)을 개작하여 『주름』(랜덤하우스중앙) 출간. 『수요일은 모차르트를 듣는다』(세계사, 박범신 문학전집 제15권) 출간. 명지대 문예창작학과 교수로 복귀.

2007년 『킬리만자로의 눈꽃』(세계사, 박범신 문학전집 제16권) 출간. 딸이 그림을 그린 산문집 『맘 먹은 대로 살아요』(생각의나무) 출간. 여행 산문집 『카일라스 가는 길』(문이당) 출간. 젊은 작가들과의 대담집 『박범신이 읽는 젊은 작가들』(문학동네) 출간. 서울문화재단 이사장 취임. 네이버에서 『촐라체』 연재 시작.

2008년 장편 『촐라체』(푸른숲) 출간.

2009년 장편 『고산자』(문학동네) 출간. 이 작품으로 대산문학상 수상. 『깨소금과 옥떨메』(이룸) 재출간. 『틀』(세계사, 박범신 문학전집 제17권) 출간.

2010년 장편 『은교』(문학동네) 출간. 종이책과 전자책을 동시에 출간함. 갈망 3부작(『촐라체』 『고산자』 『은교』) 완성. 장편 『비즈니스』를 계간지 『자음과모음』과 중국의 문학지 『소설계』에 동시에 연재한 후 한국과 중국에서 동시 출간(한국어판은 자음과모음). 이후 차례로 장편소설 8권이 중국어로 번역 출간됨. 산문집 『산다는 것은』(한겨레출판) 출간.

2011년 장편 『나의 손은 말굽으로 변하고』(문예중앙) 출간. 『외등』(자음과모음) 개정판 출간. 『빈방』(자음과모음) 개정판 출간. 명지대 문예창작학과 교수직에서 정년퇴임 후 논산으로 낙향.

2012년 스마트폰으로 원고지 900매 분량의 글을 써서 산문집 『나의 사랑은 아직 끝나지 않았다』(은행나무) 출간. 상명대학교 석좌교수로 부임.

2013년 마흔번째 장편소설 『소금』(한겨레출판) 출간. 여행 산문집 『그리운 내가 온다』(맹그로브숲) 출간. 『은교』 대만어판 출간

2014년 장편 『소소한 풍경』(자음과모음) 출간. 산문집 『힐링』(열림원) 출간. 상명대 문화기술대학원 소설창작학과 개설에 참여. 『은교』 프랑스어판 출간.

2015년 장편 『주름』(한겨레출판) 개정판 출간. 『촐라체』(문학동네) 개정판 출간. 건양대학교에서 제1회 와초문학포럼 개최. 논산 탑정호집필관에서 제3회 와초 박범신문학제 개최. 문학동네에서 장편 『당신—꽃잎보다 붉던』, 문학앨범 『작가 이름, 박범신』, '박범신 중단편전집'(전7권) 출간.

* 이 연보는 『수요일은 모차르트를 듣는다』(세계사, 2006)에 실린 '작가 · 작품 연보'와 1993년 『작가세계』 겨울호에 실린 김외곤의 「고독과의 허무주의적 대결에서 깊고 넓은 현실통찰로」를 참고, 추가 · 보강하여 작성되었습니다.

박범신

중앙일보 신춘문예에 단편 「여름의 잔해」가 당선되며 작품활동을 시작했다. 소설집 『토끼와 잠수함』 『흉기』 『흰 소가 끄는 수레』 『향기로운 우물 이야기』 『빈방』, 장편소설 『죽음보다 깊은 잠』 『풀잎처럼 눕다』 『불의 나라』 『더러운 책상』 『나마스테』 『촐라체』 『고산자』 『은교』 『외등』 『나의 손은 말굽으로 변하고』 『소금』 『소소한 풍경』 『주름』 등 다수가 있다. 대한민국문학상, 김동리문학상, 만해문학상, 한무숙문학상, 대산문학상 등을 수상했다. 현재 상명대학교 석좌교수로 있다.

박범신 중단편전집 5

향기로운 우물 이야기

초판인쇄 2015년 10월 12일
초판발행 2015년 10월 22일

지은이 박범신
펴낸이 강병선
책임편집 강윤정 | 편집 김형균 | 모니터링 이희연 | 디자인 고은이 유현아
마케팅 정민호 나해진 이동엽 김철민 | 홍보 김희숙 김상만 한수진 이천희
제작 강신은 김동욱 임현식 | 제작처 한영문화사(인쇄) 신안문화사(제본)

펴낸곳 (주)문학동네
출판등록 1993년 10월 22일 제406-2003-000045호
주소 10881 경기도 파주시 회동길 210
전자우편 editor@munhak.com | 대표전화 031) 955-8888 | 팩스 031) 955-8855
문의전화 031) 955-3576(마케팅) 031) 955-2678(편집)
문학동네카페 http://cafe.naver.com/mhdn | 트위터 @munhakdongne

ISBN 978-89-546-3791-6 04810
978-89-546-3786-2 (세트)

* 이 도서의 국립중앙도서관 출판예정도서목록(CIP)은 서지정보유통지원시스템 홈페이지(http://seoji.nl.go.kr)와 국가자료공동목록시스템(http://www.nl.go.kr/kolisnet)에서 이용하실 수 있습니다.(CIP 제어번호 : CIP2015026233)

www.munhak.com